Donna Leon est née en 1942 dans le New Jersey et a vécu à Venise, théâtre de ses romans policiers, pendant plus de trente ans. Son premier roman, *Mort à La Fenice*, a été couronné par le prestigieux prix japonais Suntory, qui récompense les meilleurs romans à suspense. Traduites en trente-cinq langues, les enquêtes du commissaire Brunetti ont séduit des millions de lecteurs. Tous ses livres sont disponibles chez Points.

Donna Leon

UN VÉNITIEN ANONYME

ROMAN

Traduit de l'anglais (États-Unis)
par William Olivier Desmond

Calmann-Lévy

TEXTE INTÉGRAL

TITRE ORIGINAL ANGLAIS
Dressed for Death

ÉDITEUR ORIGINAL
Harper Collins, New York

© Donna Leon, 1994 et Diogenes Verlag A.G., Zurich, 1997

ISBN 979-10-414-2318-7
(ISBN 2-7021-2856-4, 1ʳᵉ publication)

© Calmann-Lévy, 1998, pour l'édition en langue française

À la mémoire d'Arleen Auger,
un soleil aboli.

Ah forse adesso
Sul morir mio delusa
Priva d'ogni speranza e di consiglio
Lagrime di dolor versa dal cigio.

« Ah, peut-être déjà
Trompée par ma mort,
Privée de tout espoir et de conseils,
Des larmes de douleur
jaillissent de ses yeux. »

MOZART, *Lucio Silla*

1

Le soulier était rouge, du rouge des cabines téléphoniques londoniennes, des voitures de pompiers à New York – même si ce ne furent pas les images qui vinrent à l'esprit de celui qui le vit le premier. L'homme pensa au rouge de la Ferrari Testarossa qu'il voyait tous les jours sur le calendrier ; dans le vestiaire où se changeaient les bouchers, la Ferrari contre laquelle se pâmait une blonde, nue, l'air de faire fiévreusement l'amour au phare avant gauche. La chaussure était posée de côté, le bout effleurant à peine l'une des flaques d'huile éparpillées comme autant de malédictions, sur le terrain vague à l'arrière de l'abattoir. Il la vit donc, et pensa aussi à du sang.

On avait accordé le permis de construire l'abattoir en cet endroit on ne sait comment, plusieurs années auparavant, bien longtemps avant que Marghera ne s'épanouisse (le choix de ce verbe étant peut-être malheureux) pour devenir l'un des principaux centres industriels d'Italie, autrement dit avant que les raffineries de pétrole et l'industrie chimique n'envahissent les terres marécageuses, de l'autre côté de la lagune. Venise, la perle de l'Adriatique… Bas, d'aspect funeste, le bâtiment s'étendait derrière un haut grillage. Cette clôture avait-elle été construite au début, lorsqu'on poussait encore moutons et bovins le long des chemins poussiéreux conduisant à l'abattoir ? Servait-elle alors à les empêcher de s'échapper avant qu'on ait eu le temps de les chasser, à coups de trique, vers la rampe qui scellait leur destin ? Aujourd'hui, les animaux arrivaient dans des camions qui se présentaient directement en marche arrière, au bas des rampes flanquées de hautes barrières, si bien qu'ils n'avaient aucune chance de s'échapper. D'autant que personne ne pouvait avoir envie de s'approcher ; si bien que la clôture n'était guère nécessaire pour maintenir les curieux à distance. C'est d'ailleurs peut-être pour cette raison qu'on ne réparait pas les grandes brèches qui s'y étaient formées, et les chiens errants, attirés par la puanteur émanant de l'intérieur, les franchissaient parfois la nuit et hurlaient leur frustration.

Autour de l'abattoir, les champs étaient vides ; comme si elles obéissaient à un tabou aussi fort que celui du sang, les premières usines s'élevaient loin du bâtiment bas. L'industrie gardait ses distances, mais ses effluents, ses déchets, et les fluides mortels rejetés dans le sol, n'avaient cure des tabous et refaisaient surface chaque année un peu plus près de l'abattoir. Un magma noirâtre venait crever au pied des herbes des marais, et les flaques ne perdaient jamais leurs reflets huileux et ocellés, aussi sèche que soit la saison. C'était ici, dehors, que l'on avait empoisonné la nature ; et cependant c'était ce qui se passait à l'intérieur qui remplissait les gens d'horreur.

Le soulier, le soulier rouge, gisait à environ cent mètres derrière l'abattoir, juste à l'extérieur de la barrière, à gauche d'une zone couverte de hauts roseaux des sables qui semblaient prospérer grâce aux poisons qui sourdaient autour de leurs racines. Un lundi matin à onze heures trente, dans la chaleur du mois d'août, un homme taillé en force, en tablier de cuir couvert de sang, poussa la porte métallique donnant à l'arrière de l'abattoir et émergea sous le soleil brûlant. De la chaleur, de la puanteur et des hurlements montaient en vagues derrière lui.

La canicule qui régnait rendait la différence de température avec l'intérieur à peine perceptible, mais au moins la puanteur des déchets était-elle atténuée et les bruits, une fois la porte refermée, n'étaient plus les cris et les couinements des animaux terrifiés, mais le bourdonnement de la circulation, à un kilomètre de là. Les touristes envahissaient Venise pour les vacances de *Ferragosto*.

L'homme essuya ses mains ensanglantées, obligé de se pencher pour trouver un endroit à peu près propre au bas de son tablier. Puis il tira un paquet de Nazionale de sa poche et alluma, avec un briquet jetable, une cigarette sur laquelle il se mit à tirer avidement, jouissant de l'odeur et du goût âcre de ce médiocre tabac. Un hurlement profond franchit la porte, derrière lui, et il s'éloigna du bâtiment, prenant la direction du grillage et de l'ombre que donnait un acacia au feuillage rabougri et ayant laborieusement atteint quatre mètres de haut.

Là, le dos tourné à l'abattoir, il se mit à contempler la forêt de cheminées et de tours de cracking qui s'étendait jusqu'à Mestre. Des nuages verdâtres ou gris montaient de certains conduits ; des flammes brûlaient à l'extrémité des torchères. Une brise légère, trop légère pour qu'il en sente l'effet sur sa peau, rabattait les nuages méphitiques vers lui. Tirant toujours sur sa cigarette, il examina le sol autour de lui, car il valait mieux, dans ce secteur, regarder où l'on mettait les pieds. C'est alors qu'il vit la chaussure, de l'autre côté du grillage.

Elle était recouverte de tissu et non de cuir. Soie ? Satin ? Bettino Cola ignorait ce genre de détails, mais sa femme en possédait une paire semblable, qui lui avait coûté plus de cent mille lires. Il lui avait fallu tuer cinquante moutons ou vingt veaux pour gagner cette somme, ce qui ne l'avait pas empêché de la dépenser ainsi, pour une paire de souliers qu'elle avait portée une fois, puis rangée dans un placard sans jamais l'en ressortir.

Comme rien d'autre ne méritait l'attention, dans ce paysage dévasté, il étudia la chaussure en finissant sa cigarette. Se déplaça de quelques pas pour l'examiner sous un angle différent. Elle gisait près d'une grande flaque huileuse, mais paraissait posée sur une partie sèche. Cola fit un pas de plus sur sa gauche, se retrouva en plein soleil, matraqué par ses rayons, et parcourut des yeux la zone qui entourait la chaussure, à la recherche de sa jumelle. C'est alors qu'en dessous des roseaux il aperçut une forme oblongue qui lui parut être la semelle de l'autre soulier, également posée de côté.

Il laissa tomber son mégot au sol, l'écrasa du pied dans la terre molle, s'avança de quelques mètres le long du grillage, puis s'accroupit pour franchir un grand trou, prenant bien soin de ne pas s'accrocher aux piquants métalliques rouillés dont il était hérissé, sur son pourtour. Il se redressa de l'autre côté et se rapprocha de la chaussure, devenue une paire peut-être récupérable.

« Tenue de pute, » murmura-t-il dans sa barbe lorsqu'il constata que le talon devait faire la taille de son paquet de cigarettes. Seule une prostituée pouvait porter des trucs pareils. Il ramassa délicatement la chaussure, sans en toucher l'extérieur. Comme il l'avait espéré, elle était propre et n'avait pas été salie par la flaque d'huile. Puis il fit quelques pas et se baissa pour s'emparer de la deuxième en l'attrapant par le talon. Elle lui fit l'effet d'être coincée par des tiges. Il mit un genou en terre (non sans avoir regardé où il le posait) et tira sèchement sur la chaussure. Elle lui resta dans la main, mais lorsque Bettino Cola vit qu'il venait de la détacher d'un pied humain, il fit un bond en arrière et lâcha la première chaussure – laquelle alla atterrir dans la flaque noire à laquelle elle avait réussit à échapper auparavant.

2

La police arriva sur les lieux vingt minutes plus tard, dans deux berlines bleu et blanc de la *Squadra Mobile* de Mestre. Les équarrisseurs avaient déjà envahi le champ, derrière l'abattoir, poussés par la curiosité pour ce genre un peu particulier d'abattage. Cola, dès qu'il avait vu le pied et la jambe dont il était prolongé, était immédiatement reparti à toute vitesse, se précipitant dans le bureau du contremaître pour lui dire qu'il y avait le cadavre d'une femme dans le champ, de l'autre côté de la barrière.

Cola était un bon ouvrier, un homme sérieux, si bien que le contremaître l'avait cru sans peine et avait aussitôt appelé la police sans même aller vérifier lui-même ce qu'il en était. Les autres avaient cependant assisté au retour précipité de Cola et voulu savoir ce qu'il avait bien pu voir. Le contremaître leur avait rudement intimé l'ordre de retourner au travail ; les camions réfrigérés attendaient au pied des rampes de chargement, et ils n'étaient pas payés pour traîner et épiloguer sur le sort d'une pute égorgée.

Manière de parler, bien entendu, car Cola ne lui avait parlé que de la chaussure et du pied, mais les terrains qui s'étendaient à proximité des usines étaient bien connus des ouvriers – comme des femmes qui y travaillaient. Pour s'être fait assassiner ici, il fallait qu'elle soit l'une de ces épaves peinturlurées qui passent la fin

15

de l'après-midi en bordure de la route reliant la zone industrielle à Mestre. À l'heure où les hommes débauchaient, rentraient chez eux, pourquoi ne pas faire un petit arrêt – quelques pas, une couverture posée sur l'herbe ? C'était rapide, les filles n'attendaient rien de vous sinon un billet de dix mille lires et il s'agissait de plus en plus, depuis quelques temps, de blondes venues d'Europe centrale, si pauvres qu'elles ne pouvaient exiger de prendre des précautions, pas comme ces Italiennes de la via Cappuccina – et depuis quand une pute pouvait-elle se permettre de dire à un homme ce qu'il fallait mettre et où le mettre ? Sans doute ce qu'elle avait eu le malheur de faire ; elle s'était fâchée, et l'homme aussi. Mais ces filles-là ne manquaient pas, c'est par bataillons entiers qu'elles franchissaient la frontière, chaque mois.

Un policier en uniforme descendit de chacun des véhicules de la police. Ils se dirigèrent vers l'abattoir, mais le contremaître les rejoignit avant qu'ils aient atteint l'entrée. Il était suivi de Cola, qui se sentait important d'être l'objet de l'attention générale, mais l'estomac encore un peu retourné au souvenir de ce qu'il venait de voir.

« C'est vous qui avez appelé ? » demanda le premier policier. Il avait le visage rond et brillant de sueur, les yeux abrités derrière des lunettes de soleil.

« Oui, répondit le contremaître. Il y a une femme morte, dans le champ, derrière le bâtiment.

– C'est vous qui l'avez vue ?

– Non. » Il s'écarta d'un pas et fit signe à Cola de s'avancer. « C'est lui. »

Sur un signe de tête du premier policier, son acolyte tira un carnet de note bleu de sa poche, l'ouvrit, décapuchonna son stylo et attendit, plume levée.

« Ton nom ? » demanda le premier policier, les lunettes noires maintenant tournées vers l'équarrisseur.

16

« Cola, Bettino.

– Adresse ?

– Qu'est-ce que tu as besoin de son adresse ? intervint le contremaître. Il y a le cadavre d'une femme, là derrière. »

Le premier flic se tourna et inclina légèrement la tête, juste assez pour regarder l'homme par-dessus ses lunettes. « Elle n'ira nulle part. » Puis il revint à Cola. « Adresse ?

– Castello 3453.

– Depuis combien de temps travailles-tu ici ?

– Quinze ans.

– À quelle heure es-tu arrivé, ce matin ?

– À sept heures et demie, comme d'habitude.

– Qu'est-ce que tu fabriquais, dans le terrain vague ? » Quelque chose, dans la manière dont la question lui avait été posée, dans la façon dont l'autre griffonnait ses réponses, donna à Cola l'impression d'être l'objet de soupçons.

« Je suis sorti fumer une cigarette.

– On est au mois d'août, et ta sors en plein soleil pour fumer ? s'étonna le premier policier, comme s'il le prenait pour un fou. Ou pour un menteur.

– C'était l'heure de ma pause, répondit Cola avec un ressentiment croissant. Je sors toujours. Pour ne pas sentir l'odeur. » Sans doute le mot sonna-t-il juste, car les deux flics se tournèrent vers l'abattoir et celui qui tenait le carnet ne put retenir une petite contraction de ses narines.

« Où est-elle ?

– Juste de l'autre côté du grillage. Sous des broussailles. C'est pour cela que je ne l'ai pas vue tout de suite.

– Pourquoi t'es-tu approché ?

– J'ai vu une chaussure.

– Quoi ?

17

« – J'ai vu une chaussure. Par terre. Puis j'ai vu la deuxième. Je suis passé par un trou de l'autre côté de la barrière pour les prendre. J'ai pensé qu'elles plairaient peut-être à ma femme. » Il mentait ; il s'était dit qu'il pourrait peut-être les revendre, mais il n'avait aucune envie de confier ce détail à la police. Il s'agissait d'un petit mensonge, tout à fait innocent. Ce n'était d'ailleurs que le premier des nombreux mensonges qu'allaient entendre les autorités à propos de ces chaussures et de la personne qui les portait.

« Et ensuite ? s'impatienta le premier policier lorsqu'il vit que Cola n'ajoutait rien.

– Je suis revenu ici.

– Non, avant, fit le flic avec un mouvement d'irritation. Quand tu as vu la chaussure. Quand tu l'as vue, elle. Qu'est-ce qui s'est passé ? »

Cola parla rapidement, espérant en terminer au plus vite. « J'ai ramassé le premier soulier, et j'ai été chercher l'autre. Sous le buisson. J'ai tiré dessus. Je croyais qu'il était coincé. Alors j'ai tiré plus fort, et il est venu. » Il déglutit deux ou trois fois. « Il était sur son pied. C'est pour ça qu'il ne venait pas.

– Tu es resté là longtemps ? »

Ce fut au tour de Cola de soupçonner le flic d'être fou. « Non, bien sûr que non ! Je suis tout de suite revenu à l'abattoir pour le dire à Banditelli. Et lui vous a appelés. »

Le contremaître acquiesça pour confirmer.

« Y es-tu retourné, ensuite ? demanda le premier policier.

– Retourné ?

– Est-ce que tu es resté à côté ? As-tu fumé ? Laissé tomber quelque chose ? »

Cola secoua énergiquement la tête. Non.

Le deuxième flic tourna une page de son carnet tandis que le premier disait : « Je t'ai posé une question.

– Non, rien. Je l'ai vue, j'ai laissé tomber la chaussure et je suis revenu à l'abattoir.

– Est-ce que tu l'as touchée ? »

Cola le regarda, les yeux écarquillés de stupéfaction. « Elle est morte ! Évidemment que je l'ai pas touchée !

« Tu as touché son pied, fit observer le deuxième flic, revenant sur ses notes.

– Non, je ne l'ai même pas effleuré, rétorqua Cola, incapable, en réalité, de s'en souvenir. J'ai pris la chaussure par le talon et elle s'est dégagée de son pied. D'ailleurs, pourquoi je l'aurais touchée ? » ne put-il s'empêcher d'ajouter.

Aucun des deux policiers ne répondit. Le premier eut un signe de tête pour le second, qui referma son carnet. « Très bien, montre-nous où elle se trouve. »

Cola resta comme enraciné sur place et secoua négativement la tête. Le soleil avait séché le sang, sur son tablier, et des mouches bourdonnaient autour de lui. Il ne regardait pas les policiers. « Elle est là-bas derrière, juste de l'autre côté du grand trou, dans le grillage.

– Je te demande de nous la montrer, dit le premier policier.

– Mais je viens de vous dire où elle était », protesta Cola, d'une voix soudain plus aiguë.

Les deux représentants de l'ordre échangèrent un regard qui laissait entendre que la répugnance de Cola était significative, méritait d'être notée. Sans rien dire, cependant, ils se dirigèrent vers l'angle du bâtiment pour passer derrière.

Il était midi et le soleil frappait dur sur les casquettes plates des policiers. En dessous, leurs cheveux se collaient en mèches, leur cou ruisselait de sueur. Une fois de l'autre côté du bâtiment, ils virent le grand trou dans le grillage et se dirigèrent aussitôt vers lui. Derrière eux, au milieu des couinements d'agonie qui filtraient par la porte métallique, ils distinguèrent des bruits humains qui les firent se retourner. Regroupés devant l'entrée secondaire, serrés les uns contre les autres, se tenaient cinq ou six des collègues de Cola, le tablier ensanglanté. Habitués à cette curiosité, les deux hommes reprirent leur marche en direction du grillage. Ils le franchirent avec précaution et se dirigèrent en file indienne vers le fouillis de végétation épineuse qui, un peu plus loin, occupait une portion de terrain.

Ils s'arrêtèrent à quelques mètres des fourrés. Sachant ce qu'ils cherchaient, ils ne tardèrent pas à trouver le pied, dont la voûte était tournée vers eux. Une chaussure était posée juste devant, l'autre sur le bord d'une flaque huileuse.

Ils reprirent leur progression, à pas lents, examinant attentivement le sol pour ne marcher ni dans les flaques putrides ni sur toute autre empreinte de pas. Le premier s'agenouilla à côté de la chaussure et repoussa les branches basses du buisson.

Le corps gisait sur le dos, mais les chevilles étaient tournées de côté, pressées de l'extérieur contre le sol. Le policier repoussa un peu plus la végétation et fit apparaître une jambe rasée. Il retira ses lunettes de soleil et scruta la pénombre, remontant le long de la jambe, longue et musclée, du genou osseux, jusqu'aux sous-vêtements en dentelle rouge qui dépassaient, sous la robe écarlate brillante remontée au-dessus du visage du cadavre. Il regarda encore un instant.

« Cazzo ! s'exclama-t-il en laissant l'herbe se redresser.

– Qu'est-ce qu'il y a ?

– C'est un homme. »

3

En temps normal, un travesti prostitué, trouvé assassiné à Marghera, le visage et la tête défoncés, aurait fait sensation parmi le personnel surmené, à la questure de Venise ; en particulier pendant les vacances de Ferragosto, période pendant laquelle les délits tendaient à se réduire, avec une ennuyeuse prévisibilité, aux vols et aux cambriolages. Aujourd'hui, cependant, il aurait fallu un événement encore plus morbide et spectaculaire pour distraire ce petit monde de la nouvelle sensationnelle qui dévalait comme un incendie les couloirs de l'hôtel de police : Maria Lucrezia Patta, épouse depuis vingt-sept ans du vice-questeur Giuseppe Patta, venait de quitter son mari pour aller s'installer dans l'appartement milanais de – et à ce point, tous ceux qui rapportaient cette histoire ne pouvaient s'empêcher de marquer un temps d'arrêt – Tito Burrasca, fondateur et grand manitou du cinéma porno italien.

La nouvelle était tombée du ciel le matin même, apportée à la questure par une des secrétaires du Bureau des Étrangers dont l'oncle occupait un petit appartement, au-dessus de celui des Patta, et qui prétendait être passé devant la porte de ses voisins juste au moment où s'était produit l'affrontement final entre les époux. Patta, d'après ce tonton, avait vociféré à plusieurs reprises le nom de Burrasca et juré de le faire arrêter si jamais il venait à Venise ; la signora Patta avait riposté en

21

menaçant non seulement d'aller habiter chez le cinéaste, mais de figurer en bonne place dans son prochain film. L'oncle avait battu en retraite dans l'escalier et passé la demi-heure suivante à essayer d'ouvrir sa porte, laquelle luí résistait inexplicablement ; pendant ce temps, les Patta avaient poursuivi les hostilités, échangeant menaces et récriminations. Le combat n'avait cessé qu'avec l'arrivée d'un bateau taxi, au bout de la *calle*, et le départ de la signora Patta, suivie dans l'escalier de six valises portées par le pilote et des injures de Patta, lesquelles, grâce à l'acoustique porteuse de la cage d'escalier, étaient parvenues sans peine jusqu'au tonton.

L'information était arrivée à huit heures du matin, le lundi ; Patta s'était présenté à la questure à onze heures. À treize heures trente, la police enregistrait l'appel concernant le travesti ; à cette heure, toutefois, une bonne partie du personnel était partie déjeuner, et nombreux avaient été ceux à assaisonner leur repas des spéculations les plus démentes sur l'avenir de la signora Patta dans les films porno. Indication de la popularité du vice-questeur, il y en eut même, à une table, quelqu'un pour offrir cent mille lires au premier qui oserait s'enquérir auprès de lui de la santé de son épouse.

Guido Brunetti entendit parler du travesti assassiné par Patta en personne, qui l'avait convoqué dans son bureau à quatorze heures trente.

« Je viens d'avoir un coup de fil de Mestre, dit Patta après avoir invité le commissaire à s'asseoir.

— De Mestre, monsieur ? s'étonna Brunetti.

— Oui, cette ville qui commence à l'autre bout du ponte della Libertà, rétorqua Patta. Vous en avez certainement entendu parler. »

Brunetti, songeant à ce qui était arrivé le matin même à son supérieur, jugea plus prudent d'ignorer le sarcasme. « Et quel était le motif de ce coup de fil, monsieur ?

– Ils ont un meurtre sur les bras, et personne pour conduire l'enquête.

– Pourtant, ils ont plus de personnel que nous », remarqua Brunetti, jamais bien sûr de ce que Patta savait ou non sur l'organisation de la police, dans l'une comme l'autre ville.

« Je le sais bien, Brunetti. Mais deux de leurs commissaires sont en vacances. Un troisième s'est cassé une jambe dans un accident de la route pendant le week-end, si bien qu'il ne leur en reste plus qu'un, une femme, laquelle (Patta s'arrangea pour avoir un reniflement dégoûté à cette seule évocation) doit partir en congé de maternité à la fin de la semaine, pour ne revenir qu'en février.

– Et ceux qui sont en vacances ? On doit pouvoir les rappeler, non ?

– L'un d'eux est au Brésil ; quant à l'autre, personne ne semble savoir où il se trouve. »

Brunetti voulut un instant rappeler qu'un commissaire avait l'obligation de toujours faire savoir où l'on pouvait le joindre, quel que soit son lieu de vacances, puis, ayant vu la tête que faisait Patta, préféra demander : « Et que vous a-t-on dit à propos de ce meurtre, monsieur ?

– C'est un prostitué. Un travesti. Sauvagement frappé à la tête. Le corps a été abandonné dans un terrain vague, à Marghera. » Avant que Brunetti puisse soulever une objection, il ajouta : « Ne dites rien. Ce terrain vague est bien sur le territoire de Marghera, mais il est la propriété d'un abattoir qui se trouve à Mestre. Il s'en faut de quelques mètres, mais c'est à Mestre que l'affaire revient. »

Brunetti n'avait aucune envie de perdre son temps à discuter de problèmes de juridiction. « Comment savent-ils qu'il s'agit d'un prostitué, monsieur ? demanda-t-il à la place.

– J'ignore comment ils le savent, répondit Patta, la voix plus haute d'une tierce. Je vous rapporte ce qu'on m'a déclaré. Un travesti, prostitué, en robe, avec la tête enfoncée et le visage écrabouillé.

– Quand l'a-t-on trouvé, monsieur ? »

Il n'était pas dans les habitudes de Patta de prendre des notes, et il ne s'était donc pas soucié de consigner les éléments du message qu'il avait reçu. L'histoire ne l'avait pas intéressé – une pute de plus ou de moins – mais il n'aimait pas l'idée que c'étaient ses hommes qui allaient faire le travail de Mestre. Ce qui signifiait qu'en cas de succès, les lauriers iraient à Mestre. Sur quoi il pensa aux tout derniers événements ayant affecté sa vie privée, et il se dit qu'autant valait que Mestre aient les honneurs – et la publicité – liés à une affaire de ce genre.

« C'est le questeur de Mestre lui-même qui m'a appelé ce matin pour me demander si nous pouvions nous en occuper. Où vous en êtes, tous les trois ?

– Mariani est en vacances et Rossi est toujours plongé dans les archives de l'affaire Bortolezzi, monsieur.

– Et vous ?

– Je dois prendre mes vacances à partir de samedi prochain, monsieur le vice-questeur.

– Cela peut attendre », répliqua Patta avec une assurance qui ne faisait pas le moindre cas de choses aussi triviales que les réservations d'hôtel ou les billets de chemin de fer. « Par ailleurs, il doit s'agir d'une affaire simple. Il suffit de trouver le proxénète, d'établir une liste des clients. Ce sera forcément l'un d'eux.

– Ils ont des proxénètes, monsieur ?

– Comment ça ? Bien sûr, comme toutes les putes.

– Je veux dire les prostitués de sexe masculin, les travestis ? En supposant, évidemment, qu'il en était un…

– Qu'est-ce qui peut vous faire penser que je sois au courant de tels détails, Brunetti ? » rétorqua Patta d'un ton soupçonneux et plus irrité que de coutume, obligeant de nouveau Brunetti à se souvenir des premières nouvelles de la matinée et à changer rapidement de sujet.

« De combien de temps date ce coup de fil, monsieur ?

– D'un peu plus d'une heure. Pourquoi ?

– Je me demandais si le corps avait été déjà enlevé.

– Avec cette chaleur ?

– Oui, c'est à cela que je pensais. Savez-vous où il a été transporté ?

– Aucune idée. Dans l'un des hôpitaux, le Umberto Primo, sans doute. Il me semble que c'est là que se font les autopsies. Pourquoi ?

– Je voudrais le voir, répondit Brunetti. Et aller voir aussi l'endroit où on l'a découvert. »

Patta n'était pas homme à s'intéresser aux détails. « Étant donné qu'il s'agit d'une affaire de Mestre, veillez à utiliser leurs véhicules, pas les nôtres.

– Autre chose, monsieur ?

– Non. Je suis sûr que l'affaire est simple. Vous aurez réglé ça d'ici la fin de la semaine, et vous pourrez partir en vacances. » Encore du Patta tout craché, que de ne pas s'enquérir de l'endroit où son subalterne comptait partir, ou du genre de réservations qu'il risquait de devoir annuler. Encore de vulgaires détails.

En quittant le vice-questeur, Brunetti remarqua que pendant leur entrevue, des meubles avaient soudainement fait leur apparition dans la petite antichambre sur laquelle s'ouvrait le bureau du patron. Un grand bureau de bois avait été placé sur un côté, et une petite table sous une fenêtre. Sans y prêter davantage attention, il descendit jusque dans la grande salle où travaillaient les officiers de police en tenue. Le sergent Vianello leva les yeux des papiers qu'il compulsait et sourit à Brunetti. « Avant que vous ne posiez la question, commissaire, oui, c'est vrai. Tito Burrasca. »

Cette confirmation ne le laissa pas moins étonné que lorsque, quelques heures plus tôt, il avait pour la première fois entendu parler de cette histoire. Burrasca était un personnage quasi mythique en Italie – si du moins on peut appliquer le terme « mythique » dans un cas comme celui-ci. Il avait commencé à tourner, pendant les années soixante, des films d'épouvante dégoulinant d'un sang si manifestement synthétique qu'ils en devenaient d'involontaires parodies du genre. Burrasca, qui n'était pas stupide, en dépit de l'ineptie de ses films d'horreur, tint compte des réactions populaires en proposant des films encore plus abracadabrants : des vampires avec des montres-bracelets que les acteurs paraissaient avoir oublié d'enlever ; un coup de téléphone avertissant de l'évasion de Dracula ; des acteurs gesticulant plus que des officiers d'appontement sur les porte-avions. Il était très rapidement devenu un personnage-culte, et les gens se précipitaient dans les cinémas pour le plaisir de détecter les gaffes et les anachronismes de ses productions.

Dans les années soixante-dix, il rassembla toute la fine fleur de l'école d'« officier d'appontement » pour leur faire tourner des films pornographiques, pour lesquels ils ne se révélèrent pas plus doués. Les costumes ne posant que des problèmes vraiment mineurs, il ne tarda pas à comprendre que les intrigues, là non plus, n'étaient pas un obstacle pour un esprit créatif comme le sien : il se contenta en effet de dépoussiérer les scénarios de ses nanars antérieurs et de transformer vampires, succubes et autres loups-garous en violeurs et maniaques sexuels. Sur quoi il remplit de nouveau les salles, salles plus petites, cette fois, et faisant appel à un public différent, car celui-ci ne semblait nullement s'intéresser au dépistage des cinématogaffes.

Les années quatre-vingts, en Italie, virent l'éclosion de toute une ribambelle de chaînes de télévision, et Burrasca les inonda de ses films, plus ou moins censurés en fonction de la sensibilité supposée des téléspectateurs. Puis il découvrit les vidéocassettes. Son nom (qui n'avait d'ailleurs jamais été propre, à la vérité) devint rapidement commun, et un terme du langage courant ; il devint la cible des plaisanteries dans les jeux télévisés, un personnage polyvalent pour les dessinateurs humoristiques. Cependant, une réflexion attentive sur son succès l'avait conduit à aller s'installer à Monaco pour y acquérir la citoyenneté de cette principauté, où l'impôt sur le revenu est inconnu. L'appartement de douze pièces qu'il avait conservé à Milan, expliqua-t-il au fisc italien, ne servait qu'aux réceptions organisées dans le cadre de ses affaires. Mais il allait aussi accueillir maintenant, semblait-il, Maria Lucrezia Patta.

« C'est bel et bien Tito Burrasca, répéta Vianello en réussissant, par on ne sait quel prodige de volonté, à ne pas sourire. C'est peut-être une chance que d'aller passer le reste de la semaine à Mestre. »

Le commissaire ne put s'empêcher de demander : « Et personne n'était au courant, avant aujourd'hui ? »

Vianello secoua la tête. « Non, personne. Pas le moindre soupçon.

– Pas même l'oncle d'Anita ? » voulut savoir Brunetti, révélant ainsi que même dans les rangs élevés de la questure, on connaissait la source de l'information.

Le sergent s'apprêtait à répondre lorsqu'il fut interrompu par la sonnerie du téléphone. Il décrocha, appuya sur un bouton et dit : « Oui, monsieur le vice-questeur ? »

Il écouta un moment, ajouta, « Certainement, monsieur le vice-questeur », et raccrocha.

Brunetti lui adressa un coup d'œil interrogatif.

« Les gens de l'immigration. Il veut savoir combien de temps Burrasca peut rester en Italie, maintenant qu'il a changé de citoyenneté.

– Je me dis qu'on ne peut s'empêcher de se sentir désolé pour ce pauvre vieux. »

Vianello redressa brusquement la tête. Il ne pouvait, ou ne voulait, dissimuler sa stupéfaction. « Désolé ?

Pour lui ? » Avec un effort évident, il s'obligea à ne pas en dire plus et reporta son attention sur le classeur ouvert devant lui.

Brunetti retourna dans son bureau. De là, il appela la questure de Mestre, se fit connaître, et demanda à être mis en relation avec la personne responsable de l'affaire du travesti assassiné. Au bout de quelques minutes on lui passa le sergent Gallo, qui expliqua qu'on l'avait chargé du dossier en attendant que le relais soit pris par quelqu'un d'un rang plus élevé. Brunetti lui dit qu'il était justement cette personne et demanda au sergent d'envoyer une voiture le prendre Piazzale Roma dans une demi-heure.

Lorsque Brunetti quitta la pénombre de la questure, le soleil, dehors, lui tomba dessus comme une chape de plomb. Momentanément aveuglé par la lumière et ses reflets dans le canal, il prit à tâtons ses lunettes noires et les enfila. Il n'avait pas fait cinq enjambées qu'il sentait déjà la transpiration imbiber sa chemise et couler le long de son dos. Il tourna à droite, ayant décidé sur-le-champ d'aller prendre le quatre-vingt-deux à San Zaccaria, même s'il fallait pour cela marcher au soleil pendant une bonne partie du trajet. Les *calli* conduisant au Rialto avaient beau être toutes dans l'ombre des hauts immeubles, il lui aurait fallu le double de temps pour s'y rendre à pied, et l'idée de passer seulement quelques minutes de plus dehors lui était insupportable.

Lorsqu'il déboucha sur la Riva degli Schiavoni, il vit un peu plus loin, sur sa gauche, le vaporetto amarré au ponton et des gens qui en descendaient. Il se trouva alors confronté à un dilemme typiquement vénitien : soit il courait pour essayer d'attraper le bateau, soit il passait dix minutes sur l'embarcadère mouvant, pris en otage par le soleil, pour attendre le suivant. Il courut. Ses pieds martelaient déjà les planches de la rampe d'accès, lorsqu'il eut une deuxième décision à prendre : s'arrêter un instant pour composter son billet à la machine jaune, à l'entrée – et prendre le risque de rater le bateau – soit embarquer directement et payer un supplément de cinq cent lires. Puis il se souvint qu'il était en mission officielle et que, par conséquent, il se déplaçait aux frais de la ville.

Le petit sprint de quelques dizaines de mètres avait suffi pour qu'il se retrouve inondé de sueur, et il préféra rester sur le pont pour offrir son corps au peu de brise créée par la nonchalante progression du vaporetto sur le Grand Canal. Il regarda autour de lui et vit les touristes à demi-nus, hommes et femmes en maillot de bain ou short, portant tout au plus un tee-shirt à col ouvert ; un instant il les envia, même s'il se savait incapable de se mettre dans une telle tenue ailleurs que sur une plage.

Envie qui s'évanouit au fur et à mesure que sa peau séchait, et il ne tarda pas à retrouver son irritation habituelle devant l'indécence de leurs accoutrements. Passe encore s'ils avaient eu des corps parfaits et des vêtements élégants. Mais le tissu avachi de leurs frusques et l'état encore plus avachi de nombre d'entre eux lui faisaient éprouver des envies pour la pudeur obligatoire des sociétés islamiques. Sans être ce que Paola appelait un « snob de la beauté », il estimait cependant qu'il valait mieux avoir une apparence qui vous avantageait que le contraire. Il reporta alors son attention sur les palais qui bordaient le canal, et sentit son agacement disparaître aussitôt. Nombre de ces édifices étaient également avachis, mais leur mauvais état avait des siècles d'exposition aux intempéries pour cause, non la paresse et un choix de matériaux de mauvaise qualité. La ville avait atteint un grand âge et Brunetti aimait ces traces de ses chagrins laissées sur son visage.

Il n'avait pas pris la peine de préciser l'endroit où devait l'attendre la voiture, mais il ne s'en dirigea pas moins tout de suite vers le poste des carabiniers de la

Piazzale Roma ; garé devant, moteur tournant au ralenti, il y avait d'ailleurs un véhicule de police bleu et blanc de la *Squadra Mobile* de Mestre. Il tapa à la vitre. Le jeune policier, assis à l'intérieur, la fit descendre, et une vague d'air frais vint toucher Brunetti à la hauteur de la poitrine.

« Commissaire ? » demanda le jeune homme, descendant de voiture lorsque Brunetti eut acquiescé. « C'est le sergent Gallo qui m'envoie », ajouta-t-il, ouvrant pour lui la portière arrière. Brunetti s'installa et reposa un instant la nuque contre le dossier. La transpiration se refroidissait, sur sa poitrine et ses épaules, et il se demandait si cette sensation lui était agréable ou désagréable.

« Où désirez-vous aller, monsieur ? » demanda le policier en engageant une vitesse.

En vacances. Samedi prochain, répondit-il en esprit, pour lui-même, mais aussi pour Patta. « À l'endroit où on l'a trouvé. »

Au point où la route de la digue rejoignait la terre ferme, la voiture prit la direction de Marghera. La lagune disparut, et ils se retrouvèrent rapidement sur une ligne droite encombrée, ponctuée de feux de circulation à tous les carrefours. Ils avançaient au pas. « Étais-tu sur place, ce matin ? » Le jeune homme se tourna et jeta un coup d'œil à Brunetti, puis regarda de nouveau devant lui. Le col de sa chemise était impeccable. Peut-être avait-il passé toute la journée assis dans la voiture climatisée.

« Non, monsieur. C'était Buffo et Rubelli.

– D'après ce qu'on m'a dit, il s'agirait d'un prostitué. A-t-il été identifié ?

– Je ne sais pas, monsieur. Mais ça paraît logique, n'est-ce pas ?

– Et pourquoi donc ?

– Eh bien, c'est dans ce secteur que traînent les putes, celles qui ne sont pas chères, en tout cas. Non loin des usines. On en voit toujours une douzaine, à peu près, sur le bord de la route, au cas où quelqu'un aurait envie de tirer un coup vite fait.

– Même des hommes ?

– Je ne comprends pas. Qui voulez-vous qui aille voir les putes ?

– Je voulais parler des prostitués masculins. Est-il vraisemblable qu'ils se tiennent là aussi, alors que les hommes qui pourraient avoir envie de leurs services risqueraient d'être vus par tous ceux qui quittent leur travail ? J'ai l'impression que c'est le genre de détail qu'on préfère laisser ignorer à ses collègues, non ? »

Le chauffeur réfléchit quelque temps.

« Où travaillent-ils, en général ? demanda Brunetti.

– Qui donc ? » voulut savoir le jeune policier, prudent. Il ne tenait pas à se faire piéger une deuxième fois par une question à double sens.

« Les prostitués de sexe masculin.

– On les trouve en général via Cappuccina, monsieur. À la gare, aussi, mais on essaie de les en chasser pendant l'été, à cause des touristes.

– Et celui-ci était un habitué ?

– Je n'en ai aucune idée, monsieur. »

La voiture tourna à gauche, franchit une route étroite, puis s'engagea à droite sur une artère plus large bordée de bâtiments bas, de chaque côté. Brunetti consulta sa montre. Déjà presque dix-sept heures.

Les constructions devenaient de plus en plus espacées, séparées par des terrains vagues où poussaient des herbes folles et quelques maigres buissons. On voyait des voitures abandonnées, plus ou moins renversées, les vitres brisées, les sièges arrachés posés à côté. Chaque immeuble paraissait avoir été, à l'origine, entouré d'une barrière, mais les planches cassées pendaient lamentablement de poteaux ayant tout oublié de leur fonction.

Des femmes attendaient ici et là sur le bord de la chaussée, se tenant par deux à l'abri de parasols enfoncés dans la terre des bas-côtés.

« Est-ce qu'elles savent ce qui est arrivé aujourd'hui ? demanda Brunetti.

– Sans aucun doute, monsieur. C'est le genre de nouvelles qui se répand comme une traînée de poudre.

– Et elles sont toujours là ? » Brunetti avait du mal à cacher son étonnement.

« Il faut bien qu'elles vivent, n'est-ce pas ? En plus, puisque c'est un homme qui a été tué, elles ne risquent rien – je suppose que c'est ce qu'elles se disent. » Le jeune policier ralentit et se gara au bord de la route. « C'est ici, monsieur. »

Brunetti descendit de voiture. La chaleur et l'humidité se coulèrent aussitôt le long de son corps. Devant lui, un long bâtiment bas avec, sur le côté, quatre rampes de béton, en pente raide, conduisant à des doubles portes métalliques. Une voiture de patrouille était garée au pied de l'une des rampes. Aucun nom sur la construction, rien qui aurait pu permettre de l'identifier. L'odeur qui s'en dégageait rendait ces précisions inutiles.

« Je crois que c'était derrière », dit aimablement le chauffeur.

Brunetti s'avança vers la droite du bâtiment, en direction du terrain vague qui s'étendait à l'arrière de l'abattoir. Lorsqu'il arriva à l'angle, il vit une autre barrière défoncée, un acacia ayant survécu par pur miracle et, dans son ombre, un policier assoupi sur une chaise, menton sur la poitrine.

« Scarpa ! lança le chauffeur avant que Brunetti ait pu dire quoi que ce soit. Voilà un commissaire. »

La tête du policier se redressa brusquement ; réveillé sur le champ, il bondit sur ses pieds, regarda Brunetti, salua. « Bonjour, monsieur. »

L'homme avait accroché sa veste au dossier de la chaise et sa chemise, que la transpiration lui collait au corps, faisait l'effet d'être non pas blanche, mais rose pâle. « Depuis combien de temps es-tu ici, Scarpa ? demanda Brunetti en s'approchant.

– Depuis que les gens du labo sont partis, monsieur.

– C'est-à-dire ?

– Depuis trois heures, à peu près.

– Et comment se fait-il que tu y sois encore ?

– Le sergent m'a dit de rester jusqu'à ce qu'on vienne interroger les ouvriers.

– Mais qu'est-ce que tu fabriques comme ça, en plein soleil ? »

Le policier ne fit aucun effort pour éviter de répondre ou embellir les choses. « Je ne tenais plus à l'intérieur, monsieur. L'odeur… Je suis sorti et j'ai vomi. J'ai compris que je ne pourrais jamais retourner dedans. Je suis resté debout pendant la première heure, mais il n'y avait que cet endroit avec un peu d'ombre, et je suis allé leur demander une chaise. »

Sans même y penser, Brunetti et le chauffeur s'étaient regroupés dans l'étroit cercle d'ombre de l'arbre pendant que le policier s'expliquait. « Sais-tu si on est venu interroger les ouvriers ? demanda Brunetti.

– Oui, monsieur. Il y a une heure, environ.

– Mais alors, pourquoi es-tu toujours planté là ? »

Le policier adressa à Brunetti un regard neutre. « J'ai demandé au sergent si je pouvais retourner en ville, mais il voulait que je donne un coup de main, pour les interrogatoires. Je lui ai dit que je ne pouvais pas, sauf si les ouvriers sortaient. Ça ne lui a pas plu, mais j'étais incapable de retourner à l'intérieur. »

Une petite bouffée d'air ironique rappela à Brunetti pour quelle raison.

« Tu aurais pu t'installer dans la voiture, au moins.

– Il m'a dit d'attendre ici, monsieur. » L'homme ne

changea pas d'expression. « Je lui ai bien demandé si je pouvais m'asseoir dans la voiture – elle est climatisée – mais il m'a répondu que puisque je ne voulais pas les aider, je n'avais qu'à rester dehors. » Puis, comme s'il prévoyait la prochaine question de Brunetti, il ajouta : « Le prochain bus est à huit heures moins le quart. C'est celui qui ramène les ouvriers en ville. »

Brunetti digéra ces informations, puis demanda : « Où l'a-t-on trouvé, exactement ? »

Le policier se tourna et indiqua une portion de terrain où poussaient des roseaux et quelques buissons, de l'autre côté du grillage. « Il était là-dessous, monsieur.

– Qui l'a découvert ?

– L'un des équarrisseurs. Il était sorti fumer et il a vu l'une des chaussures du type par terre – une chaussure rouge, je crois – et il s'est approché pour mieux la regarder de près.

– Étais-tu ici, quand les gens du labo sont venus ?

– Oui, monsieur. Ils y sont allés, ils ont pris des photos et ramassé ce qu'ils ont pu trouver dans un rayon de cent mètres autour du fourré.

– Des empreintes de pas ?

– Il me semble, mais je n'en suis pas sûr. L'homme qui l'a trouvé en a laissé, mais je crois qu'ils en ont recueilli d'autres. » Il se tut un instant, essuya la sueur de son front et ajouta : « Et le premier policier venu sur les lieux en a laissé aussi.

– Votre sergent ?

– Oui, monsieur. »

Brunetti jeta un coup d'œil en direction de la végétation, puis revint à la chemise trempée de sueur du policier. « Va t'asseoir dans notre voiture, Scarpa. Elle a l'air conditionné. Accompagne-le, ajouta-t-il à l'intention du chauffeur. Vous n'avez qu'à m'attendre là. »

Le policier le remercia avec gratitude et retira son veston du dossier de la chaise.

« Ce n'est pas la peine, lui dit Brunetti, quand il le vit enfiler une manche.

– Merci, monsieur », répéta Scarpa.

Les deux hommes prirent la direction du bâtiment, Scarpa rapportant sa chaise qu'il alla placer à côté de la porte de derrière, avant d'aller rejoindre le chauffeur. Puis ils disparurent à l'angle du bâtiment et Brunetti se dirigea vers le trou, dans le grillage.

Il se courba le plus possible, passa au travers et s'approcha des buissons. Les traces laissées par les experts du labo étaient visibles partout : trous dans le sol pour les piquets servant à mesurer les distances, petit amas de terre où un talon avait pivoté, et, près du fourré, un tas de branchages coupés, bien rangé sur le côté ; apparemment, il leur avait fallu dégager l'emplacement pour pouvoir retirer le corps sans l'écorcher contre les plantes hérissées de piquants.

Brunetti entendit un claquement de portière, derrière lui, puis une voix qui criait, « Hé, toi, qu'est-ce que tu fiches là ? Fous-moi le camp d'ici ! »

Brunetti se tourna et, comme il s'y attendait, vit un policier en tenue venir rapidement vers lui depuis l'arrière de l'abattoir. Comme le commissaire se contentait de le regarder sans bouger, l'homme tira son pistolet et cria : « Mets les mains en l'air et approche-toi du grillage ! »

Brunetti obéit, gardant simplement les mains écartées du corps comme s'il marchait sur une surface inégale et cherchait à conserver l'équilibre.

« J'ai dit les mains en l'air ! » ragea le policier au moment où Brunetti atteignait la barrière.

Le policier avait son arme à la main, si bien que Brunetti s'abstint de lui faire remarquer qu'il se tenait effectivement les mains en l'air, même si ce n'était pas au-dessus de sa tête. Au lieu de cela, il dit : « Bonjour, sergent. Je suis le commissaire Brunetti, de Venise. Avez-vous pris les dépositions du personnel ? »

L'homme avait de petits yeux qui ne brillaient pas particulièrement d'intelligence ; mais il en possédait assez, comme le constata Brunetti, pour prendre conscience de la trappe qui s'ouvrait sous ses pieds. Il pouvait soit lui demander d'exhiber une preuve, sa carte d'identité professionnelle, n'importe quoi, soit laisser cet inconnu prétendre être officier de police sans contester cette affirmation.

« Désolé, commissaire. J'avais le soleil dans les yeux, et je ne vous ai pas reconnu », déclara impavidement le sergent – le soleil brillait au-dessus de son épaule gauche. Il aurait pu s'en tirer, et même forcer le respect de Brunetti, s'il n'avait pas cru bon d'ajouter : « C'est pénible de passer au soleil, quand on arrive de l'intérieur, qui est sombre. En plus, je ne m'attendais pas à voir quelqu'un là dehors. »

Buffo, lisait-on sur le badge de poitrine de l'homme.

« Il semble qu'il n'y ait plus de commissaire disponible à Mestre pour les semaines qui viennent, et c'est donc moi qu'on a chargé de l'enquête. » Brunetti se courba à nouveau pour franchir le trou du grillage. Le temps qu'il se redresse de l'autre côté, l'arme du policier était retournée dans son étui, le rabat en place.

Brunetti prit la direction de l'abattoir, Buffo marchant à ses côtés. « Que vous ont appris les employés ?

– Rien de plus que ce matin, monsieur. L'un des bouchers, Bettino Cola, a découvert le corps un peu après onze heures. Il était sorti fumer, et il est allé jusqu'au buisson pour regarder de plus près des chaussures qu'il disait avoir vues sur le sol.

– Pourquoi, elles n'y étaient plus ?

– Si. Elles y étaient encore quand nous sommes arrivés. » À la manière dont il s'exprimait, on aurait pu croire qu'il soupçonnait Cola de les avoir déposées là pour détourner les soupçons. Brunetti avait en horreur, tout autant que les civils ou les criminels, ce style de flic cow-boy.

« Le coup de téléphone disait qu'il y avait une pute dans le champ, une femme. C'est moi qui suis venu voir, mais c'était un homme. » Buffo cracha par terre.

« Le rapport que j'ai reçu parle d'un prostitué, dit Brunetti d'un ton calme. A-t-il été identifié ?

– Non, pas encore. Les gens de la morgue prennent des photos, mais il a été sérieusement massacré, et un dessinateur va essayer de faire un portrait-robot. On va le montrer dans le secteur, et tôt ou tard quelqu'un finira bien par le reconnaître. Ils sont très connus, tous ces garçons, ajouta Buffo avec une expression qui tenait autant de la grimace que du sourire, avant d'ajouter : S'il est du coin, nous saurons très vite de qui il s'agit.

– Et sinon ?

– Alors ça prendra plus longtemps, j'en ai peur. On ne trouvera peut-être même jamais. De toute façon, ce ne sera pas une grosse perte.

– Et pourquoi, sergent Buffo ? » demanda Brunetti d'un ton retenu. Mais le sergent Buffo n'entendit que les mots, pas le ton.

« Vous croyez qu'on a besoin de pervers dans ce genre ? Ils ont tous le sida, et ils se fichent complètement de le coller aux gens honnêtes. » À nouveau, il cracha.

Brunetti s'arrêta et se tourna pour lui faire face. « Si je comprends bien, sergent Buffo, tous ces honnêtes travailleurs qui, d'après vous, sont sous la menace du sida, risquent de l'attraper parce qu'ils paient ces pervers, comme vous dites, pour leur enfoncer la bite dans le cul ? Efforçons-nous de ne pas oublier ce détail. Et de ne pas oublier non plus que, quelle que soit la victime, elle a été assassinée, et qu'il est de notre devoir de trouver l'assassin. Même si celui-ci est un honnête travailleur. »

Sur ses paroles, Brunetti ouvrit la porte de l'abattoir et entra, préférant la puanteur qui régnait à l'intérieur à celle qui empestait dehors.

4

Il n'apprit à peu près rien de plus, une fois dedans. Cola répéta son histoire, le contremaître la confirma. Renfrogné, Buffo lui dit qu'aucun des hommes travaillant dans l'abattoir n'avait observé quoi que ce soit d'étrange, ce matin ou la veille. Les prostituées faisaient tellement partie du paysage que plus personne ne prêtait vraiment attention à leurs allées et venues. Aucun ne se souvenait que l'emplacement, derrière l'abattoir, ait servi pour leurs activités professionnelles – l'odeur, à elle seule, expliquait facilement le fait. Et si une tapineuse s'était aventurée jusque-là, nul ne l'aurait remarquée, vraisemblablement.

Après avoir appris tout ceci, Brunetti était retourné à la voiture et avait demandé au chauffeur de le conduire à la questure de Mestre. Le policier Scarpa, qui avait remis sa veste, alla rejoindre Buffo dans l'autre véhicule. Pendant qu'ils roulaient, Brunetti entrouvrit la fenêtre pour laisser un peu d'air (même s'il était brûlant) venir dissiper l'odeur de l'abattoir qui s'accrochait encore à ses vêtements. Comme la plupart des Italiens, Brunetti trouvait ridicule l'idée de devenir végétarien, n'y voyant que la dernière marotte en date des gens bien nourris ; aujourd'hui, cependant, il ne la trouvait pas sans attrait.

À la questure, le chauffeur le conduisit jusqu'au deuxième étage et le présenta au sergent Gallo, homme au teint cadavérique et aux yeux profondément enfoncés dans leurs orbites, à croire que les années passées à poursuivre le crime lui avaient dévoré les chairs de l'intérieur. Une fois Brunetti assis, Gallo lui confirma qu'il n'avait pas grand-chose d'autre à lui apprendre, même si, entre-temps, le médecin légiste lui avait fait son rapport préliminaire de vive voix : la mort résultait d'une série de coups violents portés à la face et à la tête de la victime, entre douze et dix-huit heures avant la découverte du corps. À cause de la chaleur, il était difficile d'être plus précis. Des débris de rouille trouvés dans les blessures et la forme de celles-ci laissaient penser que l'arme du crime était probablement un morceau de métal, probablement un tuyau, en tout cas un objet cylindrique. On n'aurait pas le résultat de l'analyse, en ce qui concernait le sang et le contenu de l'estomac, avant mercredi matin au plus tôt ; il était donc impossible de dire si l'homme était ivre ou drogué au moment de sa mort. Étant donné que beaucoup de prostituées femmes et pratiquement tous les travestis de la ville étaient des drogués confirmés, l'hypothèse était recevable, même si l'on n'avait découvert aucune trace de piqûre sur le corps. L'estomac était vide, mais la victime devait avoir pris un repas dans les six heures précédant sa mort.

« Et ses vêtements ? demanda-t-il à Gallo.

— Une robe rouge, en synthétique de mauvaise qualité. Chaussures rouges, presque neuves, taille quarante et un. Je vais faire faire des recherches pour trouver le fabricant.

— Des photos ?

— Elles ne seront prêtes que demain matin, monsieur, mais s'il faut en croire les hommes qui l'ont ramené, vous n'aurez peut-être pas envie de les voir.

— À ce point ?

— Celui qui a fait le coup devait le haïr ou être complètement hors de lui. Il ne reste rien de son nez.

– Allez-vous mettre votre dessinateur au travail ?

– Oui, mais le résultat risque d'être approximatif. Nous n'avons que la forme du visage et la couleur des yeux. Et les cheveux. » Le sergent marqua un temps d'arrêt avant de reprendre. « Ils sont très clairsemés, et il a une grande tonsure. Je suppose qu'il devait porter une perruque quand… quand il travaillait.

– En a-t-on trouvé une ?

– Non, monsieur. D'ailleurs, on dirait qu'il a été tué ailleurs, avant d'être transporté là-bas.

– Des empreintes de pas ?

– Oui. D'après les techniciens, il y en aurait qui vont vers les buissons et qui en repartent.

– Plus profondes à l'aller ?

– Exactement.

– Autrement dit, conclut Brunetti, on l'a transporté jusque-là et jeté ensuite au milieu des fourrés. D'où venaient les empreintes de pas ?

– Il y a une petite route goudronnée qui longe le terrain vague, derrière l'abattoir. Elles paraissent provenir de là.

– Et sur la route ?

– Rien. Cela fait des semaines qu'il n'a pas plu et une voiture – même un camion – a très bien pu s'arrêter sans laisser de traces. Il n'y a que ces empreintes de pas, celles d'un homme chaussant du quarante-trois. » La pointure de Brunetti.

« Possédez-vous une liste des travestis qui se prostituent ?

– Seulement le nom de ceux qui ont eu des ennuis, monsieur.

– Et de quels genre d'ennuis s'agit-il ?

– Oh, toujours la même chose. Drogues, bagarres entre eux. De temps en temps, l'un d'eux se crêpe le chignon avec un client. Pour des questions d'argent, en général. Mais jamais aucun d'eux n'a été mêlé à une affaire sérieuse.

– Et les bagarres ? Elles n'ont jamais mal tourné ?

– Non, jamais.

– Combien sont-ils, en tout ?

– Nous avons des dossiers sur une trentaine d'entre eux, mais à mon avis, ce n'est qu'une faible fraction de ce qu'ils représentent. Beaucoup viennent de Pordenone ou de Padoue. Il semble que les affaires marchent bien pour eux, ici. »

Pordenone était la seule ville un peu importante près des camps militaires italiens et américains ; ceci expliquait sans doute cela. Mais Padoue ? L'université ? Dans ce cas, les choses avaient bougrement changé, depuis que Brunetti y avait poursuivi ses études de droit.

« J'aimerais jeter un coup d'œil à ces dossiers, ce soir. Pouvez-vous m'en faire tirer une copie ?

– C'est déjà fait, monsieur », répondit Gallo en lui tendant le classeur à couverture bleue posé sur son bureau.

Tandis qu'il prenait le dossier des mains du sergent, Brunetti prit conscience que même ici, à Mestre, à moins de vingt kilomètres de Venise, on allait vraisemblablement le traiter en étranger ; il chercha donc comment trouver un terrain commun qui ferait de lui un membre de l'unité, non pas une simple pièce rapportée temporairement. « Dites-moi, sergent, vous êtes vénitien, n'est-ce pas ? » Comme Gallo acquiesçait, Brunetti poursuivit, « De Castello ? » Nouveau hochement de tête affirmatif du policier, qui cette fois sourit comme s'il avait su que son accent le suivrait partout, où qu'il aille.

« Qu'est-ce que vous faites ici, à Mestre ?

– Vous savez comment c'est, commissaire. J'ai fini par en avoir assez de chercher un appartement à Venise. Ma femme et moi, on y a passé deux ans, mais c'est impossible. Personne ne veut louer à un Vénitien. Les gens ont peur qu'on ne veuille plus jamais repartir. Quant au prix, si l'on veut acheter, c'est cinq millions le mètre carré. Qui peut s'offrir ça ? On est donc venu ici.

– Vous paraissez le regretter, sergent. »

Gallo haussa les épaules. C'était le sort commun de bien des Vénitiens, chassés de la ville par des loyers ou des prix d'achat délirants. « C'est toujours dur de quitter son domicile, commissaire », répondit-il avec, semblat-il à Brunetti, un peu plus de chaleur dans la voix.

Retournant à ce qui l'avait amené ici, Brunetti tapota le dossier du doigt. « Y a-t-il parmi vous quelqu'un qui leur a parlé, en qui ils auraient confiance ?

– On avait bien un homme, Benvenuti... mais il a pris sa retraite l'an dernier.

– Personne d'autre ?

– Non, monsieur. » Gallo garda quelques instants le silence, comme s'il évaluait les risques de ce qu'il avait envie de dire. « J'ai bien peur que la majorité des jeunes policiers, euh... j'ai bien peur qu'ils les traitent par-dessus la jambe.

– Qu'est-ce qui vous le fait dire ?

– Hé bien, si l'un d'eux vient se plaindre, par exemple, d'avoir été battu par un client – non pas parce qu'il n'a pas été payé, vous comprenez, là, nous n'y pouvons rien – mais simplement battu, personne ne veut se charger de l'enquête, même si nous avons le nom du coupable. Ou bien, s'ils vont l'interroger, l'affaire est en règle générale classée sans suites.

– J'ai eu un avant-goût de cette attitude, un avantgoût même assez épicé, pour tout dire, avec le sergent Buffo », observa Brunetti.

À ce nom, Gallo pinça les lèvres mais ne dit rien.

« Et les femmes ? demanda Brunetti.

– Les tapineuses ?

– Oui. Ont-elles beaucoup de contacts avec les travestis ?

– Il n'y a jamais eu d'histoire, pour autant que nous le sachions, mais j'ignore s'ils s'entendent ou non. Je ne crois pas qu'ils soient en concurrence pour les clients, si c'est ce que vous avez voulu dire. »

Ce qu'il avait voulu dire, Brunetti ne le savait pas très bien, et il se rendit compte que ses questions resteraient vagues tant qu'il n'aurait pas lu ce qui était dans le classeur bleu, ou tant qu'on n'aurait pas identifié la victime. Et que tant qu'il ne posséderait pas ce dernier renseignement, on ne pourrait ni s'interroger sur le mobile, ni comprendre ce qui s'était passé.

Il se leva et consulta sa montre. « J'aimerais que votre chauffeur vienne me prendre à huit heures et demie, demain matin. Et que votre dessinateur ait fini son portrait-robot d'ici là. Dès que vous l'aurez, même si c'est en pleine nuit, envoyez au moins deux hommes commencer des rondes auprès des travestis qui auraient pu le connaître, ou voir s'ils n'ont pas entendu parler de quelqu'un de Pordenone ou de Padoue qui aurait disparu. J'aimerais aussi qu'on demande aux prostituées – aux femmes, j'entends – si les travestis avaient l'habitude d'aller dans le secteur où l'on a trouvé le corps, où si elles n'auraient pas entendu parler de quelqu'un qui y serait allé, par le passé. » Il prit le dossier. « Je vais l'étudier à fond, ce soir. »

Gallo avait pris les ordres de Brunetti en notes ; il le raccompagna jusqu'à la porte.

« Alors à demain matin, commissaire. » Il retourna à son bureau et décrocha le téléphone. « En arrivant en bas, vous trouverez un chauffeur pour vous ramener Piazzale Roma. »

Pendant que la voiture roulait à vive allure sur la digue, Brunetti eut le temps de contempler, sur sa droite, les nuages de fumée jaunes, gris, blancs ou verts que recrachait la forêt de cheminées, du côté de Marghera. Aussi loin que portait le regard, ce linceul méphitique surplombait le vaste complexe industriel, et les rayons du soleil couchant le métamorphosaient en une éclatante vision de ce que serait l'avenir. Rendu mélancolique par une telle idée, il se détourna pour regarder en direction de Murano et au-delà, vers le lointain clocher de la basilique de Torcello, le lieu où, selon certains historiens, l'idée de Venise aurait pris naissance, quinze cents ans auparavant, lorsque les peuplades de la côte allaient se réfugier dans les marais pour fuir devant les Huns.

Le conducteur dut faire une dangereuse embardée pour éviter un énorme camping-car allemand, lequel lui avait brusquement coupé la route pour s'engager sur l'aire de repos de l'île de Tronchetto ; Brunetti fut brusquement ramené à la réalité. Encore les Huns, et nulle part où se cacher, à présent.

Depuis Piazzale Roma il rentra chez lui à pied, ne prêtant guère attention à son itinéraire ou aux gens qu'il croisait, l'image de ce sinistre terrain vague encore dans la tête, avec les mouches agglutinées à l'endroit où la victime avait été dissimulée, sous les buissons épineux. Demain, il irait voir le corps, parlerait au médecin légiste, verrait quels secrets livrerait le cadavre.

Il arriva chez lui un peu avant vingt heures, presque comme s'il s'agissait d'un jour normal. Paola était dans la cuisine, mais ni les odeurs ni les bruits habituels des préparatifs d'un repas ne lui parvinrent. Intrigué, il parcourut le couloir et alla passer la tête par la porte ; elle était installée au comptoir et coupait des tomates.

« Ciao, Guido », dit-elle en lui adressant un sourire.

Il jeta le classeur bleu sur la table, s'avança jusqu'à elle et l'embrassa sur la nuque.

« Avec cette chaleur ? » demanda-t-elle – s'inclinant toutefois contre lui en disant cela.

Il lécha délicatement l'endroit qu'il venait d'embrasser. « Besoin de sel, répondit-il, continuant son petit jeu.

— Tu sais, on vend des pilules de sel, à la pharmacie. Sûrement plus hygiénique. » Elle se pencha en avant, mais c'était pour prendre une autre tomate dans l'évier. Elle la coupa en tranches épaisses et les ajouta à celles déjà disposées en cercle dans un grand plat de faïence.

Brunetti alla prendre une bouteille d'eau minérale dans le frigo, en but deux verres coup sur coup et remit l'eau en place avant de prendre, sur la clayette inférieure, une bouteille de Prosecco. Après avoir enlevé le chapeau argenté et défait le muselet, il poussa le bouchon des deux pouces, lentement, puis procéda à son extraction à l'aide de petits mouvements latéraux. Dès que le bouchon eut sauté, il inclina la bouteille pour éviter que la mousse ne déborde. « Comment se fait-il que tu savais empêcher le mousseux de déborder et pas moi, quand nous nous sommes mariés ? demanda-t-il en versant dans son verre.

— C'est Mario qui me l'avait appris », répondit-elle. Il comprit immédiatement que, parmi les quelque vingt Mario qu'ils connaissaient, elle parlait de son cousin, le négociant en vins.

« Tu en veux un peu ?

— J'en prendrai une gorgée dans ton verre. Je n'aime pas boire, avec cette chaleur ; ça me monte tout de suite à la tête. » Il lui passa un bras autour des épaules et porta le verre aux lèvres de Paola. « Basta », dit-elle après n'avoir pris, effectivement, qu'une petite gorgée. Il entreprit alors de finir le verre.

« Excellent, murmura-t-il. Où sont les enfants ?

— Chiara est sur le balcon. Elle lit. » Chiara faisait-elle jamais autre chose ? Oui : résoudre des problèmes de mathématiques et le tanner pour avoir un ordinateur.

« Et Raffi ? » Il devait être avec Sara, mais Brunetti posait toujours la question.

« Avec Sara. Il mange chez elle, et ils doivent ensuite aller au cinéma. » Elle éclata de rire, pour une double raison : l'amusement de voir la dévotion canine que leur fils vouait à Sara Paganuzzi (elle habitait deux étages en dessous), le soulagement qu'il soit tombé sur elle. « J'espère qu'il va être capable de s'arracher à sa compagnie pour ces quinze jours de vacances à la montagne », reprit-elle, mais pas sérieusement. La perspective d'un séjour dans la région de Bolzano et d'échapper à la chaleur accablante de Venise présentait certainement assez d'attraits pour que l'adolescent se fasse sans peine une raison. De plus, les parents de Sara avaient accepté que leur fille aille le rejoindre pendant le week-end, au milieu de ces vacances. Quant à Paola, qui ne devait reprendre l'enseignement à l'université que dans deux mois, elle attendait avec impatience de pouvoir passer des journées entières à lire.

Brunetti ne fit aucun commentaire et reprit un demi-verre de mousseux. « *Caprese ?* » demanda-t-il avec un mouvement de tête en direction des rondelles de tomates, entre lesquelles Paola avait laissé un emplacement.

« Houla, le superflic ! ironisa Paola en tendant la main vers une autre tomate, il voit des rondelles de tomates avec juste de quoi mettre une tranche de mozzarelle entre elles, il voit un bouquet de basilic tout frais dans un verre d'eau, à la gauche de sa délicieuse épouse, et juste à côté un bloc de mozzarelle, sur une assiette. Il fait le rapprochement entre tous ces éléments et, raisonnant à la vitesse de la lumière, en déduit qu'il y a de l'*insalata caprese* pour le dîner. Pas étonnant qu'un tel homme frappe de terreur la population criminelle de cette ville. » Elle se tourna en même temps vers lui avec un sourire, pour sonder son humeur et voir si elle n'avait pas été un peu trop loin. C'est justement ce qu'elle crut comprendre, et elle lui prit le verre des mains pour une deuxième gorgée. « Qu'est-ce qui s'est passé ? demanda-t-elle en lui rendant le mousseux.

– On m'a chargé d'une enquête à Mestre, répondit-il, enchaînant aussitôt pour qu'elle n'ait pas le temps de l'interrompre, deux de leurs commissaires sont en vacances, le troisième est à l'hôpital avec une jambe cassée, et la quatrième sur le point de prendre son congé maternité.

– Si bien que Patta n'a rien trouvé de mieux que de t'envoyer à Mestre ?

– Il n'y a personne d'autre.

– Enfin, Guido ! Il y a toujours quelqu'un. À commencer par Patta lui-même. Ça ne lui ferait pas de mal d'aller un peu sur le terrain, au lieu de passer son temps assis derrière son bureau, à signer des papiers et peloter les secrétaires. »

Brunetti eut du mal à imaginer l'une d'elles se laissant faire, en ce moment, mais il garda ce point de vue pour lui.

« Eh bien ? le relança-t-elle, voyant qu'il ne disait rien.

– Il a des problèmes, expliqua Brunetti.

– Alors, c'est vrai ? Je mourais d'envie de t'appeler pour te demander ce qu'il en était. Tito Burrasca ? »

Brunetti acquiesça et elle ne put s'empêcher de renverser la tête, laissant échapper un son pour le moins persifleur. « Tito Burrasca ! répéta-t-elle, se tournant vers l'évier pour y prendre une tomate. Tito Burrasca !

– Voyons, Paola. C'est loin d'être drôle. »

Elle fit une série de gestes en l'air, le couteau toujours à la main. « Comment, ce n'est pas drôle ? Patta n'est qu'un salopard, pompeux, prétentieux, papelard, et personne ne mérite mieux que lui ce qui lui arrive. »

Brunetti haussa les épaules et remplit de nouveau son verre. Pendant qu'elle fulminait contre Patta, au moins oubliait-elle Mestre – il n'ignorait pas, cependant, que ce n'était que temporaire.

« Je n'arrive pas à y croire » dit-elle, tournée de telle manière qu'elle donnait l'impression de s'adresser à la dernière tomate, dans l'évier. « Il t'empoisonne la vie depuis des années, il s'arrange pour démolir le travail que tu fais, et maintenant, tu le défends !

– Je ne le défends pas, Paola.

– À t'écouter, on le dirait bien, pourtant. » Cette fois-ci, c'était au morceau de mozzarelle qu'elle avait parlé.

« Je dis simplement que personne ne mérite ce genre de chose. Ce Burrasca est un cochon.

– Et pas Patta ?

– Veux-tu que j'appelle Chiara ? demanda-t-il, voyant que la salade était presque prête.

– Pas avant que tu m'aies dit combien de temps allait durer cette affaire de Mestre.

– Aucune idée.

– De quoi s'agit-il ?

– D'un meurtre. On a trouvé un travesti dans un terrain vague. Le visage défiguré, massacré sans doute à coups de tuyau. Le cadavre a ensuite été jeté là. » Les autres familles, se demanda-t-il, avaient-elles des conversations d'avant dîner aussi roboratives que celle-ci ?

« Pourquoi l'avoir défiguré ? lui demanda-t-elle, posant la question qui l'avait turlupiné, lui, pendant tout l'après-midi.

– Fou de rage ?

– Hum… dit-elle, disposant la mozzarelle tranchée entre les rondelles de tomate. Et pourquoi dans un terrain vague ?

– Parce que celui qui a fait le coup voulait que le corps soit le plus loin possible de lui.

– Tu es bien sûr qu'il n'a pas été tué sur place ?

– On ne dirait pas. On a trouvé des empreintes de pas qui allaient jusque dans les buissons et en revenaient, plus légères au retour.

– Un travesti ?

– C'est tout ce que je sais. Je n'ai aucune idée de son âge, mais tout le monde a l'air de dire qu'il s'agissait d'un prostitué.

– Tu n'y crois pas ?

– Je n'ai aucune raison de ne pas y croire. Mais je n'ai pas davantage de raisons d'y croire. »

Elle prit quelques feuilles de basilic, les fit passer sous le robinet ; puis elle les cisela, les éparpilla sur les tomates et la mozzarelle, ajouta sel et poivre et arrosa généreusement le tout d'huile d'olive.

« Je m'étais dit qu'on serait mieux sur la terrasse pour dîner. En principe, Chiara a mis le couvert. Tu veux vérifier ? » En quittant la cuisine, il emporta avec lui le verre et la bouteille. Paola posa son couteau dans l'évier. « Tu n'auras pas terminé samedi, n'est-ce pas ? »

Il secoua la tête. « Je ne pense pas.

– Que préfères-tu que je fasse ?

– L'hôtel est réservé. Les enfants ne demandent qu'à partir. Ils attendent ça depuis le début des vacances scolaires.

– Que préfères-tu que je fasse ? » répéta-t-elle. Une fois, au moins huit ans auparavant, il avait réussi à louvoyer ainsi pendant toute une journée, il ne se souvenait plus à propos de quoi.

« Que toi et les enfants partiez à la montagne. Si l'affaire est rapidement bouclée, je vous rejoindrai. J'essaierai au moins d'être là pour le prochain week-end, de toute façon.

– J'aimerais autant que tu sois avec nous, Guido. Je n'ai pas envie de passer mes vacances toute seule.

– Les enfants seront là. »

Paola ne daigna pas lui faire l'honneur d'une opposition rationnelle. Elle prit le plat et se leva. « Va donc voir si Chiara a mis le couvert. »

5

Il lut tout le dossier, ce soir-là, avant de s'endormir. Il y trouva les preuves de l'existence d'un monde dont il savait, certes, qu'il n'était pas imaginaire, mais sur lequel ses connaissances étaient jusqu'ici demeurées vagues, dépourvues de détails. Pour autant qu'il l'ait su, il n'y avait pas, à Venise, de travestis qui se prostituaient. On y trouvait au moins un transsexuel avéré, mais Brunetti n'en connaissait l'existence que parce qu'il avait dû signer le document attestant de la virginité du casier judiciaire d'un certain Emilio Marcato, avant que celui-ci ne puisse faire changer la désignation du sexe, sur sa carte d'identité, pour qu'il corresponde aux transformations physiques qu'Emilio avait fait subir à son corps pour devenir Emilia. Brunetti n'arrivait pas à imaginer quelles pulsions, quelles passions pouvaient pousser quelqu'un à procéder à un choix aussi radicalement définitif ; il se souvenait cependant d'un sentiment de gêne et d'une émotion qu'il avait préféré ne pas analyser – tout cela à cause de l'altération d'une seule lettre, sur un document officiel : Emilio, Emilia.

L'homme du dossier n'avait pas poussé les choses aussi loin, et n'avait transformé que son aspect extérieur : le visage, les vêtements, et sans doute aussi la démarche et les gestes, comme l'attestaient les talons hauts. Les photos jointes au dossier témoignaient de la virtuosité avec laquelle certains travestis aboutissaient à ce résultat. Une bonne moitié d'entre eux étaient parfaitement crédibles comme femmes et, en les voyant, jamais Brunetti ne se serait douté qu'il avait affaire à des hommes. Ils avaient une délicatesse, dans l'ossature de leur visage et de leurs joues, qui n'avait rien de masculin. Même sous l'éclairage impitoyable des photos de police, bon nombre d'entre eux étaient beaux, et Brunetti chercha en vain une ombre, un menton fort, n'importe quoi qui aurait signé leur appartenance au sexe masculin.

Assise à côté de lui dans le lit, Paola regarda les photos, lut le compte rendu, parcourut le rapport d'une affaire de vente de drogue, au fur et à mesure qu'il lui passait les documents qu'elle lui rendait sans faire de commentaires.

« Qu'est-ce que tu en penses ? lui demanda Brunetti.

– De quoi ?

– De tout ça, répondit-il en soulevant le classeur. Tu ne les trouves pas un peu bizarres, tout de même ? »

Elle lui adressa un long regard, dans lequel un certain dégoût était loin d'être absent. « Je trouve ceux qui louent leurs services bien plus bizarres.

– Pourquoi ? »

Elle montra le dossier du doigt. « Au moins, ceux-là ne se racontent pas d'histoires sur ce qu'ils font. Contrairement à leurs clients.

– Que veux-tu dire ?

– Voyons, Guido. Réfléchis un peu. Ces travestis sont payés pour baiser ou se faire baiser, en fonction du goût du client. Mais ils doivent se déguiser en femmes pour que ces hommes les paient ou les utilisent. Penses-y une minute. Pense au degré d'hypocrisie que cela implique, à quel besoin de se tromper soi-même cela répond. Comme ça, le lendemain matin, ils peuvent se dire, *Oh, Gesu Bambino, je ne me suis rendu compte que c'était un homme que lorsqu'il était trop tard.* Ou bien, *Après tout, même si c'était un homme, c'est moi qui l'ai enfilé.* Ainsi, ils restent toujours de vrais hommes, des machos, et ils n'ont pas à regarder en face le fait qu'ils préfèrent baiser des hommes, ce qui compromettrait leur virilité. » Elle le regarda de nouveau longuement. « Il m'arrive de me dire parfois qu'il y a des questions auxquelles tu n'as pas beaucoup réfléchi, Guido. »

Ce qui, traduction libre, signifiait en gros qu'il n'avait pas la même opinion qu'elle sur ces questions. Cette fois-ci, cependant, elle avait raison ; c'était un thème auquel il n'avait jamais pensé. Brunetti avait été conquis par les femmes du jour où il s'y était intéressé, et jamais il n'avait pu comprendre l'attrait érotique que l'on pouvait éprouver pour quelqu'un du même sexe que soi. Au début, il avait cru que tous les hommes réagissaient à peu près comme lui ; quand il avait appris que ce n'était pas le cas de certains, il était tellement imbu des délices que lui procurait son choix personnel qu'il s'était contenté d'admettre le fait sur un plan purement intellectuel.

Il se souvint alors de quelque chose que Paola lui avait dit peu de temps après qu'ils avaient fait connaissance ; un détail que lui-même n'avait jamais remarqué, à savoir la manie qu'ont les Italiens de constamment toucher, tripoter, voire caresser, leurs parties génitales. Il se souvenait d'avoir éclaté d'un rire d'incrédulité méprisante mais il s'était mis à y faire attention et, au bout d'une semaine, avait dû reconnaître qu'elle avait tout à fait raison. Quinze jours plus tard, le phénomène commençait même à le fasciner, et il était stupéfait de la fréquence avec laquelle les hommes, dans la rue, portaient la main à hauteur de la braguette pour un léger tapotement, un contact rassurant, comme s'ils craignaient d'avoir perdu leur service trois-pièces. Une fois, alors qu'il marchait aux côtés de Paola, celle-ci lui avait demandé à quoi il pensait, et le fait qu'elle était la seule personne au monde à qui il se sentait capable de répondre à cette question sans la moindre gêne l'avait convaincu – après mille autre choses, bien entendu – qu'elle était la femme qu'il voulait épouser, devait épouser, allait épouser.

Aimer et désirer une femme lui paraissaient alors une chose parfaitement naturelle et le lui paraissait toujours. Les hommes fichés dans ce dossier, cependant, pour des raisons sur lesquelles il pouvait trouver des informations mais qu'il n'arriverait jamais à seulement espérer comprendre, se détournaient des femmes et recherchaient le corps d'autres hommes. Ceux-ci le faisaient en échange d'argent ou de drogue, mais d'autres, sans aucun doute, au nom de l'amour. Et l'un d'eux… dans quelle féroce étreinte de haine avait-il connu cette fin violente ? Et pour quelle raison ?

Paola dormait paisiblement à côté de lui, et sous cette forme incurvée brouillée par les draps gisait le ravissement de son cœur. Il posa le classeur sur la table de nuit, éteignit, passa un bras autour de l'épaule de sa compagne et l'embrassa dans le cou. Toujours salé. Lui aussi s'endormit rapidement.

Lorsqu'il arriva à la questure de Mestre, le lendemain matin, Brunetti trouva le sergent Gallo à son bureau, un nouveau classeur bleu posé devant lui. Il le tendit au commissaire dès que celui-ci se fut assis et, pour la première fois, Brunetti vit le visage de l'homme assassiné. En haut, la reconstitution par le dessinateur de la police, en bas, les photos de l'amas de chair dont l'artiste avait dû s'inspirer.

Impossible d'estimer le nombre de coups portés à ce visage. Comme Gallo l'avait dit la veille, le nez avait disparu, enfoncé dans le crâne d'un coup particulièrement féroce. Une pommette était intégralement broyée, et il ne restait plus qu'un creux à la place. Les photos du crâne montraient qu'il avait subi des violences similaires, mais il s'agissait davantage de coups destinés à tuer qu'à défigurer.

Brunetti referma le dossier et le rendit au policier. « Avez-vous fait tirer des copies du portrait-robot ?

– Oui, monsieur, toute une pile, mais nous ne les avons que depuis une demi-heure, et personne n'est encore allé dans la rue avec.

– Empreintes digitales ?

– Nous en avons pris une série intégrale et elles ont été envoyées à Rome, et à Interpol, à Genève, mais vous savez comment c'est. » Brunetti, en effet, savait comment c'était. Rome pouvait mettre des semaines ; Interpol, d'habitude, était plus rapide.

Le commissaire montra le dossier du doigt. « C'est effrayant, ce qui a été fait à ce visage, non ? »

Gallo acquiesça mais ne répondit rien. Il avait eu affaire au vice-questeur Patta, par le passé, ne fut-ce que par téléphone, et se méfiait de tout ce qui pouvait provenir de Venise.

« À croire que celui qui l'a fait cherchait à le rendre méconnaissable », reprit Brunetti.

Gallo lui jeta un bref coup d'œil d'en dessous ses sourcils broussailleux, et acquiesça de nouveau.

« Vous n'auriez pas un ami à Rome qui pourrait faire accélérer les choses ? demanda Brunetti.

– J'ai déjà essayé, mais il est en vacances. Et vous ? »

Brunetti secoua négativement la tête. « Celui que je connaissais a été transféré à Interpol-Bruxelles.

– Alors il va falloir attendre, je suppose », dit Gallo sur un ton qui laissait clairement entendre que cette perspective ne l'enchantait pas.

« Où se trouve-t-il ?

– Le mort ?

– Oui.

– À la morgue, à Umberto Primo. Pourquoi ?

– J'aimerais le voir. »

Si Gallo trouva étrange cette requête, il n'en laissa rien paraître. « Votre chauffeur peut vous y conduire sans problème.

– Ce n'est pas très loin, n'est-ce pas ?

– Non, à quelques minutes. Sans doute un peu plus, avec les embouteillages du matin. »

Brunetti se demandait si ces gens-là connaissaient la marche – puis se souvint de la pesante chaleur tropicale qui écrasait toute la Vénétie. Il était peut-être plus sage de se déplacer d'un bâtiment climatisé à un autre en voiture climatisée, mais c'était une méthode à laquelle il ne se ferait jamais, lui semblait-il. Il n'en dit cependant rien, quitta Gallo et demanda à son chauffeur – il avait apparemment droit à un véhicule pour lui tout seul – de le conduire à Umberto Primo, le plus grand des hôpitaux de Mestre.

À la morgue, il tomba sur un employé installé derrière un bureau bas, sur lequel était étalée la dernière édition du *Gazzettino*. Brunetti lui montra sa carte et demanda à voir le cadavre de l'homme que l'on avait trouvé assassiné la veille.

L'employé, petit, rondouillard, les jambes arquées, se leva après avoir refermé son journal. « Ah, celui-là. Il est de l'autre côté, monsieur. Personne n'est venu le voir, à part le dessinateur – et lui, tout ce qui l'intéressait, c'était les cheveux et les yeux. Les photos étaient surexposées, il ne les voyait pas bien. Il s'est contenté de soulever le drap et de lui jeter un coup d'œil. J'ai bien l'impression que ça ne lui a pas beaucoup plu, mais bon Dieu, il aurait dû le voir avant l'autopsie, avec tout ce maquillage mêlé au sang. Il a fallu un temps fou pour le nettoyer. On aurait dit un clown, avant, je vous assure. Il avait du truc pour les yeux sur toute la figure. Enfin, sur ce qu'il en restait. C'est marrant, à quel point ces cochonneries sont difficiles à enlever. Les femmes doivent y passer un temps fou, vous ne croyez pas ? »

Sans cesser de parler, l'homme avait conduit Brunetti jusque dans la chambre froide, s'arrêtant de temps en temps pour se tourner vers lui. Il s'arrêta finalement devant l'une des nombreuses portes métalliques alignées le long du mur, se pencha pour tourner une poignée et tirer le tiroir le plus bas. « Est-ce que ça vous va comme ça, monsieur, ou préférez-vous que je le lève ? Il n'y en a que pour une minute.

– Non, non, c'est très bien ainsi. »

Sans attendre qu'on le lui demande, l'employé dégagea le visage du cadavre puis se tourna vers le policier pour savoir s'il devait continuer. Brunetti acquiesça. L'homme enleva le drap et le replia rapidement en un rectangle impeccable.

Brunetti avait beau avoir vu les photos, ce fut comme si rien ne l'avait préparé au désastre qu'il avait sous les yeux. Le médecin légiste ne s'était intéressé qu'à l'exploration, sans le moindre souci de restauration ; si jamais on trouvait la famille, il leur faudrait payer quelqu'un pour y procéder.

Le nez, en particulier, n'avait pas été redressé, et on ne voyait qu'un magma concave ponctué de quatre indentations, comme si un petit retardé mental avait modelé une tête en argile et simplement creusé un trou à la place du nez. Sans celui-ci, il ne restait rien d'humainement reconnaissable.

Il examina le reste du cadavre pour essayer de se faire une idée de l'âge et de la condition physique de la victime. Il sentit son souffle qui se coupait un instant, lorsqu'il se rendit compte que ce corps ressemblait au sien de manière effrayante : même corpulence générale, un début d'épaississement de la taille, la cicatrice d'une appendicite de jeunesse. La seule différence tenait à l'absence complète de pilosité ; il se pencha pour étudier de plus près la poitrine, brutalement sectionnée par la longue incision de l'autopsie. Au lieu des poils grisonnants et tire-bouchonnés qu'il avait lui-même à cet endroit, il ne vit qu'un début de chaume. « Est-ce qu'on lui a rasé la poitrine avant l'autopsie ? demanda-t-il.

– Non, monsieur. Vous savez, ce n'est pas un triple pontage qu'on lui a fait, seulement une nécropsie.

– Pourtant, on lui a bien rasé la poitrine.

– Les jambes aussi, si vous regardez. »

Brunetti constata que c'était exact.

« Le médecin a-t-il fait des remarques, à ce sujet ?

– Pas pendant qu'il travaillait, monsieur. Il y a peut-être quelque chose dans son rapport. Vous n'en avez pas assez ?

– Si, » acquiesça Brunetti, qui s'éloigna du cadavre. L'employé déploya le drap et le secoua comme s'il s'agissait d'une nappe, le faisant descendre parfaitement en place sur le corps. Puis il fit glisser le chariot mobile à l'intérieur, referma la porte et tourna tranquillement la poignée.

Pendant qu'ils revenaient vers le bureau, l'homme poursuivit ses réflexions. « Peu importe qui c'était, il ne méritait pas cela. On raconte ici qu'il traînait dans les rues, que c'était un de ces types qui s'habillent en femme. Le pauvre diable devait avoir du mal à tromper les gens, ne serait-ce que parce qu'il ne savait même pas se maquiller, à en croire ce que j'ai vu quand on nous l'a amené. »

Un instant, Brunetti crut que l'employé de la morgue faisait dans l'humour macabre ; puis, à son ton, il comprit qu'il parlait sérieusement.

« C'est vous qui êtes chargé de découvrir le meurtrier, monsieur ?

– En effet.

– Eh bien, j'espère que vous le trouverez. Je peux comprendre qu'on ait envie de tuer quelqu'un, mais pas de cette façon. » Il s'arrêta et eut un regard inquisiteur pour Brunetti. « Et vous ?

– Moi non plus.

– Comme je l'ai dit, j'espère que vous l'attraperez. Prostitué ou pas, personne ne mérite de mourir de cette façon. »

6

« Vous l'avez vu ? demanda Gallo lorsque Brunetti fut de retour à la questure.

– Oui.

– Pas joli-joli, hein ?

– Vous l'avez vu, vous aussi ?

– J'essaie toujours, répondit le sergent sans se démonter. Cela me donne encore plus envie de mettre la main sur celui qui a fait le coup.

– Qu'en pensez-vous, sergent ? » demanda Brunetti en s'asseyant à côté du bureau, sur lequel il déposa le dossier bleu comme s'il s'agissait de la preuve physique du meurtre.

Gallo réfléchit pendant presque une minute avant de répondre. « Que cela a pu arriver au paroxysme d'une crise de rage folle. (Brunetti acquiesça.) Ou, comme on l'a déjà avancé, Dottore, qu'il s'agit d'une tentative pour déguiser l'identité de la victime. » Au bout d'une seconde, se souvenant peut-être de ce qu'il avait vu à la morgue, il se corrigea : « Ou pour le rendre complètement impossible à identifier.

– Ce qui est à peu près impossible de nos jours, vous ne croyez pas, sergent ?

– Impossible ?

– À moins qu'une personne ne soit totalement étrangère à l'endroit, ou qu'elle n'ait ni famille ni amis, sa disparition est signalée au bout de quelques jours, voire de quelques heures seulement, dans la plupart des cas. Plus personne ne disparaît.

– Dans ce cas, la crise de rage est plus logique, observa Gallo. Il a pu faire une remarque désagréable à un client, ou lui faire quelque chose qui l'a mis en colère. Je ne sais pas grand-chose sur les hommes dont je vous ai donné les dossiers hier. Je ne suis pas psychologue ou expert dans ce domaine, mais je dirais que les hommes qui, euh, qui les paient sont beaucoup plus instables que les hommes qui se font payer. Alors, une crise de rage ?

– Et que dites-vous du fait de l'avoir transporté dans une partie de la ville où on sait que travaillent les prostituées ? demanda Brunetti. Voilà qui fait davantage penser à la froide réflexion et au calcul qu'à la rage, non ? »

Gallo réagit tout de suite au petit examen que lui faisait passer ce nouveau commissaire. « Eh bien, après avoir fait le coup, il a peut-être repris ses esprits. Supposons qu'il l'ait tué chez lui, ou bien dans un endroit où l'un ou l'autre étaient connus ; il était obligé de déplacer le corps. Et s'il est de ces hommes – je parle du tueur – c'est-à-dire de ceux qui recherchent des travestis, il doit savoir où sont les prostituées. Autrement dit, c'était un endroit logique où le laisser, pour que d'autres clients puissent être soupçonnés.

– Si l'on veut », dit lentement Brunetti, et Gallo attendit le *mais* que le ton du commissaire rendait inévitable. « Mais cela voudrait dire que les prostitués sont comme les prostituées ?

– Je vous demande pardon, monsieur ?

– Que les prostitués-hommes sont comme les prostituées-femmes, ou au moins que les uns et les autres travaillent au même endroit. D'après ce que l'on m'a dit et ce que j'ai vu hier, il semble que le secteur de l'abattoir soit plus ou moins le territoire des femmes. » Gallo se mit à méditer cette remarque, et Brunetti ajouta, pour l'aiguillonner : « Il s'agit cependant de votre ville, que vous connaissez donc beaucoup mieux que moi ; j'y suis en quelque sorte comme un étranger. »

Gallo eut un petit sourire devant ce compliment et acquiesça. « En effet, ce sont en général les filles que l'on trouve dans les terrains vagues du secteur industriel. Mais on y voit de plus en plus de garçons, dont beaucoup de Slaves et de Nord-Africains, et ils ont peut-être été obligés d'occuper de nouveaux territoires.

– Des rumeurs vous sont-elles parvenues sur ce point ?

– Non, rien n'est venu directement à mes oreilles. Il faut dire que j'ai rarement affaire aux prostituées, sauf si elles sont impliquées dans un crime violent.

– Est-ce fréquent ? »

Gallo secoua négativement la tête. « D'habitude, si cela arrive, les filles évitent de nous en parler ; elles ont peur de se retrouver en prison, même si elles n'ont aucune responsabilité dans l'affaire. Bon nombre d'entre elles se trouvent illégalement en Italie, elles redoutent d'être expulsées si elles sont mêlées à des histoires. Il y a beaucoup d'hommes qui aiment les battre. Je suppose qu'elles apprennent à les repérer et qu'elles se passent le mot entre elles pour essayer de les éviter.

– Je dirais que les hommes sont mieux à même de se protéger, enchaîna Gallo. Si vous avez regardé leur dossier, certains d'entre eux font l'effet d'être des costauds. Il y en a qui sont dans le style mignon, beaux gosses, même, mais ils n'en restent pas moins des hommes. Ils doivent avoir moins souvent ce genre de problème. En tout cas, ils doivent mieux savoir se défendre.

– Au fait, avez-vous le rapport d'autopsie ? »

Gallo saisit plusieurs feuillets et les lui tendit. « Il est arrivé pendant que vous étiez à l'hôpital. »

Brunetti se mit à le parcourir rapidement ; le jargon et les termes techniques lui étaient familiers. Aucune petite plaie suspecte sur la peau : la victime ne se droguait pas par voie intraveineuse. Taille, poids, condition physique générale, tout ce dont Brunetti s'était fait une idée approximative figurait ici, avec plus de précision et des chiffres. Il était question du maquillage qui avait tant impressionné l'employé de la morgue, mais simplement pour dire qu'il y avait des traces importantes de rouge à lèvres et de rimmel. Aucun indice d'activité sexuelle récente, active ou passive. L'examen des mains suggérait une occupation sédentaire ; les ongles étaient coupés courts, les paumes ne présentaient pas de callosités. Les blessures infligées confirmaient l'hypothèse voulant qu'il ait été tué dans un endroit, puis transporté là où on l'avait retrouvé ; néanmoins, l'intense chaleur qui régnait rendait impossible de déterminer le temps qui s'était écoulé entre le meurtre et la découverte du corps : entre douze et vingt heures était la meilleure approximation.

Brunetti leva les yeux. « Vous l'avez lu ?

– Oui, monsieur, répondit Gallo.

– Et qu'en pensez-vous ?

– On a toujours le choix entre la crise de rage ou le meurtre de sang-froid, je crois.

– Il faut commencer par découvrir son identité, de toute façon. Combien d'hommes avez-vous mis sur l'affaire ?

– Il y a Scarpa…

– L'homme que j'ai trouvé hier au soleil ? »

Brunetti comprit, au ton calme avec lequel lui répondit Gallo, que le policier était au courant de l'incident – et que celui-ci ne lui avait pas plu. « Oui. C'est le seul qui soit dessus. La mort d'une ou d'un prostitué n'est pas une priorité majeure, en particulier pendant l'été, quand nous sommes à court de personnel.

– Personne d'autre ? s'étonna Brunetti.

– On m'a provisoirement confié l'affaire parce que c'est moi qui étais ici lorsqu'on a reçu l'appel et qui ai envoyé la Squadra Mobile sur place. Le vice-questeur de Mestre a suggéré d'en charger le sergent Buffo, étant donné qu'il a été sur les lieux.

– Je vois, dit Brunetti. Il n'y a pas d'autre alternative ?

– Vous voulez dire, pas d'autre alternative au sergent Buffo ?

– Oui.

– Vous pourriez demander, étant donné que j'ai été votre premier contact dans l'affaire et que nous en avons longuement discuté ensemble... » Gallo marqua un temps d'arrêt ici, comme pour donner encore plus de longueur à cet entretien, puis reprit : « ... que l'on me la confie définitivement, que cela pourrait nous faire gagner du temps.

– Qui est le vice-questeur responsable ?

– Nasci.

– Est-ce qu'elle va, disons... trouver que c'est une bonne idée ?

– Je suis sûr que si la requête vient d'un commissaire, elle sera d'accord, monsieur. En particulier dans la mesure où vous venez nous donner un coup de main.

– Bien. Faites rédiger cette demande, je la signerai avant le déjeuner. » Gallo acquiesça et griffonna une note sur la feuille de papier qu'il avait devant lui. « Et mettez vos gens sur les vêtements et les chaussures qu'il portait. » Gallo acquiesça derechef.

Brunetti rouvrit le classeur qu'il avait étudié la veille et indiqua la liste des noms et des adresses agrafée à l'intérieur de la couverture. « Je pense que le mieux est de commencer par interroger ces hommes, pour savoir s'ils connaissent la victime ou s'ils la reconnaissent, ou bien s'ils pensent que quelqu'un pourrait la connaître. D'après le médecin légiste, l'homme aurait la quarantaine. Aucun n'a cet âge, dans le dossier, et rares sont ceux qui ont dépassé trente ans. Si bien que s'il est du coin, il tranchait sur les autres du seul fait de son âge, et ils devaient le connaître.

– Comment voulez-vous que nous procédions, monsieur ?

– Le mieux est de diviser la liste en trois, et vous, Scarpa et moi irons leur montrer la photo pour leur demander s'ils l'ont déjà vu.

– Ils ne sont pas tellement du genre à parler facilement à la police, monsieur.

– Je suggère donc qu'on prenne aussi les photos de la victime prises au moment où on l'a trouvée dans le terrain vague. Je crois que si on peut convaincre ces hommes que la même chose pourrait leur arriver, ils risquent de nous parler plus volontiers.

– Je vais faire monter Scarpa », dit Gallo, tendant la main vers le téléphone.

7

Ils décidèrent, alors que la matinée n'était pas encore finie – ce qui devait probablement correspondre au milieu de la nuit pour les hommes de la liste – d'aller leur parler tout de suite. Brunetti demanda à Gallo de répartir les adresses de manière qu'ils aient le moins de chemin à faire de l'une à l'autre.

Ceci fait, le commissaire prit la liste qu'on lui avait attribuée et alla rejoindre son chauffeur. Il se demandait s'il était bien avisé de débarquer chez des travestis qui se prostituaient en véhicule de patrouille, un policier en tenue au volant, mais il lui suffit de faire deux pas dans la chaleur de Mestre pour conclure que les considérations de survie l'emportaient sur celles de prudence.

L'air brûlant l'enveloppa, lui donnant même l'impression de lui mordiller les yeux. Pas la moindre brise, pas le plus petit souffle d'air ; la ville était écrasée sous une chape crasseuse de moiteur. Les voitures défilaient devant la questure, donnant de futiles coups d'avertisseur lorsque les feux passaient trop vite au rouge à leur gré, ou pour intimider les passants qui voulaient traverser. Elles étaient suivies de tourbillons dans lesquels des paquets de cigarettes écrasés se mêlaient à la poussière. Voyant, entendant, respirant tout cela, Brunetti eut l'impression qu'un hercule venait de passer les bras autour de sa poitrine et serrait. Comment pouvait-on vivre ainsi ?

Il se réfugia dans le cocon de fraîcheur de la voiture pour en émerger un quart d'heure plus tard, devant un immeuble de la frange ouest de la ville. Il leva les yeux. Du linge séchait entre ce bâtiment et celui qui lui faisait face. Une faible brise soufflait ici, si bien que les différentes strates de linge, blanc ou de couleurs vives, composées de draps, de serviettes et de sous-vêtements ondulaient au-dessus de lui ; un instant, cela lui rendit le moral.

À l'intérieur, assis dans un bureau qui avait tout de la cage, le concierge triait le courrier de l'immeuble qui venait sans doute d'être distribué. C'était un vieil homme à la barbe clairsemée, dont les lunettes à monture d'argent tenaient en équilibre précaire sur le bout de son nez. Il leva les yeux au-dessus de ses verres et salua le commissaire. L'humidité rendait plus intense encore l'odeur de moisi que dégageait l'endroit, et le ventilateur posé au pied de l'homme ne faisait que répandre ces effluves dans la pièce en soufflant entre ses jambes.

Brunetti le salua à son tour et lui demanda où il pouvait trouver Giovanni Feltrinelli.

À la mention de ce nom, le concierge repoussa sa chaise et se leva. « Je l'ai averti ! Je ne veux plus que les gens comme vous viennent ici ! S'il veut travailler comme ça, il n'a qu'à faire son boulot dans vos voitures et dans les champs, avec les bêtes, mais il n'est pas question qu'il fasse ses saletés dans mon immeuble, sans quoi j'appelle la police ! » En disant cela, il tendit la main vers le téléphone mural tandis qu'il parcourait Brunetti d'un regard furieux, avec une expression de dégoût qu'il ne faisait rien pour dissimuler.

« *Je suis* la police », dit calmement Brunetti, qui sortit sa carte d'officier de police et la lui tendit. Le vieil homme s'en empara brutalement et, repoussant les lunettes vers le haut de son nez, se mit à l'examiner comme s'il savait bien qu'il pouvait avoir affaire à un faux.

« Elle a l'air bonne », finit-il par admettre en la rendant au commissaire. Il prit un mouchoir sale dans sa poche, retira ses lunettes et entreprit de nettoyer les verres l'un après l'autre, avec soin, à croire qu'il passait sa vie à cet exercice. Puis il les remit, accrochant avec soin les branches derrière ses oreilles, enfourna le mouchoir dans sa poche et, d'un ton changé, demanda : « Et qu'est-ce qu'il a fait, ce coup-ci ?

– Rien. Nous avons besoin de l'interroger à propos de quelqu'un d'autre.

– L'un de ses pédés de copains ? » rétorqua le vieil homme sans pouvoir s'empêcher de redevenir agressif.

Brunetti ignora la question. « Nous voudrions parler au signor Feltrinelli. Il est possible qu'il puisse nous donner certaines informations.

– *Signor* Feltrinelli ? Signor ? demanda le concierge, transformant en insulte le terme de courtoisie. Vous voulez parler de Nino le joli mignon, de Nino le suceur de pines ? »

Brunetti poussa un soupir fatigué. Mais pourquoi les gens ne faisaient-ils pas preuve de plus de discernement dans les personnes qu'ils choisissaient de haïr ? D'un peu plus d'intelligence ? Pourquoi ne pas haïr plutôt les chrétiens-démocrates ? Ou les communistes ? Ou encore les gens qui haïssent les homosexuels ?

« Pouvez-vous me donner le numéro de l'appartement du signor Feltrinelli ? »

Le vieil homme battit en retraite derrière son bureau, se rassit et se remit à trier son courrier. « Cinquième. Le nom est sur la porte. »

Brunetti fit demi-tour et se tourna sans rien ajouter. Il crut entendre le concierge grommeler un *signor*, mais sans pouvoir en être sûr. Il traversa le hall dallé de marbre et appuya sur le bouton du cinquième pour appeler l'ascenseur. Comme au bout de cinq minutes la cabine ne se présentait toujours pas et qu'il se refusait à aller demander au concierge si l'appareil était en panne, il repéra sur sa gauche la porte donnant sur l'escalier. Il grimpa ainsi jusqu'au cinquième étage. Le temps de l'atteindre, il avait défait sa cravate et écartait le tissu de son pantalon de ses cuisses, contre lesquelles la transpiration le collait. Une fois sur le palier, il tira son mouchoir et s'essuya le visage.

Le nom était bien sur la porte, comme l'avait dit le concierge : Giovanni Feltrinelli, Architetto.

Il consulta sa montre. Onze heures trente-cinq. Il sonna. Il entendit aussitôt des pas rapides s'approcher de la porte. Elle lui fut ouverte par un jeune homme qui ressemblait vaguement à la photo de police que Brunetti avait étudiée la veille : des cheveux blonds courts, une mâchoire féminine délicate, de grands yeux sombres.

« *Sì ?* demanda-t-il, regardant Brunetti avec une expression interrogative et amicale.

– Signor Giovanni Feltrinelli ? » demanda Brunetti en tendant sa carte d'identité.

Le jeune homme l'examina à peine ; il parut cependant la reconnaître sur-le-champ, ce qui fit disparaître tout aussitôt son sourire.

« Oui. Qu'est-ce que vous voulez ? » Il avait parlé d'un ton aussi froid qu'était devenue son expression.

« Je suis venu pour vous parler, signor Feltrinelli. Puis-je entrer ?

– Pourquoi vous donner la peine de le demander ? » répliqua Feltrinelli d'un ton las. Il ouvrit la porte en grand et s'effaça pour laisser entrer le policier.

« *Permesso* », dit Brunetti en franchissant le seuil. Le titre, sur la porte, n'était peut-être pas un mensonge ; l'appartement présentait cet aspect symétrique d'un lieu de vie organisé avec précision et talent. La salle de séjour dans laquelle il fut introduit avait des murs blanc mat, un plancher au motif en chevrons d'une nuance claire. Quelques tapis kilim, dont les couleurs s'étaient fanées avec le temps, et deux autres pièces tissées (que Brunetti supposa être persanes) accrochées aux murs ornaient la pièce. Placé contre le mur opposé, le canapé, long et bas, donnait l'impression d'être recouvert de soie beige. Il y avait devant une table basse longue, à plateau de verre, sur laquelle était posé un grand plat en céramique. L'un des murs disparaissait derrière des étagères remplies de livres, un autre était couvert de dessins d'architecture et de photos de bâtiments achevés – tous longs, spacieux, et entourés de vastes terrains vagues. Dans le coin opposé de la pièce on voyait une planche à dessiner, inclinée face à la pièce, et couverte de grandes feuilles de papier calque. Une cigarette brûlait dans un cendrier, perché dans un équilibre précaire sur le plan incliné de la planche.

La régularité de la pièce renvoyait constamment celui qui l'examinait au centre, occupé par ce simple objet de céramique. Brunetti sentait parfaitement que tout ceci était voulu, sans cependant comprendre comment ce résultat était obtenu.

« Signor Feltrinelli, reprit-il, je voudrais vous demander de nous aider, si vous le pouvez, dans le cadre d'une de nos enquêtes. »

Le jeune homme ne dit rien.

« J'aimerais que vous regardiez le portrait d'un homme et que vous me disiez si vous le reconnaissez. »

Feltrinelli alla prendre sa cigarette sur la planche à dessin. Il tira avidement dessus, puis l'écrasa dans le cendrier d'un geste nerveux. « Je ne donne jamais de nom, dit-il.

– Pardon ? fit Brunetti, qui avait compris ce que l'autre avait voulu dire, mais ne voulait pas le lui montrer.

– Je ne donne pas le nom de mes clients. Vous pouvez me montrer toutes les photos que vous voulez, mais je n'en reconnaîtrai aucun, et je ne vous donnerai aucun nom.

– Il ne s'agit pas de vos clients, signor Feltrinelli. Ils ne m'intéressent pas. Nous avons des raisons de penser que vous pourriez peut-être savoir quelque chose sur cet homme ; nous aimerions que vous jetiez un coup d'œil à ce dessin et nous disiez si vous le reconnaissez. »

Feltrinelli s'éloigna de la table pour aller se placer près d'une petite fenêtre, sur le mur de gauche, et Brunetti comprit pourquoi la pièce avait été disposée de cette façon : on avait voulu détourner le plus possible l'attention du sinistre mur de briques, situé à deux mètres, sur lequel donnait cette ouverture. « Et sinon ?

– Sinon quoi ? Si vous ne le reconnaissez pas ?

– Non. Si je ne regarde pas votre dessin. »

Il n'y avait ni climatisation ni ventilateur dans la pièce, qui empestait le mauvais tabac ; Brunetti avait l'impression que l'odeur imprégnait peu à peu ses cheveux et ses vêtements humides. « Signor Feltrinelli, je vous demande simplement de faire votre devoir de citoyen, d'aider la police dans le cadre d'une enquête sur un meurtre. Nous cherchons simplement à identifier cet homme. Tant que cela ne sera pas fait, nous ne pourrons pas lancer vraiment nos investigations.

– C'est celui que l'on a trouvé derrière l'abattoir, hier ?

– Oui.

– Et vous pensez qu'il s'agit peut-être de l'un de nous ? » Feltrinelli n'avait aucun besoin d'expliquer davantage qui étaient ces *nous*.

« Oui.

– Pourquoi ?

– Il n'est pas indispensable que vous le sachiez.

– Vous pensez cependant que c'est un travesti ?

70

– Oui.

– Et qu'il se prostituait ?

– Peut-être », répondit Brunetti.

Feltrinelli se détourna de la fenêtre et se dirigea vers le commissaire, tendant la main. « Montrez-moi ce dessin. »

Brunetti ouvrit le dossier qu'il tenait et en tira une photocopie. Il avait les mains tellement moites que le bleu du classeur avait déteint sur elles. Il tendit le travail exécuté par le dessinateur à Feltrinelli, qui l'examina attentivement pendant quelques instants ; puis, dissimulant le crâne et les cheveux d'une main, il l'étudia à nouveau ainsi. Finalement, il rendit le dessin au commissaire, secouant la tête. « Non, je ne l'ai jamais vu. »

Brunetti le crut. Il rangea le document. « Voyez-vous quelqu'un qui pourrait nous aider à trouver l'identité de cet homme ?

– Je suppose que pour le moment, vous travaillez à partir de la liste de tous ceux d'entre nous qui ont eu maille à partir avec la police, n'est-ce pas ? demanda Feltrinelli, dont le ton s'était radouci.

– Oui. Nous n'avons pas d'autres moyens pour obtenir que d'autres personnes regardent ce dessin.

– Vous voulez parler de ceux qui n'ont pas encore été arrêtés, j'imagine… Avez-vous d'autres exemplaires de ce portrait-robot ? »

Brunetti rouvrit son classeur et lui en tendit un, accompagné de sa carte. « Il vous faudra appeler la questure de Mestre, mais vous pouvez me demander. Ou bien le sergent Gallo.

– Comment a-t-il été tué ?

– Vous trouverez cela dans les journaux du matin.

– Je ne les lis jamais.

– Il a été battu à mort.

– Sur le terrain vague ?

71

– Je n'ai pas la liberté de répondre à cette question, Signore. »

Feltrinelli alla poser le dessin à l'endroit sur sa table d'architecte et alluma une cigarette.

« C'est bon, dit-il, se tournant à nouveau vers Brunetti. J'ai le dessin. Je vais le montrer à un certain nombre de personnes. Si je découvre quelque chose, je vous le ferai savoir.

– Êtes-vous architecte, Signor Feltrinelli ?

– Oui… en tout cas, j'ai obtenu mon diplôme. Mais je ne pratique pas. Je… je n'ai pas de travail. »

Avec un mouvement de tête en direction de la planche à dessin, Brunetti demanda : « Cependant, vous avez un projet en cours, non ?

– C'est juste pour m'amuser, commissaire. J'ai perdu mon boulot.

– Je suis désolé pour vous. »

Feltrinelli mit les mains dans ses poches et regarda Brunetti bien en face. D'un ton de voix parfaitement calme, il dit : « Je travaillais en Égypte, pour le gouvernement, dans le cadre d'un projet de logements sociaux. C'est alors que les autorités ont décidé de faire passer un test de séropositivité tous les ans aux étrangers. J'ai échoué à ce test, l'an dernier. On m'a viré et renvoyé en Italie. »

Brunetti ne fit aucun commentaire, et le jeune homme continua : « Une fois de retour, j'ai bien essayé de trouver du travail mais, comme vous le savez sans doute, il y a autant d'architectes dans ce pays que de raisins au temps des vendanges. Si bien… (il marqua un temps d'arrêt, comme s'il cherchait ses mots) que j'ai décidé de changer de profession.

– Voulez-vous parler de la prostitution ?

– Exactement.

– Vous ne vous inquiétez pas des risques que vous prenez ?

– Des risques ? » demanda Feltrinelli, qui eut un sourire presque identique à celui avec lequel il avait accueilli Brunetti, à la porte. Vous voulez parler du sida ?

– En effet.

– Je ne cours pas le moindre risque », répondit l'architecte en se détournant de son visiteur. Il retourna à la planche à dessin, reprit sa cigarette. « Vous pouvez vous retirer, commissaire. » Sur quoi il s'assit et reprit son travail.

8

Brunetti émergea au soleil, dans l'animation bruyante de la rue, et s'engouffra aussitôt dans le bar qui jouxtait l'immeuble. Il demanda un premier verre d'eau minérale, puis un deuxième. Lorsqu'il l'eut presque terminé, il renversa le fond sur son mouchoir et essaya, en vain, de faire disparaître la tache bleue de sa main.

Était-ce un acte criminel, pour un prostitué, que d'avoir des relations sexuelles lorsqu'on était séropositif ? Des relations sexuelles sans protection ? Depuis toujours, la police traitait la prostitution comme un crime, mais Brunetti avait du mal à la considérer comme telle. Néanmoins, une personne atteinte du sida et le sachant commettait certainement un crime lorsqu'elle avait une relation sexuelle non protégée ; il était cependant tout à fait possible que la loi soit en retard par rapport à cette évidence, et que ce comportement ne soit pas encore officiellement illégal. Devant le dilemme moral que créait cette distinction, il commanda un troisième verre d'eau et regarda quel était le nom suivant de sa liste.

Francesco Crespo ne vivait qu'à quatre coins de rue de chez Feltrinelli, mais on se serait cru sur une autre planète. L'immeuble élancé était un haut rectangle d'acier et de verre qui devait avoir fait l'effet, au moment de sa construction, dix ans auparavant, d'être à l'avant-garde de l'urbanisme. Mais l'Italie est un pays où les nouvelles conceptions architecturales ne sont en vogue que le temps de les réaliser sur le terrain : à ce moment-là, les visionnaires attitrés sont déjà en train de se rallier à de nouvelles bannières, comme ces âmes damnés du vestibule de *L'Enfer* de Dante, qui tournent en rond pour l'éternité, à la recherche d'un drapeau qu'ils ne peuvent ni identifier ni désigner.

La décennie écoulée depuis l'édification de ce bâtiment avait suffi à le rendre démodé et à l'heure actuelle, il avait surtout l'air d'un emballage de *spaghettini* posé sur son extrémité. Certes, les vitres brillaient et le modeste carré de verdure qui le séparait de la rue était entretenu avec un soin maniaque, ce qui ne parvenait qu'à le faire paraître encore plus déplacé au milieu des bâtiments plus bas et modestes parmi lesquels on l'avait érigé avec tant de futile prétention.

Il connaissait le numéro de l'appartement et un ascenseur climatisé l'entraîna rapidement jusqu'au septième étage. Brunetti se retrouva dans un corridor dallé de marbre, également climatisé ; tournant à droite, il alla sonner à l'appartement D.

Il y eut un bruit, à l'intérieur, mais personne ne vint ouvrir. Il sonna à nouveau. Le bruit ne se répéta pas. Il sonna une troisième fois, gardant le doigt sur la sonnette. Il entendait le son aigü et grêle à travers la porte, puis une voix lança : « Ça va, ça va, on arrive ! »

Il arrêta de sonner, et l'instant d'après, un homme de haute taille, solidement bâti, ouvrait la porte avec brusquerie. Il portait un pantalon de lin et ce qui parut être un chandail à col roulé en cachemire à Brunetti. Celui-ci étudia l'homme un instant, vit deux yeux sombres, chargés de colère, et un nez qui avait été cassé à plusieurs reprises ; puis son regard retourna au col montant du chandail, sans pouvoir s'en détacher. On était en plein mois d'août, les gens s'évanouissaient dans la rue tant il faisait chaud, et cet homme portait un chandail à col roulé ! Il reporta les yeux sur le visage du personnage et demanda, « Signor Crespo ?

– Qui le demande ? » rétorqua l'homme sans chercher à dissimuler sa colère, un ton de menace dans la voix.

« Le commissaire Guido Brunetti », répondit-il en tendant une nouvelle fois sa carte. Tout comme Feltrinelli, cet homme n'eut besoin que d'y jeter le plus bref des coups d'œil pour la reconnaître. Il s'approcha brusquement de Brunetti, espérant peut-être l'obliger à battre en retraite dans le couloir par la seule présence agressive de sa corpulence. Mais le policier ne bougea pas, et l'homme recula. « Il n'est pas ici. »

Venant d'une autre pièce, Brunetti entendit le bruit de quelque chose de lourd qui tombait.

Cette fois-ci, ce fut lui qui avança d'un pas, forçant l'homme à reculer de l'encadrement. Il se dirigea sans hésiter vers un fauteuil de cuir majestueux, à côté d'une table basse sur laquelle était posé un imposant bouquet de glaïeuls dans un vase de cristal. Il s'assit et croisa les jambes. « Dans ce cas, je vais attendre le Signor Crespo, dit-il avec un sourire. Si vous n'y voyez pas d'objection, Signor ? »

L'homme referma violemment la porte d'entrée et partit à grands pas en direction de celle qui s'ouvrait au fond de la pièce. « Je vais le chercher », dit-il.

Il disparut dans l'autre pièce, refermant le battant derrière lui. Coléreuse et grave, sa voix passait à travers. Brunetti entendit qu'on lui répondait – un duo ténor et basse. Puis il crut distinguer une troisième voix (encore un ténor), mais d'une bonne octave plus aiguë que celle du premier. La conversation qui se déroulait derrière la porte fermée prit plusieurs minutes, et Brunetti eut le temps d'examiner la pièce. Elle était flambant neuve, tout avait manifestement coûté très cher et lui-même n'en aurait voulu à aucun prix : ni du canapé gris perle, ni de la table en acajou.

Finalement, la porte se rouvrit et l'individu corpulent rentra, suivi d'un homme d'une dizaine d'années plus jeune qui devait faire au bas mot trois tailles de moins que lui.

« Le voilà », dit l'homme au chandail, avec un geste en direction de Brunetti.

Le jeune homme portait un pantalon de toile bleu pâle lâche et une chemise de soie à col ouvert. Il s'avança vers le policier qui se leva et demanda, « Signor Francesco Crespo ? »

L'interpellé s'arrêta devant Brunetti, puis son instinct (ou la déformation professionnelle) parut reprendre le dessus en présence d'un homme de l'âge et de l'aspect du commissaire. Il fit un demi-pas de plus, leva la main, un geste délicat, doigts écartés, et la plaça sur sa gorge. « Oui, que désirez-vous ? » C'était la voix de ténor la plus aiguë de celles que Brunetti avait entendues à travers la porte, mais Crespo s'efforçait de la rendre plus grave, comme si elle allait s'en trouver plus intéressante ou séduisante.

Le jeune homme était un peu plus petit que Brunetti et devait bien peser dix kilos de moins. Hasard ou pas, il avait les yeux du même gris clair que le canapé, nuance qui ressortait au milieu de son visage bronzé. Aurait-il été une femme qu'on l'aurait trouvée jolie, mais d'une manière conventionnelle ; les angles plus vifs qu'apportait sa virilité à ses traits, cependant, lui donnaient une réelle beauté.

Cette fois-ci, ce fut Brunetti qui recula. Il entendit l'homme au chandail avoir un bref ricanement, tandis que le policier se tournait pour prendre le dossier qu'il avait posé sur la table.

« Signor Crespo, j'aimerais que vous examiniez l'image d'une personne et que vous me disiez si vous la reconnaissez.

– Je ne demande qu'à regarder tout ce que vous voudrez », répondit Crespo, mettant lourdement l'accent sur le *vous* et passant la main dans l'ouverture de sa chemise pour se caresser.

Brunetti ouvrit le classeur et tendit le portrait de l'homme assassiné au jeune homme. Crespo le regarda moins d'une seconde, releva la tête, sourit à Brunetti. « Je n'ai aucune idée de qui est cette personne. » Il tendit la photocopie à Brunetti, qui refusa de la prendre.

« J'aimerais que vous l'examiniez davantage, Signor Crespo.

– Il vous a dit qu'il ne le connaissait pas », lança l'individu au chandail de l'autre bout de la pièce.

Brunetti ignora l'interruption. « Cet homme a été battu à mort, et il nous faut trouver son identité ; c'est pourquoi j'apprécierais que vous regardiez mieux, Signor Crespo. »

Ce dernier ferma les yeux un instant et, de la main, repoussa une boucle rebelle derrière son oreille. « Puisque vous y tenez », répondit-il en regardant de nouveau le document, avec une réelle attention, cette fois. Il avait la tête inclinée et Brunetti ne pouvait voir ses yeux, mais la main du jeune homme quitta brusquement son oreille pour se reporter à son cou dans un geste qui, cette fois, n'avait rien d'aguicheur.

Une seconde plus tard, il relevait la tête, un sourire délicat aux lèvres. « Je n'ai jamais vu cet homme, commissaire.

– Vous êtes satisfait ? » lança l'homme corpulent en se dirigeant vers la porte d'entrée.

Brunetti reprit la photocopie et la rangea. « Ce n'est que la reconstitution que nous a proposée notre dessinateur, Signor Crespo. J'aimerais que vous regardiez aussi sa photographie, si vous voulez bien. » Brunetti arbora à son tour son sourire le plus charmeur et la main de Crespo se remit à voleter comme une alouette à hauteur de sa clavicule. « Bien volontiers, commissaire. Tout ce que vous voudrez. Tout. »

Brunetti, toujours souriant, prit l'une des photos qui se trouvaient dans le dossier et l'étudia un instant. N'importe laquelle ferait l'affaire. Puis il regarda Crespo, qui s'était encore rapproché. « Il est possible qu'il ait été tué par l'homme qui payait pour… ses services. Ce qui signifie que ceux qui font le même métier que lui sont peut-être en danger à cause de cet individu. » Il tendit la photo.

Crespo prit la photo, s'arrangeant pour effleurer la main de Brunetti par la même occasion. Il tint le document en l'air, adressa un long sourire au policier, puis inclina ce visage souriant vers la photo. Sa main gauche quitta son cou pour aller cacher sa bouche, grande ouverte. « Non, non, dit-il sans pouvoir détacher les yeux de la photo. Non, non ! » Quand il se tourna de nouveau vers Brunetti, son visage n'exprimait plus que de l'horreur. Il repoussa la photo vers le policier, paraissant vouloir la lui enfoncer dans la poitrine, puis recula comme s'il avait affaire à un agent de pollution particulièrement toxique. La photo tomba au sol. « Ils ne peuvent pas me faire ça. Ça ne m'arrivera pas ! » dit-il sans cesser de battre en retraite. Sa voix était plus aiguë à chaque mot et monta, proche de l'hystérie, avant d'y tomber carrément. « Non, ça ne m'arrivera pas ! Un truc comme ça ne m'arrivera jamais ! » On aurait dit le défi lancé d'un timbre suraigu au monde dans lequel il vivait. « Non, pas moi, pas moi ! » hurla-t-il. Il heurta une table placée au centre de la pièce, dans son mouvement de recul et, pris de panique d'être arrêté dans son effort pour s'éloigner de la photo et de celui qui venait de la lui montrer, se mit à faire des gestes désordonnés des bras. Un vase identique à celui qui contenait les glaïeuls alla s'écraser au sol.

La porte donnant sur l'autre pièce s'ouvrit soudain et un autre homme entra vivement dans la salle de séjour. « Qu'est-ce qui se passe ? demanda-t-il. Qu'est-ce qu'il y a ? »

Il regarda Brunetti et les deux hommes se reconnurent sur-le-champ. Giancarlo Santomauro n'était pas seulement l'un des avocats les plus connus de Venise, donnant souvent, à titre gracieux, des conseils juridiques au patriarche de la ville, mais également le président et l'âme vivante de la *Lega della Moralità*, association chrétienne vouée à « la préservation et à la perpétuation de la foi, du foyer, et de la vertu ».

Brunetti se contenta d'un signe de tête. Si par hasard les deux autres ignoraient qui était le client de Crespo, il valait mieux, pour l'avocat, ne pas trahir son identité.

« Qu'est-ce que vous faites ici ? » demanda Santomauro d'un ton de colère. Il se tourna vers l'homme en chandail, debout à côté de Crespo – lequel sanglotait, assis sur le canapé, se tenant le visage dans les mains. « Tu ne peux pas le faire taire ? » cria l'avocat. L'homme au chandail se pencha sur Crespo, lui dit quelque chose, puis lui mit les mains sur les épaules et le secoua jusqu'à ce que la tête du jeune homme se mette à ballotter en tous sens. Crespo arrêta ses gémissements mais continua de se cacher la figure.

« Que faites-vous dans cet appartement, commissaire ? Je suis l'avocat du Signor Crespo, et je refuse de laisser la police continuer à le brutaliser. »

Brunetti ne répondit pas et continua d'observer Crespo et l'homme au chandail. Ce dernier s'assit à son tour et passa un bras protecteur autour des épaules du plus jeune, lequel se calma peu à peu.

« Je vous ai posé une question, commissaire, reprit Santomauro.

– Je suis venu demander au Signor Crespo s'il pouvait nous aider à identifier la victime d'un crime. Je viens de lui montrer la photo de cet homme. Vous avez vu sa réaction. Plutôt violente, alors qu'il s'agit de quelqu'un qu'il prétend ne pas connaître, vous ne trouvez pas ? »

L'homme au chandail regarda vers Brunetti, mais ce fut l'avocat qui prit la parole. « Puisque le Signor Crespo vous a dit qu'il ne le connaissait pas, il vous a répondu. Vous pouvez donc partir.

– Bien entendu », dit Brunetti, qui plaça le classeur sous son bras et fit un premier pas vers la porte. Mais il s'arrêta, fit demi-tour pour regarder Santomauro et sur le ton le plus tranquille, lui lança : « Vous avez un lacet défait, maître. »

Santomauro regarda vers ses pieds et vit immédiatement que ses souliers étaient parfaitement lacés. Il adressa à Brunetti un regard qui aurait rayé du verre, mais ne dit rien.

Le policier s'arrêta à hauteur du canapé et regarda Crespo. « Je m'appelle Brunetti. Si quoi que ce soit vous revient à l'esprit, vous pouvez m'appeler à la questure de Venise. »

Santomauro faillit ajouter quelque chose, mais se retint au dernier moment, et Brunetti quitta l'appartement.

9

Le reste de la journée ne fut pas plus productif, ni pour Brunetti, ni pour Gallo et Scarpa. Lorsqu'ils se retrouvèrent tous les trois à la questure, en fin d'après-midi, le sergent rapporta que trois des hommes de la liste avaient déclaré ne pas reconnaître l'homme du portrait-robot, et qu'ils disaient probablement la vérité. Deux autres ne s'étaient pas trouvés à leur domicile, et le dernier avait admis que ce visage reconstitué lui disait quelque chose, mais qu'il ne pouvait le situer. Scarpa avait eu une expérience à peu près identique ; aucun des hommes à qui il avait parlé n'avait reconnu la victime.

Ils tombèrent d'accord pour continuer le lendemain et essayer d'en finir avec la liste des noms. Brunetti demanda à Gallo de préparer une deuxième liste, celles des femmes qui se prostituaient dans le secteur indus-triel et via Cappuccina. Bien que n'espérant guère d'aide de leur part, il se disait que dans le cadre de la compétition à laquelle elles se livraient avec les traves-tis, elles avaient peut-être remarqué quelque chose.

Pendant qu'il grimpait jusqu'à son appartement, Brunetti se plut à imaginer ce qui allait arriver lorsqu'il ouvrirait la porte. Comme par magie, des elfes auraient installé la climatisation pendant la journée ; d'autres, l'une de ces douches qu'il avait vues dans des brochures publicitaires et dans les feuilletons hollywoodiens : vingt poires de douches différentes, directionnelles, à jets réglables, qui enverraient une eau parfumée sur tout son corps ; après la douche, il se voyait s'enrouler dans une serviette épaisse de la taille d'un couvre-lit. Il y aurait aussi un bar, peut-être du genre de ceux que l'on voit à l'extrémité des piscines, et un barman en veston blanc lui préparerait, dans un verre immense, une boisson fraîche sur laquelle flotterait une fleur d'hibiscus. Une fois ses besoins physiques les plus pressants comblés, il passa carrément dans le domaine de la science-fiction et s'imagina deux enfants à la fois travailleurs et obéissants et une femme aux petits soins qui lui dirait, dès qu'il pousserait le battant, que l'affaire était résolue et qu'ils allaient tous pouvoir partir en vacances dès le lendemain matin.

La réalité, comme c'est toujours le cas, se révéla bien différente. Sa famille avait battu en retraite sur la terrasse, où se faisait sentir la première fraîcheur du soir. Chiara leva le nez de son livre, lança un « Ciao, papa ! » et tendit la joue pour recevoir un baiser avant de se plonger de nouveau dans sa lecture. Raffi abandonna un instant la lecture de *Gente Uomo*, salua à son tour son père, et retourna tout de suite à l'indispensable consultation des dernières nouveautés en matière de mode masculine. Paola, voyant dans quel état il était, le prit dans ses bras et l'embrassa sur la bouche.

« Va donc faire un tour sous la douche, Guido, je t'apporterai quelque chose à boire. » Une cloche sonna, quelque part sur sa gauche, Raffi tourna une page et Brunetti desserra son nœud de cravate.

« Mets une fleur d'hibiscus dedans », dit-il avant de faire demi-tour.

Vingt minutes plus tard, il se retrouvait assis, ses pieds nus appuyés à la balustrade de la terrasse, habillé d'un pantalon de toile et d'une chemisette en lin, et commençait à raconter sa journée à Paola. Les enfants avaient disparu, sans doute pour se livrer, obéissants, à quelque activité studieuse.

« Santomauro ? s'étonna-t-elle. Giancarlo Santomauro ?

– En personne.

– C'est suave, dit-elle, une expression de réel délice dans la voix. Je regrette vraiment de t'avoir promis de ne jamais parler des affaires dont tu t'occupes ; celle-là est gratinée. » Sur quoi, elle répéta le nom de l'avocat.

« J'espère bien que tu ne racontes rien à personne ? » demanda-t-il, même s'il savait qu'il pouvait avoir confiance en elle.

Paola faillit lui rétorquer quelque chose de bien senti, mais elle se pencha finalement vers lui et posa une main sur son genou. « Non, Guido. Je n'ai jamais rien répété. Et je ne le ferai jamais.

– Je suis désolé d'avoir posé la question », répondit-il, les yeux baissés. Il prit une gorgée de son Campari soda.

« Connais-tu sa femme ? demanda-t-elle pour changer de sujet de conversation.

– Je crois que je lui ai été présenté une fois, pendant l'entracte d'un concert, il y a deux ou trois ans. Il ne me semble pas l'avoir revue. Comment est-elle ? »

Paola but à son tour, puis posa son verre sur la balustrade, chose qu'elle ne cessait d'interdire aux enfants. « Hé bien, commença-t-elle, cherchant la réponse la plus féroce qu'elle puisse faire, si j'étais le Signor – non, maître Santomauro –, et si j'avais le choix entre ma grande bringue de femme, maigre comme un coucou, impeccablement bien habillée, qui doit avoir le même coiffeur que Margaret Thatcher, sans parler de ses dispositions, et un jeune garçon, et peu importe sa taille, ses cheveux et ses dispositions, il ne fait pas de doute que c'est au jeune garçon que je tendrais les bras.

– Au fait, comment la connais-tu ? demanda Brunetti, ignorant – comme d'habitude – les effets de la rhétorique paolienne pour aller au contenu.

– C'est une cliente de Biba, répondit-elle, nommant un de leurs amis qui tenait une bijouterie. Je l'ai rencontrée à plusieurs reprises dans le magasin, et aussi chez mes parents, à l'un de ces dîners auxquels tu ne viens jamais. » Se disant que c'était une manière de se venger pour l'avoir soupçonnée de ne pas garder le silence, il laissa passer.

« Comment sont-ils, ensemble ?

– C'est elle qui tient le crachoir ; lui se contente de rester planté là et de parader, comme s'il n'y avait rien ni personne, dans un rayon de dix kilomètres, qui lui arrive à la cheville. Je les ai toujours considérés comme des bigots hypocrites et prétentieux. Il m'a suffi de l'écouter parler cinq minutes ; on dirait l'un de ces personnages secondaires de Dickens, pieux et malveillant à la fois. Étant donné que c'est elle qui fait toujours la conversation, je n'étais pas trop sûre pour lui, même si mon instinct me disait qu'il ne valait guère mieux. Je suis ravie d'apprendre que je ne m'étais pas trompée.

– Paola, la mit-il en garde, je n'ai aucune raison de croire qu'il était là pour une autre raison que professionnelle.

– Il avait peut-être enlevé ses chaussures pour donner des conseils juridiques ? demanda-t-elle avec un petit reniflement d'incrédulité. Enfin, Guido, reviens sur terre, veux-tu ? Ton Santomauro était là pour une raison bien précise et une seule, qui n'avait rien avoir avec le métier d'avocat, à moins qu'il n'ait été occupé à mettre au point une manière originale de se faire régler ses honoraires par Crespo. »

Paola, comme il l'avait appris depuis plus de vingt ans qu'il partageait sa vie, avait tendance à « aller trop loin ». Il ne savait toujours pas, même au bout de tout ce temps, si c'était une qualité ou un défaut, mais cela faisait définitivement partie, sans aucun doute, de sa personnalité. Elle avait même une petite lueur féroce dans le regard, quand elle s'apprêtait ainsi à « aller trop loin », lueur qu'il voyait en ce moment. Il n'aurait su dire sous quelle forme la chose allait se présenter, mais il n'y couperait pas.

« À ton avis, se fait-il payer de la même manière par le Patriarche de Venise ? »

S'il savait toujours aussi peu où allait tomber la foudre, Brunetti avait tout de même appris, au cours de ces vingt ans et quelques, que le seul moyen de réagir était de faire comme si elle n'avait pas frappé. « Comme je le disais, reprit-il donc, le fait qu'il était dans l'appartement ne prouve rien.

— J'espère que tu as raison, sans quoi je vais me poser des questions à chaque fois que je le verrai sortir de la basilique ou de l'archevêché… »

Il se contenta de lui jeter un simple coup d'œil.

« Bon, d'accord, il était là en tant qu'avocat, à titre professionnel, rien de plus. »

Elle laissa passer quelques instants, puis ajouta, d'un ton tout à fait différent, comme pour lui signaler qu'elle allait à présent se comporter sérieusement : « Cependant, tu as dit que Crespo avait reconnu l'homme, sur le dessin.

— J'en ai eu l'impression, sur le coup, mais lorsqu'il a levé les yeux vers moi, il avait eu une seconde ou deux pour se remettre, et son expression était parfaitement naturelle.

— Dans ce cas, il pourrait s'agir de n'importe qui, non ? D'un autre prostitué comme d'un client ? N'as-tu pas envisagé qu'il puisse s'agir d'un client qui aimait à se déguiser en femme quand il allait, euh… chercher ces autres hommes ? »

Dans ce supermarché du sexe qu'était devenue la société contemporaine, Brunetti savait que l'âge de la victime faisait de lui, bien plus vraisemblablement, un client qu'un produit. « Ce qui signifie que nous recherchons un homme qui fréquentait les prostitués hommes, sans en être un lui-même », dit-il.

Paola récrit son verre, fit tourner le liquide dedans et le vida. « Évidemment, ça fait une liste plus longue. Et, après ce que tu m'as raconté de l'avocat du Patriarche, une liste bien plus intéressante.

– Est-ce encore là une de tes théories ? Il y aurait une conspiration générale d'hommes apparemment heureux en ménage n'attendant que l'occasion de se glisser sous un buisson avec l'un de ces travestis ?

– Pour l'amour du ciel, Guido, de quoi parlez-vous donc quand vous êtes entre hommes ? De football ? De politique ? Jamais de conciliabules, de potins ?

– Sur quoi ? Sur les garçons de la via Cappuccina ? » Il reposa son verre avec un peu trop de force et se mit à se gratter la cheville – le premier moustique de la soirée venait de le piquer.

« C'est sans doute parce que tu n'as pas d'amis homosexuels, admit-elle.

– Nous avons beaucoup d'amis homosexuels, répliqua-t-il, conscient du fait qu'il lui fallait une dispute avec Paola pour tirer gloire d'un tel fait.

– D'accord, nous en avons, mais tu ne leur parles pas, Guido, pas vraiment.

– De quoi devrais-je leur parler ? De mes secrets de beauté ? On devrait échanger des recettes ? »

Elle ouvrit la bouche pour parler mais ne dit rien, lui adressant un long regard à la place. Puis elle lança, d'un ton de voix parfaitement neutre : « Je me demande si cette remarque est plus offensante que stupide. »

Il se gratta de nouveau la cheville, réfléchit à ce qui venait d'être dit. « Je suppose que c'était davantage stupide, même si c'était aussi pas mal offensant. (Elle lui jeta un regard soupçonneux.) Je suis désolé », ajouta-t-il. Elle sourit.

« Très bien, reprit-il, dis-moi donc ce que je devrais savoir sur ce sujet. » Elle lui jeta un coup d'œil dubitatif. « Je suis désolé », ajouta-t-il. Elle sourit.

« Voici où je voulais en venir. Certains des homosexuels que je connais affirment que beaucoup d'hommes ne demandent pas mieux que d'avoir des relations sexuelles avec eux – des pères de famille, des hommes mariés, médecins, avocats, prêtres. On peut supposer qu'ils exagèrent passablement et que cela ne va pas sans une certaine vanité de leur part, mais tout laisse à croire que ce n'en est pas moins vrai. » Brunetti pensa qu'elle avait terminé, mais il n'en était rien. « En tant que policier, reprit-elle, tu as certainement dû en entendre parler, mais la plupart des hommes préfèrent jouer l'ignorance. Ou bien refuser de le croire. » Elle ne l'avait pas formellement inclus dans son *la plupart des hommes*, mais pas exclu non plus.

« Et quelles sont tes principales sources d'information, dans ce domaine ?

– Ettore et Basilio », répondit-elle – deux de ses collègues de l'université. « Certains des amis de Raffi m'ont dit la même chose.

– Quoi ?

– Deux des amis de Raffi, au lycée. Ne fais pas cette tête, Guido. Ils ont dix-sept ans.

– Et alors, ils ont dix-sept ans ?

– Ils ont dix-sept ans et sont homosexuels, Guido. Homos.

– Ils sont amis intimes avec Raffi ? » ne put-il s'empêcher de demander.

Paola se leva brusquement. « Je vais mettre l'eau à chauffer pour les pâtes. J'aime autant attendre la fin du repas pour reprendre cette conversation. Cela te donnera peut-être le temps de réfléchir aux propos que tu as

tenus et à certains des préjugés que tu sembles nourrir. »
Elle ramassa son verre, enleva des mains de Brunetti
celui qu'il tenait et quitta la terrasse, le laissant méditer
sur ses préjugés.

Le dîner fut beaucoup plus paisible qu'il l'avait craint,
au vu de la brusquerie avec laquelle Paola était partie le
préparer. Elle avait cuisiné une sauce dans laquelle
entraient du thon frais, des tomates et des poivrons, et
utilisé les gros spaghetti Martelli qu'il aimait tellement.
Puis il y avait eu une salade et du pecorino, un fromage
que les parents de la petite amie de Raffi avaient ramené
de Sardaigne, et des pêches pour dessert. Réalisant son
vœu non formulé, les enfants offrirent de faire la vaisselle – manœuvre stratégique, sans aucun doute, en vue
d'une descente en règle sur son portefeuille avant le
départ en vacances.
Il se réfugia sur la terrasse, un petit verre de vodka
glacée à la main, et reprit le même siège. Au-dessus et
autour de lui tournoyaient les chauves-souris dont le vol
haché s'inscrivait en zigzags dans le ciel. Le policier les
aimait bien ; elles mangeaient les moustiques. Paola le
rejoignit au bout de quelques minutes. Il lui tendit son
verre et elle en prit une petite gorgée. « C'est celle de la
bouteille que tu as mise au congélateur ? » demanda-
t-elle.
Il acquiesça.
« D'où vient-elle ?
– Je suppose que c'est le moment ou jamais de dire
que c'est un pot-de-vin…
– De qui ?
– Donzelli. Il m'a demandé si je pouvais organiser
les départs en vacances de façon qu'il puisse aller passer les siennes en Russie – enfin, en ex-Russie. Il m'en
a rapporté une bouteille.
– C'est toujours la Russie.

– Hein ?

– C'est l'ex-Union soviétique, mais c'est toujours la bonne vieille Russie.

– Oh… merci. »

Elle eut un hochement de tête satisfait.

« À ton avis, est-ce qu'elles mangent autre chose ?

– Qui donc ? demanda Paola qui, pour une fois, ne l'avait pas suivi.

– Les chauve-souris.

– Aucune idée. Demande donc à Chiara. C'est le genre de choses qu'elle sait, d'habitude.

– J'ai repensé à ce que j'ai dit avant le repas », dit-il, prenant une gorgée de vodka.

Il s'était attendu à une repartie sarcastique, mais il n'eut droit qu'à un simple « Oui ?

– Il est possible que tu aies raison.

– À quel propos ?

– De la victime. Il est bien possible que ce soit un client, et non pas un prostitué. J'ai examiné son cadavre. Il n'avait pas le physique pour lequel un homme pourrait avoir envie de payer.

– Et quel genre de physique avait-il ? »

Il prit une nouvelle gorgée. « Cela va peut-être te paraître étrange, mais quand je l'ai vu, j'ai été frappé par sa ressemblance avec le mien. J'ai à peu près la même taille que lui, la même corpulence, probablement le même âge. C'était très étrange, Paola, de me voir allongé là, mort.

– Je veux bien te croire. » Elle n'ajouta pas d'autre commentaire.

– Ces garçons sont-ils des amis intimes de Raffi ?

– L'un d'eux, oui. Il l'aide, pour ses compositions d'italien.

– C'est bien.

– Qu'est-ce qui est bien ? Qu'il aide Raffi à faire ses devoirs ?

– Non, qu'il soit l'ami de Raffi. »

Elle éclata de rire et secoua la tête. « Je ne te comprendrai jamais, Guido, jamais. » Elle lui posa la main sur la nuque, se pencha, lui prit le verre des mains et vola une deuxième gorgée avant de le lui rendre. « Lorsque tu l'auras fini, pourras-tu envisager que je paie pour ton physique ? »

10

Les deux journées suivantes ressemblèrent à la première – en plus étouffant encore. Quatre des hommes, sur la liste de Brunetti, persistaient à ne jamais être chez eux, et aucun des voisins n'avaient la moindre idée quant à l'endroit où ils se trouvaient ou à la date de leur retour. Gallo et Scarpa n'eurent pas davantage de chance, même si l'une des personnes de la liste de Scarpa déclara avoir l'impression de connaître vaguement le visage du dessin, mais sans pouvoir dire où ni dans quel contexte il l'avait vu.

Les trois policiers déjeunèrent ensemble dans une trattoria proche de la questure, évaluant ce qu'ils avaient appris et ce qu'ils ignoraient encore.

« En tout cas, observa Gallo, il ne savait pas se raser les jambes », lorsqu'ils eurent épuisé la liste des éléments qu'ils avaient à leur disposition. Brunetti se demanda si le sergent cherchait à faire de l'humour ou se raccrochait simplement à un détail, faute de mieux.

« Qu'est-ce qui vous permet de le dire ? » Il vida son verre et chercha le serveur des yeux pour lui demander l'addition.

« Son cadavre. Il avait les jambes couvertes de petites coupures, comme s'il n'avait pas l'habitude de se les raser.

– Pourquoi, on devrait l'avoir ? s'étonna Brunetti, ajoutant, pour être plus clair, nous, les hommes ? »

Scarpa sourit, le nez dans son verre. « Moi, je me tailladerais probablement les rotules. Je me demande vraiment comment elles font. » Il secoua la tête devant ce qui était manifestement, à ses yeux, encore un mystère de l'éternel féminin.

Le serveur arriva avec la note et les interrompit. Le sergent Gallo s'en empara avant que Brunetti ait eu le temps de bouger, tira son portefeuille et disposa plusieurs billets dessus. « On nous a fait savoir que vous étiez l'invité de la ville », dit-il avant que le commissaire ait pu présenter une objection. Brunetti se demanda ce que Patta en aurait pensé, même en dehors du fait que le vice-questeur aurait estimé cet honneur immérité.

« Nous avons épuisé les noms de la liste, dit Brunetti. Cela signifie qu'il nous faut parler à présent à ceux qui n'y figurent pas, j'en ai bien peur.

– Voulez-vous que nous en convoquions quelques-uns, monsieur ? » demanda Gallo.

Le commissaire secoua la tête ; ce n'était pas le meilleur moyen, loin s'en fallait, de leur donner envie de coopérer. « Non. Je crois qu'il vaut mieux aller leur parler.

– Sauf que pour la plupart, nous n'avons ni les noms, ni les adresses, fit remarquer Scarpa.

– Ce qui veut dire qu'il va falloir aller leur rendre visite sur leurs lieux de travail. »

La Via Cappuccina est une artère importante, bordée d'arbres, qui commence non loin de la gare de Mestre pour aboutir dans le centre commercial de la ville. On y trouve des boutiques et des petits magasins, des bureaux, quelques immeubles d'appartements ; de jour, c'est une rue parfaitement ordinaire de petite ville italienne. Les enfants jouent sous les arbres et dans les quelques squares répartis sur sa longueur. Les mères les accompagnent, en général, à cause du danger que représente la circulation des voitures, mais aussi pour les mettre à l'abri d'une partie de la population qui gravite autour de la Via Cappuccina. Les boutiques ferment à midi trente et la rue s'assoupit pendant les premières heures de l'après-midi. La circulation diminue, les enfants rentrent déjeuner et faire la sieste ; les bureaux se vident, les adultes retournent aussi chez eux se restaurer et se reposer. Les enfants sont moins nombreux à jouer, en fin d'après-midi ; la circulation reprend, et la Via Cappuccina retrouve son animation avec la réouverture des magasins et des bureaux.

Entre dix-neuf heures trente et vingt heures, toute cette activité cesse ; les commerçants baissent leurs rideaux de fer et rentrent dîner chez eux, abandonnant la Via Cappuccina à ceux qui viennent y travailler après leur départ.

Il y a bien encore de la circulation dans la soirée, à cette différence près que les automobilistes ne semblent plus être pressés. Les voitures roulent au pas ou presque, mais nullement parce que les chauffeurs sont à la recherche d'une place de stationnement. L'Italie est devenue un pays opulent, et la plupart des véhicules ont la climatisation. Si bien qu'ils roulent encore plus lentement – car il faut abaisser la vitre avant de pouvoir négocier un tarif, ce qui prend davantage de temps.

Certaines de ces automobiles sont des modèles de luxe récents : BMW, Mercedes, voire quelquefois des Ferrari, celles-ci restant cependant une rareté sur la Via Cappuccina. Il s'agit en général de berlines cossues, des véhicules familiaux pour aller à l'église le dimanche puis ensuite déjeuner chez les grands-parents, avec toute la marmaille. On trouve à leur volant des hommes plus à l'aise en costume-cravate qu'en bleu de travail, ayant bien réussi grâce au spectaculaire boom économique italien de ces dernières décennies.

C'est de plus en plus souvent que les médecins accoucheurs des cliniques privées italiennes, des établissements que ne peuvent s'offrir que ceux qui ont assez de moyens pour souscrire à des assurances privées, se voient obligés d'annoncer aux mamans qu'elles et leur enfant portent le virus du sida. La plupart de ces femmes ont une réaction de stupéfaction, car elles ont respecté leur vœu de fidélité. Elles imaginent aussitôt qu'il doit s'agir de quelque erreur épouvantable, due à un traitement médical, par exemple. Mais l'explication a davantage de chance d'être trouvée Via Cappuccina, dans les transactions qui ont lieu entre les conducteurs de ces voitures au luxe discret et les hommes et les femmes qui déambulent sur les trottoirs.

Brunetti s'engagea Via Cappuccina à vingt-trois heures trente ; il arrivait à pied de la gare, où le train de Venise l'avait déposé quelques minutes auparavant. Il était retourné dîner chez lui, avait dormi une heure, puis s'était habillé de manière à ne pas avoir l'air d'un policier – à son avis. Scarpa avait fait tirer des petites photocopies du dessin comme des photos du mort, et le commissaire en avait glissé plusieurs dans la poche de son veston en lin bleu.

Dans son dos, il entendait encore la rumeur lointaine de la circulation, de nombreuses voitures continuant à emprunter la *tangenziale* de l'autoroute. Même si c'était peu probable, il avait l'impression que tous les gaz d'échappement étaient refoulés jusqu'ici, tellement l'air immobile était dense et étouffant. Il traversa une rue latérale, puis une autre, et commença à remarquer les voitures. Elles avançaient au pas, vitres relevées, les chauffeurs tournant constamment la tête vers les trottoirs.

Brunetti constata que s'il n'était pas l'unique piéton, il était l'un des rares à porter une chemise et une cravate, et peut-être le seul à déambuler.

« *Ciao, bello.* »

« *Cosa vuoi, amore ?* »

« *Ti faccio tutto ciò che vuoi, caro.* »

Ces propositions provenaient de presque toutes les silhouettes qu'il dépassait, offres de délices, de joies, d'extases. Les voix suggéraient des plaisirs inédits, promettaient la réalisation de tous les fantasmes. Il s'arrêta sous un lampadaire, pour être accosté aussitôt par une grande blonde qui portait une minijupe blanche et pas grand-chose d'autre.

« Cinquante mille », dit-elle. Puis elle sourit, comme si une telle offre représentait le plus grand attrait. Son sourire lui découvrait les dents.

« Je veux un homme », répondit Brunetti.

Elle fit demi-tour sans un mot et gagna le bord du trottoir. Elle se pencha vers une Audi qui passait au ralenti et lança le même prix. La voiture ne s'arrêta pas. Brunetti était resté sous son lampadaire, et elle se tourna vers lui. « Quarante, dit-elle.

– Non, c'est un homme que je cherche.

– Ils coûtent beaucoup plus cher, et ils ne peuvent rien te faire de plus que moi, *bello.* » Elle exhiba de nouveau ses dents.

« Je veux simplement leur montrer une photo.

– *Gesu bambino !* murmura-t-elle, pas encore un de ceux-là. » Puis, un ton plus haut, elle reprit : « Ça va te coûter encore plus cher, avec eux. Moi, je te fais tout pour le même prix.

– Je veux leur montrer la photo d'un homme et leur demander s'ils le reconnaissent.

– Police ? »

Brunetti acquiesça.

« J'aurais dû m'en douter. Ils se tiennent dans le haut de la rue, les garçons, de l'autre côté de Piazzale Leonardo da Vinci.

– Merci », répondit le commissaire. Il continua de

remonter la rue. Arrivé au carrefour suivant, il se retourna et vit la blonde qui s'engouffrait dans une Volvo bleu marine.

Il ne lui fallut que deux ou trois minutes pour atteindre la Piazzale Leonardo da Vinci qu'il traversa sans avoir de mal à se faufiler entre les voitures roulant au pas ; le long d'un mur bas, de l'autre côté, il aperçut plusieurs silhouettes regroupées.

Il s'en approcha. De nouveau, des voix l'interpellèrent, des voix de ténor, cette fois, lançant les mêmes promesses de plaisir. Quelles extases ne goûtait-on pas ici !

Une fois près du groupe, il eut droit au même spectacle, pratiquement, qu'à celui qui l'avait accompagné depuis la gare : des bouches agrandies au rouge à lèvres et toutes étirées en un sourire se voulant aguichant ; des nuages de cheveux décolorés, des jambes, des cuisses et des seins qui paraissaient tout aussi authentiques que ceux qu'il venait de voir.

Deux d'entre eux vinrent papillonner autour de lui, attirés par la flamme de celui qui avait les moyens de payer.

« Tout ce que tu voudras, mon chou. Pas de préservatif. La chose grandeur nature. »

« Ma voiture est à deux pas d'ici, *caro*. Dis ce que tu veux, et tu l'auras. »

Du groupe de travestis adossés le long du mur, une voix monta, apostrophant celui qui venait de parler : « Demande-lui donc s'il ne veut pas vous prendre tous les deux, Paolina. » Puis elle s'adressa directement à Brunetti : « Ils sont fabuleux si tu les prends ensemble, *amore*. Un sandwich que tu n'es pas près d'oublier ! » Ce fut assez pour que les autres éclatent de rire, un rire grave qui n'avait rien de féminin.

Brunetti s'adressa à celui qui se faisait appeler Paolina.

« Je voudrais vous montrer la photo d'un homme et que vous me disiez si vous le reconnaissez. »

Paolina se tourna vers ses camarades et lança : « Hé, c'est un flic, les filles ! Il veut me faire regarder des photos. »

Une clameur lui répondit. « Dis-lui que la réalité vaut mieux que les photos cochonnes, Paolina… » « Les flics ne font même pas la différence… » « Un flic ? Prends-lui tarif double ! »

Brunetti attendit qu'ils aient épuisé leur verve pour demander : « Voulez-vous la regarder ?

– Et qu'est-ce que je vais y gagner, dans cette affaire ? » répondit Paolina. Son compagnon se mit à rire, en le voyant qui répondait ainsi du tac au tac à un policier.

« C'est la photo de l'homme qu'on a trouvé assassiné dans le terrain vague, lundi dernier. » Avant que Paolina ait pu prétendre ne pas être au courant, il ajouta : « Je suis sûr que vous en avez tous entendu parler et que vous savez ce qui lui est arrivé. On voudrait l'identifier pour pouvoir trouver le meurtrier. Je crois que vous êtes bien placés pour comprendre que c'est important. »

Il avait remarqué que Paolina et ses amis étaient presque tous habillés de la même manière, en maillots serrés et mini-jupes qui exhibaient des jambes longues et musclées. Ils portaient aussi des talons aiguilles avec lesquels ils n'auraient jamais pu distancer un assaillant.

L'ami de Paolina, coiffée d'une perruque jaune bouton d'or qui cascadait sur ses épaules, prit la parole. « Bon, voyons ça. » Il tendit la main. Si ses pieds étaient à peu près dissimulés par les chaussures, rien ne cachait l'épaisseur et la largeur de sa main.

Brunetti sortit la photocopie de sa poche. « Merci, signore », dit-il en montrant le document. L'homme eut un regard d'incompréhension comme si le policier s'était exprimé en une langue étrangère. Il se pencha sur le dessin, imité par son compagnon, avec lequel il se mit à échanger des réflexions dans un dialecte que Brunetti pensa être sarde.

L'homme à la perruque blonde rendit le portrait au commissaire. « Non, je ne le reconnais pas. C'est le seul portrait que vous ayez de lui ?

– Oui… Cela vous ennuierait-il de demander à vos amis s'ils ne le reconnaissent pas ? » demanda Brunetti avec un signe de tête en direction du groupe des travestis, toujours alignés le long du mur, et qui interpellaient de temps en temps les voitures sans cesser pour autant de surveiller le policier et leurs deux camarades.

« Bien sûr, pas de problème », dit l'ami de Paolina en se dirigeant vers les autres. Paolina lui emboîta le pas, peut-être un peu nerveux à l'idée de rester seul en compagnie du commissaire.

L'homme à la perruque blonde, qui tenait toujours le dessin, trébucha et fut obligé de se rattraper à l'épaule de Paolina. Il jura grossièrement. Les travestis en tenues multicolores se détachèrent du mur pour les rejoindre ; la photocopie passa de main en main, tandis que Brunetti observait la scène. Un grand garçon monté en graine, porteur d'une perruque rousse, reprit soudain la photo qu'il s'apprêtait à passer et se mit à l'examiner plus attentivement. Il tira un de ses compagnons par le bras et lui dit quelque chose avec un geste vers le document. Le deuxième homme secoua la tête ; le rouquin indiqua de nouveau le portrait, mais son compagnon continua ses mouvements de dénégation. Le rouquin eut un geste d'agacement pour le renvoyer. Le dessin circula encore, puis l'ami de Paolina revint vers Brunetti, accompagné du rouquin.

« *Buona sera* », dit Brunetti. Puis il tendit la main et ajouta : « Guido Brunetti. »

Les deux hommes restèrent figés sur place, comme si la pointe de leurs talons venait de se ficher dans le sol. Le blond jeta un coup d'œil à sa jupe et passa la main nerveusement devant. Le rouquin porta trois doigts à sa bouche, puis finit par tendre la main à Brunetti. « Roberto Canale, dit-il. Enchanté de faire votre connaissance. » Sa poignée de main était ferme.

Brunetti tendit alors la main à l'autre, qui jeta un coup d'œil nerveux au groupe, derrière lui ; n'entendant rien, il prit la main du policier et la serra. « Paolo Mazza. »

Brunetti revint au rouquin. « Est-ce que vous reconnaissez cet homme, Signor Canale ? » demanda-t-il.

L'homme regarda de côté jusqu'à ce que Mazza lui dise, « Hé, il te parle, Roberta. Tu n'as pas oublié ton nom, tout de même ?

– Bien sûr que non, protesta le rouquin. Oui, je le reconnais, mais je ne pourrais pas vous dire de qui il s'agit. À la vérité, je ne suis même pas sûr de le reconnaître vraiment. Il me rappelle seulement quelqu'un. »

Se rendant compte combien ses explications devaient paraître confuses, Canale reprit : « Vous savez comment c'est, lorsque vous rencontrez dans la rue votre boucher sans son tablier ; on sait qu'on le connaît, et pourtant on est incapable de dire de qui il s'agit. On est pourtant sûr d'avoir vu cette tête, mais il n'est pas dans son décor habituel, et du coup, on est perdu. C'est pareil avec ce dessin. Je sais que je le connais, ou que je l'ai vu, comme le boucher, mais sans pouvoir vous dire où.

– Est-ce que ce devrait être par ici ? » demanda Brunetti. Devant le regard d'incompréhension de Canale, il s'expliqua. « Je veux dire ici, sur la Via Cappuccina ? Est-ce ici que vous vous attendriez à le voir ?

– Non, non. Pas du tout. C'est justement cela qui est bizarre. Quel que soit l'endroit où je l'ai vu, je suis sûr que cela n'a aucun rapport avec tout ça. » Il agita les mains en l'air comme s'il y cherchait la solution de l'énigme. « C'est comme si je voyais un de mes professeurs. Ou le médecin. Quelqu'un qui n'est pas supposé venir ici. C'est juste une impression, mais elle est très forte… » Puis, cherchant une confirmation, il demanda : « Vous voyez ce que je veux dire ?

– Oui, tout à fait. Un jour, un homme m'a interpellé dans la rue, à Rome, et m'a dit bonjour. Je savais que je le connaissais, mais sans plus. » Brunetti sourit, et prit le risque d'ajouter : « Je l'avais arrêté deux ans avant… mais à Naples. »

Heureusement, les deux hommes éclatèrent de rire. Canale dit alors : « Est-ce que je peux garder la photo ? Cela me reviendra peut-être si je peux la regarder de temps en temps. Qui sait ? La mémoire revient des fois comme ça, tout d'un coup.

– Certainement J'apprécie beaucoup votre aide. »

Ce fut au tour de Mazza de se risquer. « Était-il très amoché ? Quand vous l'avez trouvé ? » Il se tenait les mains serrées devant lui.

Brunetti acquiesça.

« Ça ne leur suffit donc pas de nous enculer ? explosa Canale. Quel besoin ont-ils de nous massacrer ? »

La question avait beau être adressée à des puissances bien supérieures à celles pour lesquelles travaillaient Brunetti, il n'en répondit pas moins. « Je n'en ai aucune idée. »

11

Le lendemain, vendredi, Brunetti estima qu'il valait mieux aller faire une apparition à la questure de Venise et étudier les paperasses et le courrier qui avaient dû s'accumuler entre temps. De plus, comme il le reconnut devant Paola au cours du petit déjeuner, il avait envie de savoir s'il n'y avait rien de nouveau sur *Il caso Patta*.

« Rien dans *Gente* et *Oggi*, en tout cas », lui apprit-elle en nommant les deux plus célèbres journaux de potins d'Italie. « Quoique je me demande si la Signora Patta est digne de leur attention.

– Surtout, qu'elle ne t'entende jamais dire une chose pareille ! l'avertit Brunetti en riant.

– Avec un peu de chance, la Signora Patta ne m'entendra jamais rien dire… D'après toi, qu'est-ce que Patta va décider ? » demanda-t-elle d'un ton plus aimable.

Le commissaire vida sa tasse et la reposa avant de répondre. « Je ne crois pas qu'il puisse faire grand-chose, sinon attendre que Burrasca en ait assez d'elle ou elle de Burrasca, et qu'elle revienne.

– Comment est-il, ce Burrasca ? » Paola ne perdit pas son temps à demander si la police avait un dossier sur le cinéaste. Du moment que quelqu'un gagne suffisamment d'argent, dans la péninsule, il en a un.

« D'après ce que j'ai entendu dire, c'est un porc. Il fait partie du petit monde de la cocaïne, des voitures de sport rapides et des demoiselles au cerveau lent de Milan.

– Hé bien, il n'en a que la moitié d'une, cette fois.

– Que veux-tu dire ?

– Que si la Signora Patta n'est plus exactement une jeune fille, elle a le cerveau on ne peut plus lent.

– Tu la connais si bien que cela ? » Brunetti ne savait jamais très bien qui sa femme connaissait. Ni de quoi elle était au courant.

« Non. Je le déduis du simple fait que non seulement elle a épousé Patta, mais qu'elle est restée mariée avec lui. J'imagine qu'il faut avoir les neurones furieusement en panne pour supporter un imbécile aussi prétentieux et calamiteux que lui.

– Pourtant, tu me supportes bien », observa Brunetti avec un sourire, allant à la pêche aux compliments.

Elle eut un regard neutre. « Tu n'es pas prétentieux, Guido. Tu es par moments casse-pieds, et parfois même impossible, mais pas prétentieux. » Pas le moindre compliment là-dedans.

Il repoussa sa chaise de la table, sentant que le moment était peut-être venu de partir pour la questure.

Une fois arrivé, il parcourut rapidement les documents qui l'attendaient sur son bureau, déçu de ne rien trouver concernant l'homme assassiné de Mestre. Un coup frappé à la porte l'interrompit. « *Avanti !* » dit-il, supposant qu'il s'agissait de Vianello avec des nouvelles de Mestre. Au lieu du sergent, c'est une jeune femme aux cheveux noirs qui entra, tenant plusieurs dossiers. Elle lui sourit en traversant la pièce et commença à ouvrir l'un des dossiers, qu'elle feuilleta.

« Commissaire Brunetti, n'est-ce pas ?

– En effet. »

Elle prit plusieurs documents qu'elle déposa sur le bureau, devant lui. « Les hommes, en bas, m'ont dit que cela pourrait vous intéresser, Dottore.

– Merci, Signorina », dit-il en tirant les papiers à lui.

Elle resta debout devant le bureau, attendant manifestement qu'il lui demande qui elle était, ou trop timide pour se présenter elle-même. Il releva la tête, vit deux grands yeux bruns dans un visage avenant, un rouge à lèvres explosif. « Et vous êtes ? demanda-t-il avec un sourire.

– Elettra Zorzi, monsieur. Je suis la secrétaire du vice-questeur Patta depuis la semaine dernière. » Voilà qui expliquait le nouveau mobilier, à l'extérieur du bureau de Patta. Cela faisait des mois que le vice-questeur se plaignait d'avoir trop de paperasses à remplir. Il avait donc réussi, tel un cochon-truffier particulièrement zélé, à fouir suffisamment longtemps dans le budget pour y trouver de quoi s'offrir une secrétaire.

« Je suis ravi de faire votre connaissance, Signorina Zorzi », répondit Brunetti. Ce nom lui disait quelque chose.

« J'ai cru comprendre que j'aurais aussi à travailler pour vous, commissaire », reprit-elle avec un sourire.

Pas s'il connaissait bien son Patta. Il n'en remarqua pas moins : « Voilà qui me ferait plaisir », avant de s'intéresser aux papiers qu'elle lui avait apportés.

Il l'entendit qui s'éloignait du bureau et releva les yeux pour la suivre. Une jupe, ni trop longue, ni trop courte, et des jambes ravissantes. Une fois sur le seuil elle se retourna, vit qu'il la regardait, et sourit à nouveau. Il rabaissa les yeux. Qui donc avait pu baptiser sa fille Elettra ? Et il y avait combien de temps ? Vingt-cinq ans ? Quant au nom de famille… il connaissait pas mal de Zorzi, mais aucun n'aurait été capable d'appeler sa fille Elettra. Le battant se referma derrière elle et il reporta son attention sur les papiers ; ils ne présentaient guère d'intérêt, en réalité. Le crime semblait lui aussi avoir pris ses vacances, à Venise.

Il descendit jusqu'au bureau de Patta mais s'arrêta,

médusé, en entrant dans la petite antichambre. Pendant des années, il n'y avait eu dans cette pièce qu'un malheureux porte-parapluies en porcelaine écaillée et une table recouverte de vieilles revues comme celles qu'on trouve chez les dentistes. Les revues avaient disparu, et un ordinateur et son imprimante pris leur place sur un piétement métallique, à gauche de la table. Devant la fenêtre, là où avait si longtemps traîné le porte-parapluies, trônait un vase de verre rempli d'un énorme bouquet de glaïeuls orange et jaunes, sur une petite table en bois.

Ou bien Patta avait décidé d'accorder une interview à *Architectural Digest*, ou bien l'opulence qu'il croyait conforme à son rang devait bénéficier à ceux qui travaillaient directement sous ses ordres. Comme appelée par les réflexions que se faisait Brunetti, Elettra fit son entrée dans la pièce.

« C'est tout à fait charmant », dit-il avec un sourire et un geste de la main vers les fleurs.

Elle vint poser les classeurs qu'elle tenait sur le bureau, puis se tourna pour lui faire face. « Je suis contente que cela vous plaise, commissaire. Je n'aurais jamais pu travailler ici dans l'état où c'était avant. Toutes ces revues… ajouta-t-elle avec un petit frisson délicat.

– Ces fleurs sont ravissantes. Est-ce pour fêter votre arrivée ?

– Oh, non, répondit-elle sans s'émouvoir. J'ai passé une commande permanente chez Fantin. À partir de maintenant, ils livreront un bouquet tous les lundis et tous les jeudis. » Fantin, le fleuriste le plus cher de la ville. Deux fois par semaine. Cent fois par an ? Elle interrompit les calculs de Brunetti. « Étant donné que je dois également m'occuper du compte de dépenses du vice-questeur, j'ai pensé que c'était nécessaire de les ajouter.

– Et Fantin doit-il aussi fleurir le bureau du vice-questeur ? »

Son expression de surprise parut authentique. « Juste ciel, non ! Je suis certaine que le vice-questeur a les moyens de s'en offrir. Il ne serait pas juste de dépenser l'argent des contribuables ainsi. » Elle fit le tour du bureau et alla lancer l'ordinateur. « Est-ce que je peux faire quelque chose pour vous, commissaire ? demanda-t-elle, la question des fleurs apparemment réglée.

– Pas pour le moment, Signorina », répondit-il pendant qu'elle se penchait vers son écran.

Il frappa à la porte de Patta, et on lui dit d'entrer. Le vice-questeur était toujours assis à la même place, derrière son bureau ; sinon, presque tout le reste était changé. Le plateau, sur lequel rien, d'ordinaire, ne suggérait une activité laborieuse, était couvert de dossiers, de classeurs, de rapports ; il y avait même un journal froissé posé sur un coin. Ce n'était cependant pas l'*Osservatore Romano*, sa lecture habituelle, remarqua Brunetti, mais une feuille de chou qui frôlait l'ignoble, *La Nuova*, et dont la philosophie semblait se fonder sur ces deux propositions : certaines personnes sont capables des actes les plus vils et les plus infâmes, tandis que d'autres ne demandent qu'à en lire le récit. Même la climatisation (le bureau de Patta jouissait de ce privilège rare) semblait en panne.

« Asseyez-vous, Brunetti », ordonna le vice-questeur.

Comme s'il craignait le regard contagieux de son subalterne, Patta se tourna vers les papiers qui encombraient son bureau et se mit à les rassembler. Il les empila en les alignant soigneusement et lorsque le paquet fut parfaitement rectiligne, il le poussa de côté, oubliant sa main dessus.

« Quoi de neuf à Mestre ? demanda-t-il finalement.

– Nous n'avons pas encore pu identifier la victime, monsieur. On a montré sa photo à de nombreux travestis, parmi ceux qui travaillent dans le secteur, mais aucun n'a été capable de le reconnaître. » Le vice-questeur resta sans réaction. « Deux des hommes que j'ai interrogés ont eu vaguement l'impression de l'avoir vu, mais aucun n'a pu l'identifier formellement ; cela ne signifie donc rien. Ou tout ce qu'on veut. Il m'a semblé qu'un troisième l'avait reconnu, mais il a affirmé que non. J'aimerais bien pouvoir l'interroger de nouveau, mais il se peut que cela pose quelques problèmes.

– Santomauro ? » demanda Patta qui, pour la première fois depuis qu'ils collaboraient – des années –, réussit à prendre Brunetti par surprise.

– Comment êtes-vous au courant, pour Santomauro ? » s'étonna le commissaire, avant d'ajouter, pour adoucir ce que son ton avait eu d'incorrect, « Cavaliere ?

– Il m'a appelé trois fois », répondit le vice-questeur qui, à son tour, ajouta quelque chose, à voix basse mais manifestement de manière que Brunetti entende : « ... ce salopard. »

Immédiatement sur ses gardes devant cette indiscrétion aussi inhabituelle que soigneusement calculée de la part de son supérieur, le commissaire, telle l'araignée tissant sa toile, se mit à parcourir mentalement l'écheveau de fils qui pouvaient relier les deux hommes. Santomauro était un avocat célèbre, avec pour clientèle les hommes d'affaires et les politiciens de toute la Vénétie. Voilà qui aurait déjà largement suffi, normalement, à faire ramper Patta à ses pieds. Puis la mémoire lui revint : la Sainte Mère l'Église et la *Lega della Moralità* de Santomauro, dont la branche féminine était placée sous la tutelle et la présidence de rien moins que Maria Lucrezia Patta, la fugitive. Quels sermons sur la sainteté du mariage et ses obligations avaient donc épicé les coups de téléphone de l'avocat au vice-questeur ?

« C'est exact, répondit Brunetti, préférant admettre au moins en partie ce qu'il savait, il est l'avocat de Crespo. » Si Patta préférait croire qu'un commissaire de police puisse ne rien trouver d'étrange à ce qu'un membre du barreau de l'envergure de Carlo Santomauro soit l'avocat d'un travesti se prostituant, libre à lui. « Que vous a-t-il déclaré, monsieur ?

– Que vous harceliez et terrifiiez son client, que vous vous soyez montré, pour employer ses propres termes, *inutilement brutal* en tentant de le forcer à divulguer une information. » Patta passa la main sur son menton et Brunetti se rendit compte que le vice-questeur paraissait ne pas s'être rasé, ce matin.

« Bien entendu, je lui ai répondu que je refusais d'entendre de telles critiques adressées à l'un de mes commissaires, et qu'il n'avait qu'à venir déposer une plainte officielle, s'il y tenait. » D'ordinaire, ce genre de protestation, venant de la part d'un homme de l'importance de Santomauro, aurait valu de la part de Patta la promesse d'un bon savon, sinon d'une dégradation ou d'un transfert disciplinaire pour trois ans à Palerme. Et il aurait réagi sans même s'enquérir des détails de l'affaire. Le vice-questeur, cependant, continua de défendre le principe de l'égalité de tous devant la loi. « Je ne tolérerai pas des interventions de la part de civils dans les opérations d'un organisme d'État. » Cette affirmation, Brunetti en fut sur-le-champ convaincu, pouvait se traduire en gros ainsi : Patta avait une querelle personnelle à vider avec Santomauro, et ferait tout ce qui était en son pouvoir pour contribuer à faire perdre la face à l'avocat.

« Vous estimez donc que je dois continuer et interroger de nouveau Crespo, monsieur ? »

La colère que provoquait en lui le seul nom de Santomauro avait beau être grande, c'était trop demander à Patta que de surmonter une habitude ancrée en lui depuis des dizaines d'années, et de vouloir qu'il ordonne à un policier de mener une action qui contrariait un homme ayant d'aussi importantes relations politiques. « Faites tout ce que vous estimez nécessaire, Brunetti.

– Autre chose, monsieur ? »

Comme Patta ne répondait pas, Brunetti se leva. « Oui, il y a autre chose, commissaire, dit finalement le vice-questeur au moment où son subordonné se tournait pour partir.

– Oui, monsieur ?

– Vous avez bien des amis dans la presse, n'est-ce pas ? » Oh, Seigneur ! Allait-il lui demander de l'aide ? Brunetti regarda un peu au-dessus de la tête de son supérieur et acquiesça vaguement. « Je me demandais… cela vous ennuierait-il de les contacter ? (Brunetti se racla la gorge et se mit à contempler ses chaussures.) Voyez-vous, je me trouve dans une situation très embarrassante en ce moment, Brunetti, et j'aimerais que les choses n'aillent pas plus loin. » Le vice-questeur n'en dit pas davantage.

« Je ferai tout ce que je pourrai », répondit assez lamentablement Brunetti, en pensant que ses « amis de la presse » se réduisaient à deux analystes financiers et à un éditorialiste politique.

« Bien… J'ai demandé à ma nouvelle secrétaire d'essayer de se procurer des informations sur ses impôts. » Patta n'avait pas besoin d'expliquer des impôts de qui il parlait. « Elle est chargée de vous communiquer tout ce qu'elle trouvera. » La surprise fut telle, pour Brunetti, qu'il ne put qu'acquiescer d'un signe de tête.

Patta prit le premier document sur la pile, se pencha dessus et le commissaire, interprétant ce geste comme un congédiement, quitta le bureau. La signorina Elettra n'était plus devant son ordinateur et Brunetti laissa donc une note à son intention : *Pouvez-vous me faire savoir ce que l'informatique a à nous apprendre sur les affaires de l'avocat Giancarlo Santomauro ?*

Puis il retourna dans son bureau, conscient de la chaleur étouffante qui donnait l'impression d'aller croissant et de s'infiltrer jusque dans les plus petits recoins du bâtiment, en dépit de l'épaisseur des murs et des sols en marbre, une chaleur chargée d'une humidité poisseuse – de celle qui corne spontanément les feuilles de papier et vous les colle aux doigts dès qu'on les effleure. Les fenêtres étaient ouvertes et il alla se tenir devant l'une d'elles, mais il n'en provenait qu'un peu plus de chaleur et d'humidité ; et maintenant que la marée était au plus bas, la puanteur de la décomposition qui ne s'arrêtait jamais sous les eaux pénétrait même jusqu'ici, près de cette partie pourtant dégagée de la lagune, devant Saint-Marc. Il sentait la sueur qui coulait sous sa chemise et venait s'accumuler à hauteur de la ceinture, et il pensa aux montagnes, au-dessus de Bolzano, et aux gros édredons de duvet sous lesquels on dormait en plein mois d'août.

De retour à son bureau, il appela en bas et fit demander Vianello. Quelques minutes plus tard, le sergent bientôt quinquagénaire frappait à la porte. D'ordinaire, à cette époque de l'année, son bronzage lui donnait la couleur d'un rouge sourd du *bresaola*, ce filet de bœuf séché au soleil que Chiara aimait tant ; cette année, cependant, il avait conservé sa pâleur de l'hiver. Comme la plupart des Italiens de son âge et de son milieu, Vianello s'était toujours cru à l'abri des probabilités statistiques. C'était les autres qui mouraient par abus du tabac, les autres dont le taux de cholestérol grimpait à cause d'une nourriture trop riche, les autres qui trépassaient d'une crise cardiaque pour toutes ces raisons. Chaque lundi, pendant des années, il avait scrupuleusement lu la chronique médicale du *Corriere della Sera*, même en sachant pertinemment que toutes ces horreurs concernaient exclusivement les autres.

Ce printemps, toutefois, on lui avait retiré cinq mélanomes pré-cancéreux dans le dos et mis en garde contre le soleil. Comme Paul sur la route de Damas, Vianello avait connu la révélation, et comme le saint, voulu répandre la bonne parole. C'était sans compter, malheureusement, sans l'un de traits fondamentaux du caractère italien : l'omniscience. Tous ceux à qui il s'adressait en connaissaient plus que lui sur ce problème ; ils en savaient aussi davantage sur la couche d'ozone, sur les chlorofluorocarbones et sur leurs effets sur l'atmosphère. De plus, tous, jusqu'au dernier, partageaient la conviction que toutes ces histoires de dangers relatifs au soleil n'étaient juste qu'une *bidonata*, un « bidonnage », un canular, sans très bien savoir, cependant, à qui profitait la mystification.

Lorsque Vianello, toujours empli d'un zèle paulinien, jetait les cicatrices de ses épaules comme argument dans la balance, on lui rétorquait que son cas particulier ne prouvait rien, que toutes les statistiques étaient fausses ; d'ailleurs, à eux, ça ne leur arriverait pas. Et il avait fini par prendre conscience de l'une des vérités les plus extraordinaires concernant ses compatriotes : aucune vérité n'existe en dehors de l'expérience personnelle d'un Italien, et toutes les preuves venant contrarier celle-ci sont rejetées comme étant sans fondement. Et c'est ainsi que Vianello, contrairement à Paul, avait renoncé à sa mission et s'était résigné à s'acheter de la crème protection 30, dont il se tartinait le visage à longueur d'année.

« Oui, Dottore ? » Le sergent avait laissé cravate et veston sur sa chaise et se présentait en chemisette blanche. Il avait perdu du poids depuis la naissance de son troisième enfant, un an auparavant, et dit à Brunetti qu'il voulait en perdre encore pour être plus en forme. Quand un homme qui va bientôt avoir cinquante ans vient d'être père, avait-il expliqué, il doit faire attention, prendre davantage soin de lui. Par cette chaleur, néanmoins, avec le souvenir des édredons encore à l'esprit,

Brunetti n'avait aucune envie d'évoquer des problèmes de santé, pas plus les siens que ceux de son subordonné.

« Assieds-toi, Vianello. » Le sergent s'installa sur son siège habituel et Brunetti rejoignit son propre fauteuil. « Qu'est-ce que tu sais sur la *Lega della Moralità* ? »

Le policier plissa les yeux, une expression interrogative dans le regard mais, n'obtenant pas davantage d'informations, réfléchit quelques instants à la question avant d'y répondre.

« Pas grand-chose, à la vérité. Je crois qu'ils se réunissent dans une église – Santi Apostoli ? Non, là, ce sont les *catecumeni*, ceux qui jouent de la guitare et ont trop d'enfants… La *Lega della Moralità* se réunit dans des maisons privées, je crois, ou dans des salles paroissiales. Ils n'ont pas d'appartenance politique, à ma connaissance. Je ne sais pas très bien ce qu'ils font, mais rien qu'à leur nom, j'ai l'impression qu'ils doivent surtout s'asseoir en rond et se raconter à quel point eux sont bien, et tous les autres mauvais. » Il avait parlé d'un ton ironique, indiquant le mépris qu'il ressentait pour de telles bêtises.

« Connais-tu quelqu'un qui en serait membre, Vianello ?

– Moi, monsieur ? Ça me ferait mal… » Il sourit, puis vit l'expression qu'arborait Brunetti. « Ah, vous êtes sérieux, monsieur ? Attendez, laissez-moi réfléchir une minute. » Il prit la minute de réflexion demandée, les mains jointes autour d'un genou, les yeux au plafond.

« Il y a bien cette personne, à la banque, monsieur. Nadia la connaît mieux que moi. C'est-à-dire qu'elle a davantage affaire à elle, vu que c'est elle qui tient les cordons de la bourse. Mais je me souviens de ce qu'elle a dit, un jour. Elle trouvait bizarre qu'une femme aussi charmante ait quelque chose à voir avec une telle association.

– Pourquoi crois-tu qu'elle ait dit cela ?

– Qu'elle ait dit quoi ?

– Elle a l'air d'estimer que ce ne sont pas des gens bien.

– Oh, pensez seulement à ce nom, monsieur. La *Lega della Moralità*, comme si c'était eux qui avaient inventé la chose. À mon avis, ce n'est rien qu'un ramassis de *basibanchi*. » Avec ce terme, du vénitien le plus pur, qui décrit avec mépris la manière qu'ont les bigots de se courber dans l'église jusqu'à embrasser le banc, devant eux, et dont le français *grenouilles de bénitier* est un assez bon équivalent, Vianello apportait une preuve supplémentaire du génie de leur dialecte comme de son propre bon sens.

« Depuis combien de temps est-elle membre ? Pour quelle raison l'est-elle devenue ? En as-tu une idée ?

– Non, aucune, mais je peux demander à Nadia de se renseigner. Pourquoi ? »

Brunetti lui expliqua en quelques mots qu'il avait trouvé Santomauro chez Crespo, et comment l'avocat avait harcelé Patta de coups de téléphone.

« Intéressant, n'est-ce pas, monsieur ? commenta Vianello.

– Tu le connais ?

– Santomauro ? » demanda inutilement le sergent. Il y avait bien peu de chances qu'il connaisse Crespo.

Brunetti acquiesça.

« C'était l'avocat de mon cousin, avant qu'il ne devienne célèbre. Et hors de prix.

– Qu'est-ce qu'il en pense, ton cousin ?

– Pas grand-chose. C'était un bon avocat, mais il voulait toujours assigner, argumenter, n'en faire qu'à sa tête. » Comportement courant en Italie, songea Brunetti, où la clarté n'était pas la principale qualité des textes de loi.

« Rien d'autre ? »

Vianello secoua la tête. « Rien qui me vienne à l'esprit. C'était il y a des années. » Avant même que le

commissaire ait le temps de le lui demander, il ajoutait :
« Mais je peux passer un coup de fil à mon cousin et
lui poser la question. Il connaît peut-être d'autres personnes pour qui Santomauro aurait travaillé. »

D'un signe de tête, Brunetti le remercia. « J'aimerais
aussi savoir ce qu'on peut trouver sur cette *Lega*, leur
lieu de réunion, leur nombre, qui ils sont, ce qu'ils
font. » À la réflexion, il trouvait étrange qu'une organisation connue au point d'en être devenue un lieu
commun d'allusions humoristiques se soit arrangée, en
fait, pour divulguer aussi peu de choses sur elle-même.
Tout le monde avait entendu parler de la *Lega della
Moralità*, mais si la propre expérience de Brunetti avait
quelque valeur de référence, personne n'avait d'idée
bien précise sur son activité.

Vianello avait pris son carnet et y jetait des notes.
« Est-ce que je dois aussi poser des questions à propos
de la Signora Santomauro ?

– Oui, tout ce que tu peux trouver.

– Je crois qu'elle est de Vérone. Elle doit appartenir
à une famille de banquiers… Autre chose, monsieur ?
demanda-t-il en relevant la tête.

– Oui, concernant le travesti de Mestre, Francesco
Crespo. J'aimerais que tu fasses passer le mot, pour
savoir si quelqu'un de chez nous le connaît ou a entendu
parler de lui.

– Qu'est-ce qu'ils ont sur lui à Mestre, monsieur ?

– Rien de plus que deux arrestations pour détention
de drogue et tentative de vente de produits illicites. Les
gars des mœurs ont un dossier sur lui, mais il habite
actuellement un appartement sur la Via Ronconi, un très
bel appartement, ce qui signifie, je suppose, qu'il n'a
plus à faire la Via Cappuccina et les jardins publics.
Vérifie également si Gallo n'a pas trouvé le nom du
fabricant de la robe et celui des chaussures.

– Je vais voir ce que je peux dégoter, répondit

Vianello, continuant à prendre des notes. Rien d'autre, monsieur ?

– Si. J'aimerais que tu te renseignes sur tous les signalements de personnes disparues. Un homme, la quarantaine, même description que la victime. La nouvelle secrétaire peut peut-être faire quelque chose, avec son ordinateur.

– De quelle région, monsieur ? » demanda Vianello, le stylo en suspens. Le fait qu'il n'ait pas posé de question sur la Signorina Elettra prouvait que la nouvelle de cette arrivée s'était déjà largement répandue.

– Si elle le peut, pour tout le pays. Les touristes y compris.

– L'hypothèse d'un prostitué ne vous plaît pas, monsieur ? »

Brunetti se remémora ce corps nu, si terriblement semblable au sien. « Non. Il n'avait pas le physique de l'emploi. »

12

Le samedi matin, Brunetti accompagna sa famille à la gare, mais c'est un groupe déprimé qui emprunta le vaporetto de la ligne un, à l'arrêt de San Silvestro. Paola était furieuse que Guido n'ait pas abandonné l'affaire de ce qu'elle appelait « son travesti » pour les accompagner à Bolzano, au moins pour leur premier week-end de vacances ; lui était furieux qu'elle ne veuille pas comprendre. Raffaele regrettait de devoir s'arracher aux charmes virginaux de Sara Paganuzzi, même s'il se consolait à la perspective de la retrouver au cours du week-end prochain – sans compter que jusque-là il y aurait la cueillette des champignons, dans la forêt. Quant à Chiara, elle était la seule à éprouver des regrets sur un plan purement altruiste : elle aurait bien aimé que son père, qui travaillait toujours tellement dur, puisse jouir d'une véritable période de repos.

Les règles de la famille prescrivaient que chacun devait porter sa valise ; mais étant donné que Brunetti n'allait pas plus loin que Mestre, et était donc sans bagages, Paola en profita pour lui faire trimballer la sienne – énorme – se contentant de garder à la main, outre son sac à mains, *The Collected Letters of Henry James*, un volume dont la taille terrifiante suffit à convaincre le policier que, de toute façon, son épouse n'aurait pas eu une minute à lui consacrer. Du fait de cette disposition, la théorie des dominos ne manqua pas de s'appliquer sur-le-champ : Chiara en profita pour fourrer quelques-uns de ses livres dans la valise de sa mère, ce qui dégagea assez de place dans la sienne pour que Raffi y glisse une deuxième paire de chaussures de montagne. Sur quoi Paola exigea que son fils utilise l'espace dégagé dans ses bagages pour y mettre un exemplaire de *The Sacred Fount* ; sans doute avait-elle pensé qu'elle aurait assez de temps, cette année, pour le lire.

Ils s'installèrent tous les quatre dans un même compartiment du huit heures trente-cinq, qui devait conduire Brunetti à Mestre dans dix minutes et le reste de la famille à Bolzano à temps pour le déjeuner. Ils ne se dirent pas grand-chose pendant la brève traversée de la lagune ; Paola s'assura que Guido avait bien le numéro de téléphone de l'hôtel dans son portefeuille et Raffaele lui rappela que c'était ce même train que Sara devait prendre le samedi suivant, sans préciser si son père aurait aussi à porter la valise de la jeune fille.

Une fois à Mestre, il embrassa les enfants et Paola l'accompagna jusqu'à la portière, au bout du couloir. « J'espère que tu pourras venir le prochain week-end, Guido. Ou mieux encore, que l'affaire sera rapidement bouclée et qu'on te verra débarquer avant. »

Il sourit, refusant de lui avouer que c'était bien peu vraisemblable ; en effet, il n'avait même pas encore réussi à identifier la victime. Il l'embrassa sur les deux joues, descendit du train et revint, sur le quai, à hauteur du compartiment où étaient les enfants. Chiara était déjà en train de manger une pêche. À travers la vitre, il vit Paola revenir et, presque sans regarder sa fille, prendre un mouchoir et le lui tendre. Le train s'ébranla juste au moment où Chiara redressait le menton pour s'essuyer les lèvres ; elle aperçut alors son père sur le quai. Son visage, luisant de jus de pêche, s'éclaira alors d'une joie pure et elle bondit à la fenêtre. « *Ciao, papa, ciao !*

Ciao ! » cria-t-elle pour couvrir le bruit du convoi. Debout sur son siège, elle se pencha à l'extérieur, et agita frénétiquement son mouchoir. Brunetti ne bougea pas de place et agita la main jusqu'à ce que le minuscule oriflamme d'amour ait disparu au loin.

À son arrivée à la questure de Mestre, il trouva le sergent Gallo qui l'attendait sur le seuil de son bureau. « Quelqu'un est venu pour voir le corps, dit-il sans pré- ambule.

– Qui ? Pourquoi ?

– Vos services ont eu un coup de téléphone, ce matin. De, euh… (il consulta un papier qu'il tenait à la main) d'une certaine Signora Mascari. Son mari est directeur de la succursale de Venise de la Banca di Verona. Il a disparu depuis samedi.

– Cela fait une semaine, observa Brunetti. Comment se fait-il qu'elle ait mis si longtemps à signaler sa dis- parition ?

– Il était en principe en voyage d'affaires. À Messine. Il a quitté son domicile dimanche dernier, dans l'après- midi, et elle ne l'a plus revu.

– Une semaine ? Elle a laissé passer une semaine avant de nous appeler ?

– Je ne lui ai pas encore parlé, se défendit Gallo, comme si le commissaire venait de l'accuser de négli- gence.

– Qui l'a vue ?

– Je ne sais pas. Tout ce que j'ai, c'est ce bout de papier que j'ai trouvé sur mon bureau, me disant qu'elle s'est rendue à Umberto Primo ce matin pour le voir et qu'elle espérait y être à neuf heures et demie. »

Les deux hommes échangèrent un regard ; Gallo remonta sa manche et consulta sa montre.

« Oui, dit Brunetti, allons-y. »

Il s'ensuivit un embrouillamini digne du cinéma muet par son idiotie. La voiture se trouva prise dans les embouteillages du matin ; le chauffeur crut intelligent de tenter de rejoindre l'hôpital par l'arrière, mais les encombrements y étaient encore pires, si bien qu'ils arrivèrent sur place pour apprendre que la Signora Mascari avait non seulement identifié le corps de son mari, Leonardo, mais qu'elle était repartie dans le même taxi qui l'avait conduite à la morgue, depuis Venise, pour gagner la questure de Mestre, où, lui avait-on dit, la police répondrait à ses questions.

Tout ceci signifiait que Gallo et Brunetti n'avaient plus qu'à retourner à la questure ; quand ils arrivèrent, la Signora Mascari les attendait déjà depuis plus d'un quart d'heure. Elle était assise, seule, très droite, sur un banc de bois disposé dans le couloir, devant le bureau de Gallo. Par ses vêtements et son maintien, elle donnait l'impression d'une femme non pas dont la jeunesse s'était enfuie, mais qui n'en avait jamais eue. Son ensemble, en soie sauvage bleu nuit, était de coupe ultra-classique et la jupe un peu plus longue que le prescrivait la mode. La nuance foncée du vêtement contrastait fortement avec la pâleur de son teint.

Elle leva les yeux à l'approche des deux hommes et Brunetti remarqua qu'elle avait les cheveux de ce blond vénitien que semblaient affectionner les femmes de l'âge de Paola. Elle n'était guère maquillée, et on voyait de petites rides au coin de ses yeux et de ses lèvres, rides dues à l'âge ou aux soucis, Brunetti n'aurait su le dire. Elle se leva et avança d'un pas dans leur direction. Brunetti lui tendit la main. « Signora Mascari, je suis le commissaire Brunetti, de la police de Venise. »

C'est à peine si elle lui serra la main, retirant tout de suite la sienne. Il remarqua que ses yeux brillaient beaucoup, mais cela pouvait tenir aussi bien à des larmes contenues qu'aux reflets des verres qu'elle portait.

« Je vous présente mes condoléances, Signora Mascari, reprit-il. Je comprends très bien combien tout cela a dû être douloureux et éprouvant pour vous. » Elle resta toujours sans réaction. « Souhaitez-vous que nous appelions quelqu'un qui pourrait venir vous rejoindre ici ? »

Elle secoua la tête. « Qu'est-ce qui est arrivé ? demanda-t-elle.

– Nous pourrions peut-être entrer dans le bureau du sergent Gallo », dit Brunetti, tendant une main pour ouvrir la porte. Il laissa passer la veuve devant lui, puis se tourna vers Gallo, lequel haussa un sourcil interrogatif ; Brunetti acquiesça d'un signe de tête et le sergent entra également dans le bureau. Brunetti avança une chaise pour la Signora Mascari, qui s'assit et leva les yeux vers lui.

« Est-ce que nous pouvons vous offrir quelque chose, Signora ? Un verre d'eau ? Du thé ?

– Non, rien, merci. Dites-moi ce qui est arrivé. »

Le sergent Gallo alla discrètement s'asseoir à sa place, derrière le bureau ; Brunetti s'installa sur une chaise, à peu de distance de la Signora Mascari.

« On a trouvé le corps de votre mari à Mestre, lundi matin. Si vous avez parlé avec les gens de l'hôpital, vous savez sans doute que la cause du décès est un coup porté à la tête. »

Elle l'interrompit. « On l'a aussi frappé à la figure. » Après avoir déclaré cela, elle détourna les yeux et se mit à contempler ses mains.

« Savez-vous qui aurait pu en vouloir à ce point à votre mari, Signora Mascari ? N'y a-t-il pas quelqu'un qui l'aurait menacé, ou avec qui il aurait eu une dispute sérieuse ? »

Elle secoua la tête. Une dénégation immédiate. « Leonardo n'avait pas d'ennemis. »

S'il en croyait son expérience, Brunetti pensait peu probable qu'on puisse devenir directeur de banque sans se faire quelques ennemis, mais il ne dit rien.

« Votre mari a-t-il jamais mentionné des difficultés, à son travail ? Un employé qu'il aurait licencié, peut-être ? Quelqu'un à qui il aurait refusé un prêt et qui lui en aurait tenu rigueur ? »

Elle secoua de nouveau négativement la tête. « Non, jamais rien de tel. Il n'a jamais eu de problèmes.

– Et dans votre famille, Signora ? Jamais de difficultés avec un de ses membres ?

– Mais enfin, pourquoi me poser de pareilles questions ? protesta-t-elle.

– Signora Mascari, dit Brunetti, avec un geste des mains qu'il espérait apaisant. La façon dont votre mari est mort, les violences inouïes qu'il a subies, tout laisse à penser que l'auteur de ce crime avait des raisons de haïr profondément votre mari ; c'est pourquoi, avant de rechercher cette personne, nous devons nous faire une idée des raisons qui l'ont poussée à commettre cet acte. Il est donc nécessaire que nous vous posions ces questions, aussi douloureuses qu'elles soient – je le sais bien.

– Mais je ne peux rien vous dire. Leonardo n'avait aucun ennemi. » Après avoir répété cette déclaration, elle regarda vers Gallo, comme pour lui demander confirmation ou qu'il l'aide à convaincre Brunetti de la croire.

« Lorsque votre mari a quitté votre domicile, dimanche dernier, se rendait-il à Messine ? » demanda Brunetti. Elle acquiesça. « Savez-vous quel était le motif de ce voyage, Signora ?

– Il m'a dit que c'était pour la banque et qu'il serait de retour vendredi. Hier.

– Mais il ne vous a pas donné davantage de détails ?

– Non. Il ne m'en donnait jamais. Il avait l'habitude de dire que son travail n'était pas très intéressant, et il ne m'en parlait que rarement.

– Avez-vous eu de ses nouvelles après son départ, Signora ?

– Non. Il est parti pour l'aéroport dimanche après-midi. Il allait jusqu'à Rome, où il devait changer d'avion.

– Votre mari vous a-t-il appelé ensuite ? De Rome, ou de Messine ?

– Non. Mais il ne le faisait jamais. À chacun de ses voyages d'affaires, ou bien il revenait directement à la maison, ou bien il se rendait à la banque, à Venise, et m'appelait de là pour me dire qu'il était de retour.

– Ceci était-il habituel ?

– Quoi donc ?

– Qu'il ne prenne jamais contact avec vous pendant ses voyages d'affaires ?

– C'est exactement ce que je viens de vous expliquer, répondit-elle, le ton légèrement plus sec. Il ne voyageait pas beaucoup pour la banque, cinq ou six fois par an. Parfois il m'envoyait une carte postale ou me rapportait un cadeau, mais il ne me téléphonait jamais.

– Quand avez-vous commencé à vous inquiéter, Signora ?

– Hier au soir. Je pensais qu'il s'était rendu à la banque dès son retour et qu'il allait rentrer en début de soirée. À sept heures, il n'était toujours pas là. J'ai appelé la banque, mais elle était fermée. J'ai essayé d'appeler deux de ses collaborateurs, mais ils n'étaient pas chez eux. » Elle marqua un temps d'arrêt, prit une profonde inspiration et enchaîna : « J'ai commencé par me dire que j'avais dû mal comprendre le jour ou l'heure de son retour, mais ce matin, je ne pouvais plus me raconter d'histoires. J'ai donc appelé un des employés de la banque ; celui-ci a téléphoné à un de ses collègues de Messine, puis il m'a rappelé. » Elle se tut à ce stade de son récit.

« Et que vous a-t-il déclaré ? » demanda Brunetti d'une voix retenue.

Elle porta un doigt replié à sa bouche, espérant peut-être empêcher les mots de sortir, mais elle avait vu le

corps, à la morgue, et il n'y avait plus rien à espérer.
« Que Leonardo n'était jamais arrivé à Messine. C'est
alors que j'ai appelé la police. Vous… ils m'ont dit…
quand j'ai donné la description de Leonardo… ils m'ont
dit que je devrais venir ici. C'est ce que j'ai fait. » Elle
parlait d'une voix de plus en plus chevrotante et quand
elle eut fini, elle s'étreignait désespérément les mains.

« Êtes-vous bien sûre, Signora Mascari, qu'il n'y a
personne que nous pourrions appeler pour venir vous
soutenir ? Il vaudrait peut-être mieux ne pas rester seule
dans un moment pareil, dit Brunetti.

– Non, non. Je ne veux voir personne. » Elle se leva
brusquement. « Je ne suis pas obligée de rester ici,
n'est-ce pas ? Je suis libre de partir ?

– Bien entendu, Signora. Je vous suis déjà infiniment
reconnaissant d'avoir répondu à nos questions. »

Elle ignora ces mots de courtoisie.

Brunetti adressa un geste discret à Gallo, pendant qu'il
accompagnait la Signora Mascari vers la sortie. « Une de
nos voitures va vous ramener à Venise, Signora.

– Je ne veux pas qu'on me voit arriver dans une voiture de police.

– Il s'agira d'un véhicule banalisé, et le chauffeur
sera en civil. »

Elle ne répondit rien ; comme elle ne souleva pas
d'objections, il supposa qu'elle acceptait d'être
reconduite jusqu'à la Piazzale Roma.

Brunetti ouvrit la porte et l'accompagna jusqu'à
l'escalier, au bout du corridor. Il remarqua qu'elle étreignait son sac de la main droite et qu'elle tenait la gauche
au fond de la poche de sa veste.

Au rez-de-chaussée, le commissaire sortit avec elle
sur les marches de la questure ; il avait oublié la chaleur. Une berline bleu foncé attendait au pied, moteur
tournant au ralenti. Brunetti ouvrit la portière et tint le
bras de la Signora Mascari pendant qu'elle montait à

l'arrière. Une fois assise, elle détourna la tête et regarda par la fenêtre, de l'autre côté – la vue se réduisait au spectacle de la circulation et de la façade sinistre d'un immeuble de bureaux. Brunetti referma doucement la portière et dit au chauffeur de ramener la Signora Mascari Piazzale Roma.

Lorsque la voiture eut disparu au milieu de la circulation, le commissaire retourna dans le bureau de Gallo. En entrant, il demanda au sergent : « Eh bien, qu'est-ce que vous en pensez ?

– Je ne crois pas aux gens qui n'ont pas d'ennemis.

– En particulier quand ce sont des banquiers d'âge mûr, ajouta Brunetti.

– Et donc ?

– Je vais retourner à Venise voir si je ne peux rien trouver en mettant mes gens sur l'affaire. Maintenant que nous détenons un nom, nous avons aussi un endroit où commencer à chercher.

– Mais chercher quoi ? »

La réaction de Brunetti ne se fit pas attendre. « Tout d'abord, nous devrions faire ce par quoi nous aurions dû commencer, trouver la provenance de la robe et des chaussures. »

Gallo prit cette remarque comme un reproche et répondit tout aussi rapidement. « Nous n'avons encore rien sur la robe, mais nous connaissons le nom du fabricant de chaussures et on devrait avoir dès cet après-midi la liste des revendeurs. »

Brunetti n'avait nullement eu l'intention de critiquer la police de Mestre, mais il ne dit rien. Pousser Gallo et ses hommes à trouver ces renseignements ne pouvait pas faire de mal, d'autant que les chaussures et la robe n'étaient pas exactement le genre de tenue que portait un banquier largement quadragénaire pour aller au bureau.

13

Si Brunetti s'était imaginé qu'il allait trouver le personnel de la Questure à son poste, un samedi matin du mois d'août, celui-ci avait vu les choses tout autrement. Il y avait bien les gardiens de service à l'entrée et une femme de ménage dans l'escalier, mais les bureaux étaient vides et il comprit qu'il ne fallait rien espérer avant lundi matin. Un instant, il fut tenté de sauter dans le premier train pour Bolzano, mais il savait qu'il n'arriverait pas avant le dîner et passerait tout le dimanche à trépigner d'impatience.

Une fois dans son bureau, il alla ouvrir les fenêtres, bien conscient, cependant, qu'il n'en résulterait rien de bon. La pièce n'en devint que plus humide et peut-être même y fit-il légèrement plus chaud. Rien de nouveau sur son bureau, aucun dossier de la part de la Signorina Elettra.

Il prit, dans le tiroir du bas, l'annuaire du téléphone qu'il ouvrit à la lettre L, mais ne trouva rien à *Lega della Moralità* – ce qui ne le surprit nullement. À la lettre S, il trouva Santomauro, Giancarlo, avocat, et une adresse dans le quartier de Saint-Marc. Feu Leonardo Mascari, apprit-il par le même moyen, habitait de son vivant à Castello. Cette adresse l'étonna ; Castello était le moins prestigieux *sestiere* de Venise, un quartier occupé essentiellement par de solides représentants de la classe ouvrière, où les enfants grandissaient sans parler autre chose que le dialecte vénitien, et ne s'initiaient à l'italien que le jour où ils entraient à l'école élémentaire. Il s'agissait peut-être d'une maison de famille ; ou encore d'une bonne affaire immobilière que le banquier avait eu l'occasion de faire. Les logements étaient si difficiles à trouver, à Venise, et les prix si scandaleusement élevés à l'achat comme à la location, que même Castello allait finir par devenir un quartier chic. En consacrant suffisamment d'argent à la restauration, on pouvait donner de la respectabilité sinon au *sestiere*, du moins à la résidence.

Il consulta la liste des banques dans les pages jaunes et découvrit que la Banca di Verona était située Campo San Bartolomeo, la place étroite, au pied du Rialto, où beaucoup d'établissements financiers avaient leurs bureaux ; nouvel étonnement, car il n'avait jamais vu cette enseigne. Plus par curiosité que pour une autre raison, il composa le numéro. On décrocha à la troisième sonnerie et une voix d'homme dit, « *Si ?* », comme si l'appel avait été attendu.

– Je suis bien à la Banca di Verona ? » demanda Brunetti.

Il y eut quelques instants de silence, puis l'homme répondit : « Désolé, vous avez fait un mauvais numéro, monsieur.

– Veuillez m'excuser. »

L'homme raccrocha sans rien ajouter.

Les errements du SIP, le téléphone public italien, étaient tels que le fait d'obtenir un mauvais numéro n'avait rien de bien étrange en soi ; Brunetti, cependant, était sûr d'avoir composé celui de la banque sans erreur. Il le refit, mais cette fois-ci la sonnerie se prolongea douze fois, et il finit par reposer le combiné. Il vérifia de nouveau dans l'annuaire et nota l'adresse. Puis chercha celle de la pharmacie Morelli ; elle n'était qu'à quelques numéros. Il replaça l'annuaire dans le tiroir qu'il repoussa d'un coup de pied, alla refermer les fenêtres, descendit et quitta la questure.

Dix minutes plus tard, il sortait du *sottoportico* de la Calle della Bissa et arrivait Campo San Bartolomeo. Il leva les yeux sur la statue en bronze de Goldoni ; ce dernier n'était peut-être pas son auteur dramatique préféré, mais celui, sans aucun doute, qui parvenait à le faire le plus rire, en particulier lorsqu'on jouait ses pièces en dialecte vénitien, ce qui était toujours le cas dans la ville qui leur servait de cadre et où il était aimé au point d'y avoir un monument. Goldoni était représenté avançant d'un pas décidé, ce qui rendait judicieux l'emplacement choisi : ici, Campo San Bartolomeo, tout le monde se précipitait pour aller ailleurs, soit pour franchir le pont du Rialto afin de se rendre au marché aux légumes, soit pour aller dans les quartiers de Saint-Marc ou de Cannaregio. Quiconque habitait dans le centre de la ville ou à proximité passait, pour des raisons topographiques, au moins une fois par jour par le Campo San Bartolomeo.

Lorsque Brunetti y arriva, la circulation des piétons était à son paroxysme. Les gens se précipitaient au marché avant la fermeture, ou revenaient bien vite du travail, pressés d'entamer leur week-end de repos. Mine de rien, il longea le flanc est de la place toute en longueur, étudiant les numéros peints au-dessus des portes. Comme il s'y était attendu, celui qu'il cherchait était à deux entrées de la pharmacie. Il étudia un instant la liste des noms placés en vis-à-vis des sonnettes. La Banca di Verona figurait au milieu de trois autres, des noms de particuliers.

Brunetti appuya sur la sonnette située au-dessus de celle de la banque. Il n'y eut pas de réponse. Même chose avec la deuxième. Il était sur le point d'appuyer sur la troisième, lorsqu'il entendit une voix de femme, derrière lui, lui demander avec le plus pur accent vénitien : « Puis-je vous aider ? Vous cherchez quelqu'un qui habite ici ? »

Il se tourna et se trouva en face d'une vieille dame toute petite, un chariot de commission appuyé contre la jambe. Se souvenant du nom, sur la première sonnette, il lui répondit dans le même dialecte. « Oui, je voulais voir les Montini. Ils doivent renouveler leur police d'assurances, et j'ai eu l'idée de m'arrêter en passant pour voir s'ils ne voulaient pas modifier des clauses.

– Ils ne sont pas là, répondit-elle, se mettant à la recherche de ses clefs, dans son énorme sac à main. Ils sont partis à la montagne. Les Gaspari aussi, d'ailleurs, sauf qu'eux sont à Jesolo. » Abandonnant l'espoir de toucher ou voir ses clefs, elle prit le sac à deux mains et le secoua afin de les repérer à l'oreille. Le procédé réussit, et elle retira un trousseau plus grand que sa main.

« Je les ai toutes là, reprit-elle en exhibant les clefs. Ils me les ont laissées pour que je puisse aller arroser les plantes et voir si rien n'a bougé. » Elle leva la tête pour regarder Brunetti. Elle avait les yeux d'un bleu clair délavé, un visage rond couvert d'un réseau de rides fines. « Avez-vous des enfants, Signore ?

– Oui, deux, répondit-il aussitôt.

– Quel âge ont-ils ? Comment s'appellent-ils ?

– Raffaele a seize ans et Chiara, treize.

– Bien, dit-elle, comme s'il venait de réussir une sorte d'examen. Vous paraissez solide, ajouta-t-elle. Est-ce que vous vous sentez capable de monter mon chariot jusqu'au troisième ? Sinon, je vais être obligée de faire trois voyages. J'ai mon fils et sa famille à déjeuner, demain, et j'ai fait beaucoup d'achats.

– Je serais très heureux de vous aider, Signora, répondit-il en se penchant pour prendre le chariot, qui devait bien peser quinze kilos. Est-ce une grande famille ?

128

– Il y aura mon fils, sa femme et leurs enfants ; deux d'entre eux vont venir avec mes arrière-petits-enfants. En tout, nous serons dix personnes. »

Elle ouvrit la porte et la tint pendant que Brunetti la franchissait avec le chariot. Elle alluma la minuterie et précéda Brunetti dans l'escalier. « Vous n'allez jamais croire le prix qu'ils demandent, pour les pêches. Nous sommes en plein mois d'août, et elles coûtent encore trois mille lires le kilo. J'en ai tout de même pris, parce que Marco aime bien les préparer au vin, comme dessert. J'ai aussi acheté du poisson. J'aurais bien voulu un *rombo*, mais ils sont trop chers. Comme tout le monde aime le *bosega* au court-bouillon, j'en ai pris, mais il coûte tout de même dix mille lires le kilo. Trois poissons, et j'en avais pour presque quarante mille lires. » Elle s'arrêta au premier étage, juste devant la porte de la Banca di Verona, et se tourna vers Brunetti. « Quand j'étais petite, on donnait le *bosega* au chat et aujourd'hui, il vaut dix mille lires le kilo ! » Elle reprit sa progression dans l'escalier. « Vous le tenez bien par les poignées, n'est-ce pas ?

– Oui, Signora.

– Bon, parce que j'ai un kilo de figues sur le dessus, et il vaut mieux qu'elles ne soient pas écrasées.

– Ne vous inquiétez pas, Signora, il ne leur est rien arrivé.

– J'ai été à la *Casa del Parmigiano* prendre du jambon pour aller avec les figues. J'ai connu Giuliano tout gamin. C'est lui qui a le meilleur jambon de Venise, vous ne croyez pas ?

– Ma femme se sert toujours chez lui, Signora.

– Ça coûte l'*ira di Dio*, mais il en vaut la peine, non ?

– Oui, Signora. »

Ils étaient arrivés. Elle avait gardé les clefs à la main et ne fut donc pas obligée de reprendre les fouilles au fond de son sac. Elle ouvrit l'unique serrure et poussa la porte, faisant entrer Brunetti dans un bel appartement avec quatre grandes fenêtres – fermées, volets tirés – qui donnaient sur la place.

Elle le précéda dans le séjour, une pièce que le policier connaissait depuis son enfance : de gros fauteuils et un sofa rembourré de crin qui grattait où qu'on s'asseye, des crédences massives en bois couleur sombre, sur le plateau desquelles étaient posés des sortes de saladiers à bonbons en argent et des photos encadrées. Le dallage vénitien du sol brillait, même dans la pénombre. Il se serait cru chez ses propres grands-parents.

Il en allait de même avec la cuisine. L'évier était en pierre, et un énorme chauffe-eau cylindrique se dressait dans un angle. La table avait un plateau en marbre, et il l'imagina sans peine qui roulait la pâte ou repassait sur elle.

« Posez-le ici, à côté de la porte, dit-elle. Voulez-vous boire quelque chose ?

– De l'eau, ce serait parfait, Signora. »

Comme il savait qu'elle le ferait, elle prit un plateau d'argent dans le haut d'un placard, et plaça au centre un petit napperon de dentelle sur lequel elle posa un verre à vin de Murano. Puis elle prit une bouteille d'eau minérale dans le réfrigérateur et remplit le verre.

« *Grazie infinite* », dit-il avant de boire. Il reposa soigneusement le verre au centre du napperon et refusa l'offre d'un second verre. « Voulez-vous que je vous aide à déballer vos achats, Signora ?

– Non, merci. Je sais où sont les choses et où elles vont. Vous avez été très aimable, jeune homme. Comment vous appelez-vous ?

– Guido Brunetti.

– Et vous vendez des assurances ?

– Oui, Signora.

– Eh bien, merci beaucoup », dit-elle, posant le verre dans l'évier et retournant à son chariot.

Se souvenant de ce qu'était sa véritable profession, il demanda : « Dites-moi, Signora, est-ce que vous laissez entrer ainsi les gens chez vous ? Sans les connaître ?

– Non ! Je ne suis pas folle. Pas n'importe qui, répondit-elle. Je demande toujours s'ils ont des enfants. Et bien entendu, il faut qu'ils soient vénitiens. »

Bien entendu. À la réflexion, le système de la vieille dame était probablement meilleur qu'un détecteur de mensonge ou un portier électronique. « Merci pour le verre d'eau, Signora. Je vais vous laisser.

– Merci à vous », dit-elle, penchée sur ses commissions, à la recherche de ses figues.

Il descendit les deux premiers étages et s'arrêta sur le dernier palier avant celui de la banque. Il n'entendait rien, sinon, de temps en temps, un cri ou un appel montant de la place, dehors. Dans la pauvre lumière qui filtrait par les petites fenêtres éclairant l'escalier, il consulta sa montre. Treize heures passées de quelques minutes. Au bout de dix minutes, aucun son ne lui était parvenu, mis à part ceux, déconnectés, venus du Campo San Bartolomeo.

Il descendit lentement les quelques marches restantes et s'immobilisa devant la porte de la banque. Non sans se sentir quelque peu ridicule, il se pencha et mit un œil en face du trou de serrure horizontal de la porte blindée. Il distingua un peu de lumière, comme si on avait oublié d'éteindre une dernière lampe après avoir tiré les volets, le vendredi après-midi. Ou comme si quelqu'un était venu travailler, ce samedi.

Il retourna jusqu'à l'escalier et s'adossa au mur. Au bout de dix minutes de plus, il sortit son mouchoir, le déploya sur une marche, remonta le pli de ses pantalons et s'assit, coudes sur les genoux, le menton dans les mains. Après ce qui lui parut un temps très long, il se releva, rapprocha le mouchoir du mur et se rassit, mais adossé au mur, cette fois. Il n'y avait pas d'air, il n'avait

131

rien mangé de la journée et la chaleur l'accablait. Il consulta de nouveau sa montre pour constater qu'il était quatorze heures passées. Il décida de rester jusqu'à quinze heures, pas une minute de plus.

À quinze heures quarante, n'ayant toujours pas bougé mais bien déterminé à lever le camp à seize heures, il entendit un bruit sourd en provenance du premier étage. Il se leva et remonta jusqu'au palier intermédiaire. En dessous de lui, une porte s'ouvrit. Il ne bougea pas. La porte se referma, il y eut un bruit de clef dans une serrure, puis des pas. Brunetti tendit le cou pour voir qui s'éloignait. Il ne put distinguer, dans l'éclairage médiocre, que la simple silhouette d'un homme de haute taille en costume sombre, un porte-documents à la main. Des cheveux noirs et courts, un col de chemise empesé rendu visible par sa blancheur, à hauteur de la nuque. L'homme tourna pour s'engager dans la dernière volée de marches, mais l'obscurité interdisait d'en voir davantage. Brunetti le suivit en silence. Une fois à hauteur de la porte, il regarda à nouveau par le trou de serrure, mais l'obscurité régnait à présent à l'intérieur.

D'en dessous, il entendit les bruits de la porte d'entrée que l'on ouvrait et refermait, et il descendit les dernières marches au pas de course. Il fit halte à la porte, l'ouvrit vivement et passa sur la place. L'éclat du soleil l'éblouit, sur le coup, et il se couvrit les yeux des mains. Lorsque la vue lui revint, il balaya la place des yeux, mais n'aperçut que vêtements de sport de couleurs claires et tee-shirts blancs. Il prit à droite, jusqu'à la Calle della Bissa ; personne en costume sombre. Il traversa la place en courant, regardant dans la ruelle étroite donnant sur le premier pont, mais l'homme n'y était pas. Il y avait au moins cinq autres ruelles semblables ouvrant sur le Campo San Bartolomeo et Brunetti dut admettre que le temps de les vérifier toutes, son gibier serait déjà loin. Il décida plutôt de tenter sa chance à l'embarcadère du

Rialto. L'homme avait peut-être pris un vaporetto. Évitant les uns, bousculant les autres, Brunetti courut jusqu'au ponton du numéro quatre-vingt deux. Un bateau venait de s'en détacher et prenait la direction de San Marcuolo et de la gare.

Il se fraya un chemin au milieu d'un groupe compact de touristes japonais, jusqu'à ce qu'il se retrouve au bord du canal. Le vaporetto passa devant lui et il parcourut des yeux les passagers debout à l'extérieur ou assis à l'intérieur. Ils étaient nombreux, presque tous habillés légèrement. Finalement, le policier aperçut, debout de l'autre côté, un homme en costume sombre et chemise blanche. Il venait d'allumer une cigarette et se tournait pour jeter l'allumette dans le canal. La nuque paraissait être la même que celle que Brunetti avait vue, mais il ne pouvait avoir aucune certitude. Lorsque l'homme reprit position, Brunetti scruta son profil, essayant de le mémoriser. Puis le bateau s'engagea sous le pont du Rialto, et l'homme disparut à sa vue.

14

Brunetti fit ce que tout homme intelligent se sachant vaincu aurait fait à sa place : il rentra chez lui et appela sa femme. Lorsqu'on lui passa la chambre, ce fut Chiara qui décrocha.

« Oh ciao, papa ! Quel dommage que tu n'aies pas été avec nous dans le train ! On a été bloqué à Vicence et on a attendu pendant presque deux heures. Personne ne savait ce qui se passait, puis le conducteur a annoncé qu'une femme s'était jetée sous un convoi entre Vicence et Vérone, et qu'il fallait attendre. Ça n'en finissait pas. Je suppose qu'ils ont dû tout nettoyer avant, non ? Quand on a fini par partir, je suis restée à la fenêtre jusqu'à Vérone, mais je n'ai rien vu. Tu crois qu'il ont eu le temps de tout nettoyer si vite ?

– Probablement, *cara*. Ta mère est ici ?

– Oui, papa. Mais je regardais peut-être du mauvais côté du train. C'était là que tout devait se trouver. Tu ne penses pas ?

– C'est possible, Chiara. Passe-moi maman.

– Bien sûr, papa. Elle est ici, elle est ici. Comment peut-on en arriver à faire une chose pareille, se jeter sous un train ?

– Probablement parce que quelqu'un ne voulait pas la laisser parler à qui elle voulait, Chiara.

– Oh, papa, tu es toujours aussi bête ! La voilà. »

Bête ? Comment ça, bête ? Il avait eu l'impression de parler on ne peut plus sérieusement.

« Ciao, Guido, dit Paola. Tu as entendu ça ? Notre fille est un vrai vampire.

— À quelle heure êtes-vous arrivés, en fin de compte ?

— Il y a à peu près une demi-heure. Nous avons été obligés de manger dans le train. Lamentable. Et toi, qu'est-ce que tu as fait ? As-tu trouvé l'*insalata di calamari* ?

— Non, je viens juste de rentrer.

— De Mestre ? Tu as déjeuné là-bas ?

— Non, j'avais quelque chose à faire.

— Bon, en tout cas, tu as de l'*insalata di calamari* au frigo. Mange-la aujourd'hui ou demain ; elle ne va pas se conserver longtemps, avec ce temps. » Il entendit la voix de Chiara, en fond sonore, puis Paola lui demanda : « Est-ce que tu viens demain ?

— Non, je ne peux pas. On a identifié le corps.

— Qui c'est ?

— Leonardo Mascari. Directeur de l'agence vénitienne de la Banca di Verona. Le connais-tu ?

— Non. Jamais entendu parler. Est-il vénitien ?

— Je crois. Sa femme l'est. »

De nouveau, la voix de Chiara. Il attendit un certain temps et Paola reprit la conversation. « Désolée, Guido. Chiara veut aller se promener, mais elle ne trouvait pas son chandail. » Ce seul mot rendit Brunetti encore plus conscient de la chaleur moite qui régnait dans l'appartement, dont toutes les fenêtres étaient pourtant ouvertes.

« Dis-moi, Paola, aurais-tu par hasard le numéro de téléphone de Padovani ? J'ai regardé dans l'annuaire, mais je ne l'ai pas trouvé. » Il savait qu'elle allait lui demander pour quelle raison il voulait ce numéro, et il enchaîna donc : « C'est la seule personne à qui j'ai pensé pour me parler du monde homosexuel de la région.

— Cela fait des années qu'il est à Rome, Guido.

– Je sais, je sais, mais il revient régulièrement pour les expositions et sa famille est toujours ici.

– Je l'ai peut-être, dit-elle en s'arrangeant pour prendre un ton qui manquait de conviction. Attends une seconde que je prenne mon carnet d'adresses. » Elle posa le téléphone et le fit patienter suffisamment long-temps pour le convaincre que le carnet d'adresses se trouvait dans une autre pièce, voire dans un autre bâti-ment. « C'est le 5224404, Guido, revint-elle finalement lui dire. Je crois qu'il figure toujours sous le nom des personnes auxquelles il a acheté la maison. Si tu l'as, dis-lui bonjour de ma part.

– Entendu. Où est Raffi ?

– Il a disparu immédiatement après avoir posé sa valise. Je ne m'attends pas à le revoir avant l'heure du dîner.

– Embrasse-le pour moi. J'appellerai dans la semaine. » Après avoir renouvelé qui des promesses de coups de fil, qui des rappels de consommer l'*insalata di calamari*, ils raccrochèrent, et Brunetti se fit la réflexion qu'il était tout de même étrange de partir en voyage une semaine sans téléphoner au moins une fois à sa femme. Le fait de ne pas avoir d'enfants rendait-il les choses différentes ? Il ne lui semblait pas.

Il composa le numéro de Padovani et tomba, comme c'était de plus en plus souvent le cas en Italie, à l'heure actuelle, sur un répondeur qui lui apprit que le professeur Padovani était momentanément absent mais rappellerait dès que possible. Brunetti demanda au « professeur Padovani » qu'il en soit ainsi, donna son nom et son numéro et raccrocha.

Il passa dans la cuisine et sortit ce qui était devenu l'incontournable *insalata di calamari* du réfrigérateur. Il retira le film plastique qui l'emballait, prit une tranche de calamar avec les doigts et, tout en mâchant, retira la bouteille de Soave qui attendait au frais. Le verre de vin dans une main, l'*insalata* dans l'autre, il se rendit sur la terrasse et posa son repas sur la table basse en verre. Il retourna à la cuisine chercher le pain qu'il avait oublié, trouva un *panino*, puis, se rappelant aussi qu'il était un individu civilisé, en profita pour prendre une fourchette.

De retour sur la terrasse, il rompit le pain, mit un bout de calamar sur le morceau et commença à manger. Il n'y avait rien d'étrange à ce que les banques aient du travail le samedi : l'argent ne prenait pas de vacances. Rien d'étrange non plus à ce que celui qui sacrifiait une journée de son week-end ne veuille pas être dérangé par le téléphone, réponde qu'on s'était trompé de numéro, et ne décroche pas le coup suivant. Il avait sans doute autre chose à faire.

La salade avait un peu trop de céleri à son goût, et il repoussa les petits cubes sur le côté du bol avec sa fourchette. Il se resservit de vin et pensa à la Bible. Quelque part, dans l'Évangile de Marc, pensait-il, il était question de la disparition de Jésus lors de son retour à Nazareth, après son premier voyage à Jérusalem. Marie le croyait avec Joseph et le groupe des hommes, tandis que le saint homme le croyait avec sa mère et le groupe des femmes. Ce n'est que le soir, à l'étape, qu'ils en parlèrent et qu'on se rendit compte qu'il était introuvable dans la caravane ; on découvrit qu'il était resté à Jérusalem et enseignait les docteurs du Temple. La Banca di Verona croyait Mascari à Messine ; à Messine, on devait avoir eu des raisons de penser qu'il se trouvait ailleurs, sans quoi ils se seraient renseignés.

Il retourna dans le séjour et trouva un carnet de notes appartenant à Chiara, abandonné sur la table au milieu d'un fouillis de stylos et de crayons. Il le feuilleta, constata qu'il était inutilisé, et comme la bouille de Mickey lui plaisait, sur la couverture, il l'emporta avec un des stylos sur la terrasse.

Il entreprit de dresser la liste des choses à faire, le lundi matin. Appeler la Banca di Verona et vérifier où Mascari aurait dû aller et comment on avait expliqué le fait qu'il ne se soit pas rendu à Messine. Voir pour quelle raison on n'avait fait aucun progrès quant à l'origine de la robe et des souliers. Commencer à fouiller dans le passé de Mascari, sur les plans financier et personnel. Relire le rapport d'autopsie pour voir s'il y était question de ces jambes rasées. Il devait aussi demander à Vianello ce qu'il avait pu apprendre sur la *Lega della Moralità* et sur l'avocat Santomauro.

Le téléphone sonna. Espérant qu'il s'agissait de Paola tout en sachant que ce n'était probablement pas le cas, il retourna à l'intérieur et décrocha.

« Ciao, Guido, c'est Damiano. J'ai eu ton message.

– Tu es professeur, maintenant ? répondit Brunetti.

– Oh ça, fit le journaliste avec dédain. La formule me plaisait, alors je l'ai essayée sur le répondeur, cette semaine. Pourquoi, tu ne l'aimes pas ?

– Bien sûr que si, Brunetti se surprit-il à dire. Elle sonne très bien. Mais de quoi es-tu professeur ? »

Un long silence s'ensuivit de la part de Padovani. « J'ai donné jadis une série de cours sur la peinture, dans une école de filles. Dans les années soixante-dix… À ton avis, est-ce que ça compte ?

– Sans doute, admit Brunetti.

– Je devrais peut-être changer le message, tout de même. Et Commendatore, comment trouves-tu cela ? Commendatore Padovani ? Oui, je crois que ça me plaît. Tiens, je vais changer le message et tu vas me rappeler.

– Non, Damiano. J'ai besoin de te parler de quelque chose d'autre.

– Ce n'est pas plus mal. Je mets un temps à fou, à chaque fois. Tous ces boutons à pousser… La première fois, je me suis enregistré pendant que j'engueulais l'appareil. Du coup, je suis resté une semaine sans un seul message, jusqu'au jour où j'ai appelé chez moi depuis une cabine. Scandaleux, le langage qu'utilisait ce répondeur. J'ai foncé à la maison pour le changer immédiatement. Mais ce truc me laisse toujours perplexe. Tu es bien sûr que tu ne pourrais pas me rappeler dans vingt minutes ?

– Tout à fait. Avons-nous le temps de parler maintenant, Damiano ?

– Pour toi, Guido, je l'ai toujours. Je suis, comme l'a dit le poète anglais dans un contexte entièrement différent, *aussi libre que le chemin, aussi libre que l'air.* »

Brunetti savait bien qu'il aurait dû demander quel était ce poète[1] mais s'en abstint. « Cela risque de prendre du temps. Veux-tu que nous nous retrouvions pour dîner ?

– Et Paola ?

– Elle est à la montagne, avec les enfants. »

Il y eut encore un moment de silence de la part de Padovani, silence que Brunetti ne put interpréter que comme étant purement spéculatif. « Je suis sur un meurtre, ici, et on avait réservé les chambres d'hôtel depuis des mois, si bien qu'ils sont partis à Bolzano sans moi. Si j'arrive à boucler l'affaire rapidement, j'irai les rejoindre. C'est la raison de mon appel. Je pensais que tu pourrais peut-être m'aider.

– Un meurtre ? Voilà qui est alléchant. Depuis ces histoires de sida, je n'ai pratiquement plus affaire à ces messieurs les criminels.

– Ah, oui, dit Brunetti, bien en peine de trouver une repartie astucieuse. On pourrait dîner ensemble. Où tu voudras. »

Padovani réfléchit de nouveau quelques instants. « Écoute, Guido, je dois retourner à Rome demain, et il reste plein de nourriture dans la maison. Que dirais-tu de venir m'aider à finir tout ça ? Rien d'extraordinaire, juste des pâtes et ce qui me tombera sous la main.

1. George Herbert. *(N.d.T.)*

139

– Voilà qui me convient très bien. Au fait, où habites-tu, à présent ?

– À Dorsuduro. Tu vois la Ramo dietro gl'Incurabili ? »

Il s'agissait d'une petite place avec une fontaine, juste derrière le quai des Zaterre, donnant sur le canal de la Giudecca. « Oui, très bien.

– Si tu tournes le dos à la fontaine, en regardant le petit canal, c'est la première porte à ta droite. » Beaucoup plus simple que de donner un numéro ou un nom de rue ; tout bon Vénitien trouverait sans difficulté avec de telles indications.

« Parfait. À quelle heure ?

– Disons huit heures.

– Je peux apporter quelque chose ?

– Sûrement pas. Il faudrait le manger, et j'ai déjà de quoi nourrir une équipe de football. Non, rien, s'il te plaît.

– Entendu. Alors à huit heures. Et merci, Damiano.

– C'est avec plaisir. Que souhaites-tu me demander ? Ou, si je peux me permettre, sur qui aimerais-tu m'interroger ? De cette façon, je pourrais fouiller dans ma mémoire et j'aurais même peut-être le temps de donner un ou deux coups de fil.

– Deux hommes. Leonardo Mascari.

– Jamais entendu parler, l'interrompit Padovani.

– Et Giancarlo Santomauro. »

Le journaliste siffla. « Ainsi donc, vous avez fini par tomber sur cette sainte nitouche, à la police ?

– On se voit à huit heures.

– Tu veux me faire enrager ! » répliqua Padovani en raccrochant.

À vingt heures pile, douché, rasé de frais, une bouteille de Barbera à la main, Brunetti sonnait à la porte à droite de la petite fontaine, sur la place Ramo dietro gl'Incurabili. La façade du bâtiment – où l'on ne voyait qu'une sonnette, ce qui trahissait donc le plus grand des luxes possibles à Venise, une maison entièrement indépendante avec un seul et unique propriétaire – disparaissait sous deux pieds de jasmin qui s'élevaient de poteries placées de part et d'autre de la porte et embaumaient l'air. Padovani ouvrit presque aussitôt et lui tendit la main. Il avait une poigne ferme et chaude et, sans le lâcher, il entraîna son hôte à l'intérieur de la maison. « Quitte vite cette chaleur. Il faut que je sois fou pour retourner à Rome avec ce temps, mais au moins l'appartement est-il climatisé, là-bas. »

Il relâcha la main de Brunetti et recula d'un pas. Inévitablement, comme le font toujours deux personnes restées longtemps sans se voir, ils s'efforcèrent tous les deux, sans en avoir l'air, d'estimer les changements qui avaient eu lieu chez l'autre. Plus gros, plus maigre, plus grisonnant, vieilli ?

Brunetti, constatant que le journaliste donnait toujours l'impression d'être la crapule corpulente qu'il n'était pourtant pas, se mit à étudier la pièce dans laquelle ils se trouvaient. La partie centrale s'élevait sur deux étages pour se terminer par un toit constitué d'une verrière. Cet espace dégagé s'entourait, sur trois côtés, d'une loggia à laquelle on accédait par un escalier de bois. Le quatrième côté, fermé, devait abriter la chambre.

« Qu'est-ce que c'était avant ? Un hangar à bateau ? » demanda Brunetti, se souvenant du petit canal qui passait juste à côté de la porte. L'endroit aurait facilement permis de hisser des embarcations en cale sèche pour les réparer.

« Un bon point pour toi. En effet. Quand je l'ai acheté, on y travaillait encore sur des bateaux et il y avait dans le toit des trous de la taille de citrouilles.

– Depuis combien de temps habites-tu ici ? » Brunetti regardait autour de lui, cherchant à estimer approximativement le travail et l'argent qu'avait nécessité la demeure pour devenir ce qu'elle était.

« Huit ans.

– Tu as fait un sacré boulot. Et tu as de la chance de ne pas avoir de voisins sur ta tête. » Brunetti lui tendit la bouteille, enveloppée dans du papier de soie.

« Je t'avais dit de ne rien apporter.

– Ça ne gâchera rien, répondit le policier avec un sourire.

– Merci, mais tu n'aurais pas dû. » Padovani savait parfaitement bien qu'il était tout aussi impossible à un invité d'arriver les mains vides qu'à un hôte de servir deux œufs au plat. « Mets-toi à ton aise et fais le tour du propriétaire pendant que je vais voir où en sont les choses, à la cuisine. J'ai préparé de la glace, au cas où tu voudrais prendre un apéritif. »

Le journaliste disparut derrière une porte et Brunetti entendit les bruits familiers de casseroles et de couvercles, ainsi que de l'eau coulant du robinet. Il admira le parquet, en chêne de couleur sombre ; la vue d'un demi-cercle noirci, devant la cheminée, le mit mal à l'aise, sans qu'il sache s'il approuvait que l'on mette le confort avant la prudence ou s'il désapprouvait que l'on abîme un revêtement d'une telle qualité. Le manteau était constitué d'une poutre imposante sur laquelle dansaient les figurines multicolores en céramique de la Commedia dell'Arte. Des tableaux couvraient deux des murs ; ils ne trahissaient aucun effort de classement par école ou par style et se disputaient anarchiquement l'attention de l'amateur. L'acharnement qu'ils y mettaient était la meilleure preuve du goût avec lequel ils avaient été choisis. Il repéra un Guttoso, peintre qu'il n'aimait guère, et un Morandi, qui lui plaisait davantage. Il y avait trois Ferruzzi, joyeux témoignages de la beauté de Venise. Puis, à gauche de la cheminée, une Madone manifestement florentine et datant probablement du XVe siècle, qui regardait avec adoration un nouveau-né affreux. Un des secrets que partageaient Guido et Paola

– et qu'ils n'avaient jamais révélé à personne – était la recherche qu'ils poursuivaient, depuis des années : celle de l'enfant-Jésus le plus hideux de tout l'art occidental. Le titre était détenu, à l'heure actuelle, par un bébé au teint particulièrement bilieux, salle treize de la Pinacothèque de Sienne. Si l'enfant que Brunetti avait sous les yeux n'était pas un prix de beauté, il ne risquait cependant pas de détrôner celui de Sienne. Une longue étagère en bois sculpté (ayant certainement fait autrefois partie d'un grand meuble) courait le long d'un mur, chargée de faïences aux couleurs éclatantes et ornées de dessins strictement géométriques, ou de calligraphies en volutes qui trahissaient leurs origines islamiques.

La porte se rouvrit et Padovani entra. « Tu ne veux pas prendre un verre ?

– Pas un apéritif, en tout cas. Je n'aime pas boire d'alcool quand il fait aussi chaud. Je prendrais volontiers un verre de vin, cependant.

– Je te comprends. C'est le premier été que je passe ici depuis trois ans, et j'avais oublié à quel point ça pouvait être pénible. Certains soirs, lorsque la marée est basse, et que je suis de l'autre côté du canal, j'ai l'impression que je vais me trouver mal, tant ça pue.

– L'odeur n'arrive pas jusqu'ici ?

– Non. Le canal de la Giudecca doit être plus profond, ou les eaux s'y déplacent plus vite, je l'ignore. On ne sent rien. Enfin, pour le moment. S'ils continuent à creuser les canaux pour laisser entrer ces pétroliers monstrueux, alors Dieu seul sait ce qui risque d'arriver à la lagune. »

Sans cesser de parler, Padovani se dirigea vers la longue table de bois sur laquelle le couvert était mis pour deux, et remplit les verres de Dolcetto ; la bouteille attendait, déjà ouverte. « Les gens s'imaginent que la ville disparaîtra dans une grande inondation ou à cause de quelque désastre naturel. À mon avis, les choses

143

seront beaucoup plus simples, dit-il en revenant vers Brunetti, à qui il tendit un verre.

– Et comment se passeront-elles, d'après toi ? demanda Brunetti qui prit une gorgée de vin, qu'il trouva bon.

– Nous avons tué les mers et ce n'est qu'une question de temps avant qu'elles ne se mettent à puer. Étant donné que la lagune n'est qu'un égout au fond de l'Adriatique, laquelle n'est elle-même qu'un égout par rapport au reste de la Méditerranée, laquelle… bref, tu vois l'idée. Je crois que l'eau va tout simplement mourir et que nous nous verrons dans l'obligation soit d'abandonner la ville, soit de combler les canaux – auquel cas, vivre ici n'aura plus aucun sens. »

Il s'agissait d'une nouvelle théorie, dont la perspective n'était pas moins sinistre que bien d'autres qu'il avait entendu avancer, ayant même adhéré à certaines. Tout le monde parlait, tout le temps, de la destruction imminente de la ville, ce qui n'empêchait pas le prix des appartements de doubler tous les deux ou trois ans et les loyers d'augmenter dans des proportions qui les mettaient hors de portée de la classe laborieuse. Les Vénitiens avaient continué à vendre et acheter des biens immobiliers pendant les croisades, les pestes, et les différentes périodes d'occupation par des forces étrangères ; on pouvait donc parier, sans prendre beaucoup de risques, qu'ils continueraient à le faire en dépit de tous les cataclysmes écologiques qu'on leur promettait.

« Tout est prêt, dit Padovani en s'installant dans un fauteuil profond. Je n'ai plus qu'à jeter les pâtes dans l'eau. Si tu me donnais une idée de ce que tu cherches, de manière que je puisse réfléchir tout en les tournant ? »

Brunetti s'assit sur le canapé qui faisait face au fauteuil. Il prit une gorgée de vin et commença à parler, choisissant ses mots avec soin. « J'ai des raisons de penser que Santomauro a des rapports avec un travesti prostitué qui habite à Mestre, et qui apparemment y travaille aussi.

– Que veux-tu dire par *a des rapports* ? demanda Padovani d'un ton uni.

– Des rapports sexuels, répondit Brunetti tout aussi calmement. Il prétend également être son avocat.

– L'un n'exclut pas forcément l'autre, n'est-ce pas ?

– Non, en effet. Mais depuis que je l'ai surpris en compagnie de ce jeune homme, il a essayé de m'empêcher de poursuivre l'enquête que je mène sur lui.

– Qui, lui ?

– Le jeune homme.

– Je vois, dit Padovani, qui goûta à son tour le vin. Rien d'autre ?

– L'autre nom que je t'ai donné, Leonardo Mascari, est celui de l'homme que l'on a trouvé dans le terrain vague, lundi dernier à Mestre.

– Le travesti ?

– C'est ce qu'il semble.

– Et quel est le rapport ?

– Le jeune homme, le client de Santomauro, nie avoir reconnu Mascari. Je suis sûr, cependant, qu'il le connaissait.

– Et comment en es-tu sûr ?

– À partir d'ici, il va falloir me croire sur parole, Damiano. Je le sais. J'ai assisté trop souvent à ce genre de réaction pour me tromper. Il a reconnu l'homme sur la photo, puis a prétendu le contraire.

– Quel est le nom de ce jeune homme ?

– Je ne peux pas te le dire. »

Le silence se fit.

« Guido, dit finalement Padovani, se penchant en avant, je connais un certain nombre de ces garçons de Mestre. J'en ai même connu beaucoup, par le passé. Si je dois te servir de consultant homo dans cette affaire, continua-t-il sans la moindre note d'ironie ou de

145

rancœur, il va bien falloir que je sache son nom. Je te promets que rien de ce que tu me diras ne sera répété, mais comment veux-tu que je fasse des rapprochements si je ne sais pas de qui il s'agit ? » Brunetti continua de garder le silence, et le journaliste se leva. « C'est toi qui m'as appelé, Guido, et non le contraire. Je vais mettre les pâtes à cuire. Quinze minutes ? »

En attendant le retour de Padovani, le commissaire parcourut les titres des livres, sur le dernier mur. Il en prit un sur l'archéologie chinoise et revint s'asseoir, le feuilletant jusqu'à ce qu'il entende la porte de la cuisine qui se rouvrait.

« *A tavola, tutti a tavola. Mangiamo* », lança Padovani. Brunetti referma le livre, le posa de côté et alla prendre place. « Mets-toi ici, à gauche. »

Padovani posa le plat sur la table et commença aussitôt à remplir de pâtes l'assiette de son invité. Brunetti gardait les yeux baissés ; il attendit que le journaliste se soit servi et commença à manger. Tomates, oignons, des cubes de pancetta et peut-être une touche de pepperoncino sur des penne rigate, ses pâtes favorites.

« Excellent, dit-il, sincère. J'adore le pepperoncino.

– J'en suis ravi. Je ne sais jamais si les gens ne vont pas trouver que c'est trop épicé.

– Non, c'est parfait », dit Brunetti en continuant à manger. Lorsqu'il eut fini sa première assiette, Padovani lui en servit une deuxième, et c'est là que le policier lâcha le morceau. « Il s'appelle Francesco Crespo.

– J'aurais dû m'en douter », remarqua le journaliste avec un soupir fatigué. Puis, l'air infiniment plus intéressé, il demanda : « Tu es sûr, pour le pepperoncino ? Il n'y en a pas trop ? »

Brunetti secoua la tête et liquida sa deuxième assiette, puis tendit les mains au-dessus pour empêcher Padovani de lui servir une troisième portion.

« Tu devrais. Je n'ai pas grand-chose d'autre, insista ce dernier.

– Non, vraiment, Damiano.

– Comme tu voudras, mais que Paola ne s'en prenne pas à moi si tu meurs de faim pendant son absence. » Il ramassa les deux assiettes, les mit dans le plat et ramena le tout dans la cuisine.

Il dut faire deux voyages avant de se rasseoir. Pour le premier, il revint avec un rôti de dinde roulé dans du pancetta et entouré de pommes de terre, et pour le second, avec un plat de poivrons grillés plongés dans l'huile d'olive et un saladier plein de verdure. « C'est tout ce qu'il y a », dit-il en se mettant à table. Brunetti le soupçonna de s'être excusé sérieusement ; puis il se servit et continua son repas.

Padovani remplit les verres et se servit à son tour. « D'après ce que je sais, Crespo est originaire de Mantoue. Il est venu il y a environ quatre ans à Padoue pour étudier la pharmacie. Mais il a rapidement appris que la vie était beaucoup plus intéressante que les études et a suivi sa pente naturelle, pour finir par s'installer comme prostitué, ne tardant pas à comprendre que la meilleure façon de pratiquer ce métier consistait à se faire entretenir par un homme plus âgé. Le truc habituel : un appartement, une voiture, plein d'argent pour s'acheter des vêtements, en échange de quoi il n'avait seulement qu'à être présent lorsque le type qui payait les factures avait le temps d'échapper à sa banque, au conseil municipal, ou à sa femme. Je crois qu'il n'avait que dix-huit ans, à l'époque. Et il était très, très mignon. » Padovani s'arrêta un instant, la fourchette en l'air. « En fait, il me rappelait le Bacchus du Caravage : beau, mais trop averti et frôlant la corruption. »

Padovani offrit des poivrons à Brunetti et s'en servit quelques-uns lui-même. « La dernière chose que j'ai apprise sur lui directement, c'est qu'il était avec un expert-comptable de Trévise. Mais Franco ne pouvait s'empêcher d'aller voir ailleurs, et le comptable l'a viré. Je crois même qu'il lui a flanqué une correction avant de le jeter dehors. Je ne sais pas quand il s'est mis à se travestir ; c'est le genre de chose qui ne m'a jamais intéressé. En réalité, je crois que c'est un comportement que je ne comprends même pas. Si tu veux une femme, alors prends une femme.

– C'est peut-être un moyen de se faire croire qu'on est avec une femme, proposa Brunetti, faisant appel sans vergogne à la théorie de Paola, à laquelle il commençait à trouver du bon.

– Possible. Mais c'est triste, non ? observa Padovani, qui repoussa son assiette et se cala dans son siège. D'accord, nous n'arrêtons pas de nous raconter des histoires – aimons-nous ou non cette personne, pourquoi nous l'aimons, pourquoi nous racontons tel ou tel mensonge… Mais on pourrait au moins être honnête envers soi-même, il me semble, sur le genre des personnes avec lesquelles on a envie de coucher. Ça paraît être le minimum, non ? » Il prit le saladier, sala et poivra, répandit une généreuse rasade d'huile d'olive sur les feuilles, puis une giclée de vinaigre avant de mélanger.

Brunetti tendit son assiette sale en échange de la propre que son hôte lui tendait. Padovani poussa le saladier. « Sers-toi. Il n'y a pas de dessert. Juste des fruits.

– Je suis content que tu ne te sois pas donné cette peine, dit Brunetti, faisant rire son hôte.

– En fait, j'avais tout cela à la maison. Sauf les fruits. »

Brunetti prit très peu de salade et Padovani encore moins.

« Que sais-tu d'autre sur Crespo ? demanda le policier.

– J'ai entendu dire qu'il s'habillait en femme et se faisait appeler Francesca, mais j'ignorais qu'il avait fini Via Cappuccina. Ou dans les jardins publics de Mestre ?

– Les deux. Et je ne suis pas sûr qu'il ait fini là. Il habite dans un immeuble de standing, et son nom figurait avec les autres, sous l'interphone.

– N'importe qui peut mettre son nom ; ce qui compte, c'est qui paie le loyer, observa Padovani, apparemment plus au fait de ces pratiques.

– Tu as sans doute raison.

– Je n'ai pas grand-chose d'autre à t'apprendre sur ce garçon. Ce n'est pas le mauvais cheval – du moins ne l'était-il pas quand je l'ai connu. Mais il est sournois et facilement influençable. Des traits de caractère qui ne changent pas ; il n'hésitera donc pas à te mentir s'il y trouve un avantage.

– Comme la plupart des gens auxquels j'ai affaire » fit remarquer le policier.

Padovani sourit. « Comme la plupart des gens auxquels nous avons tout le temps affaire. »

Vérité sinistre, mais indéniable, et Brunetti ne put que rire.

« Je vais chercher les fruits. » Le journaliste débarrassa et revint rapidement avec un bol en céramique bleu qui contenait six pêches parfaites. Il donna une petite assiette à son invité et plaça le plat devant lui. Brunetti prit une des pêches et entreprit de la peler à la fourchette et au couteau.

« Que peux-tu me dire à propos de Santomauro ? demanda-t-il en dégageant le fruit de sa peau, et sans en lever les yeux.

– Tu veux parler du Santomauro président, ou je ne sais quoi, de la *Lega della Moralità* ? » répondit Padovani. Il avait pris un ton sépulcral en prononçant ces derniers mots.

« Exactement.

– J'en sais suffisamment pour t'affirmer que, dans certains milieux, l'annonce de la création de la *Lega* et de ses objectifs a été accueillie avec les mêmes gloussements de joie que lorsqu'on voyait Rock Hudson faire du rentre-dedans à Doris Day, ou qu'on voit certains acteurs actuels, américains ou italiens, jouer les machos et les durs.

– Tu veux dire que ses goûts sont bien connus de tout le monde ?

– Oui et non. Pour la plupart d'entre nous, ils le sont, mais nous respectons les règles de la bienséance, contrairement aux politiciens, et nous ne racontons pas les histoires des uns et des autres en dehors de notre clan. Sans quoi, il n'y aurait plus personne au gouvernement ni, d'ailleurs, à la tête du Vatican. »

Brunetti voyait avec plaisir le vrai Padovani refaire surface – en tout cas, le Padovani léger et bavard qu'il avait toujours cru être le vrai.

« Tout de même, une organisation comme la *Lega*… Comment a-t-il pu passer entre les mailles, si c'est aussi notoire que tu le dis ?

– Voilà une excellente question. Cependant, si l'on étudie l'histoire de la *Lega della Moralità*, tu t'apercevras sans doute qu'à ses débuts, Santomauro n'en était que l'éminence grise. Je crois même que son nom n'apparaissait nulle part dans l'organigramme ; il n'avait en tout cas aucun poste officiel jusqu'à il y a deux ans, et ce n'est que l'an dernier qu'il est passé au premier plan, lorsqu'il a été élu gouverneur, ou grand prieur – un titre prétentieux dans ce genre.

– Comment se fait-il que personne n'ait rien dit ?

– Je crois que c'est parce que, au fond, nous préférons considérer la *Lega della Moralità* comme une plaisanterie. À mon avis, c'est une grave erreur. » Il avait fait cette dernière remarque d'un ton sérieux, rare chez lui.

« Qu'est-ce qui te fait dire cela ?

– J'estime que l'avenir, en politique, appartiendra à des groupes comme la *Lega*, des groupes qui visent à démembrer des groupes plus importants, à les transformer en unités plus petites. Regarde ce qui se passe en Europe de l'Est et en ex-Yougoslavie. Regarde les législations que l'on passe chez nous, dont le but est de morceler l'Italie en fiefs indépendants plus petits.

– Ne crois-tu pas que tu en rajoutes, Damiano ?

– C'est toujours possible, évidemment. La *Lega della Moralità* pourrait tout aussi bien se réduire à une bande de vieilles dames inoffensives aimant à se retrouver pour parler du bon vieux temps. Mais qui sait combien de membres compte l'association ? Quels sont ses véritables objectifs ? »

Dans la péninsule, où l'on est abreuvé de la théorie du complot alors que l'on tète encore le lait maternel, un Italien ne peut faire autrement que de voir des conspirations partout. Si bien que le moindre groupe donnant l'impression de fuir la publicité y est immédiatement soupçonné des pires choses, comme l'ont été en leurs temps les Jésuites et comme le sont aujourd'hui les témoins de Jéhovah. Comme le sont encore aussi les Jésuites, se corrigea mentalement Brunetti. La conspiration engendre certes le secret, mais Brunetti n'était pas prêt à retourner la proposition, et à affirmer que le secret était synonyme de conspiration. « Eh bien ? demanda Padovani.

– Eh bien quoi ?

– Qu'est-ce que tu sais sur la *Lega* ?

– Très peu de choses, dut admettre le policier. Cependant, si je devais chercher à asseoir mes soupçons, ce n'est pas du côté de leurs objectifs que je chercherais, mais de leurs finances. » Au bout de vingt ans d'activité dans la police, Brunetti avait échafaudé quelques règles simples – dont l'une affirmait que les grands principes et les idéaux politiques motivaient rarement autant les hommes que l'appât du gain.

151

« Je doute que Santomauro soit intéressé par quelque chose d'aussi prosaïque que l'argent.

– Voyons, Dami, tout le monde l'est, et c'est ce qui motive la plupart des gens.

– De toute façon, quelles que soient ses motivations, l'argent ou autre chose, tu peux être sûr que si Giancarlo Santomauro a eu envie de diriger la *Lega della Moralità*, ça pue. Ce n'est pas grand-chose, mais c'est une certitude.

– Et sa vie privée ? » demanda Brunetti, se faisant la réflexion que le terme « privée » sonnait beaucoup plus délicatement que « sexuelle », l'adjectif qu'il aurait dû employer.

« Tout ce que je sais, je l'ai appris par des allusions, des rumeurs, des commentaires impliquant ceci ou cela. Tu sais comment cela se passe. » Brunetti acquiesça. Oh, que oui. « Autrement dit, ce que je sais sans le savoir vraiment tout en le sachant très bien, c'est qu'il aime les petits garçons, et plus ils sont jeunes, mieux c'est. Si tu étudies son passé, tu t'apercevras qu'il allait à Bangkok au moins une fois par an. Sans se faire accompagner de l'ineffable Signora Santomauro, dois-je m'empresser d'ajouter. Cependant, il semble y avoir renoncé depuis deux ou trois ans. Pour quelle raison, je l'ignore, mais je sais que de tels goûts ne changent jamais, ne disparaissent jamais, et ne peuvent être satisfaits autrement que par l'obtention de ce que ces gens désirent.

– Dans quelle mesure peut-on, euh… se procurer ce genre de chose par ici ? » Pourquoi arrivait-il à parler si facilement de certaines questions avec Paola et avait-il autant de mal avec d'autres personnes ?

« On le peut, crois-moi, on le peut, mais les véritables centres de la pédophilie sont à Milan et Rome. »

Brunetti avait lu des choses là-dessus dans des rapports de police. « Des films ?

– Des films, bien entendu. Mais la chose elle-même aussi, pour ceux qui sont prêts à payer. Et aussi, ai-je envie d'ajouter, pour ceux qui sont prêts à courir le risque, mais en fait, on ne peut pas vraiment parler de risque, pas de nos jours. »

Brunetti se mit à contempler son assiette et se rendit compte que la pêche s'y trouvait toujours, pelée mais intacte. Il n'en avait plus envie. « Dis-moi, Damiano, quand tu parles de petit garçon, est-ce qu'il y a un âge, euh… limite ? »

Un sourire éclaira soudain le visage de Padovani. « J'ai la curieuse impression, Guido, que tu trouves ce sujet de conversation tout à fait embarrassant – est-ce que je me trompe ? » Brunetti ne répondit pas. « Cela peut vouloir dire douze ans, mais aussi dix.

– Oh… Es-tu sûr, pour Santomauro ? demanda Brunetti après un long silence.

– Je suis sûr que c'est sa réputation, et il est très probable qu'elle est justifiée. Mais je n'ai ni preuves matérielles, ni témoins, et je connais personne qui en jurerait. »

Le journaliste se leva et s'approcha d'un bahut bas sur le côté duquel étaient rangées quelques bouteilles. « Grappa ? demanda-t-il.

– Volontiers.

– J'en ai une parfumée à la poire. Excellente.

– D'accord. »

Brunetti alla le rejoindre, prit le verre qu'on lui tendait et retourna s'asseoir sur le canapé. Padovani reprit son fauteuil, non sans avoir apporté la bouteille avec lui.

Le policier goûta. Mieux que de la poire : un nectar. « Trop faible, dit-il.

– Quoi ? La grappa ? s'étonna Padovani, sincèrement surpris.

– Non, non… Je parle du lien entre Crespo et Santomauro. Si Santomauro aime les petits garçons,

Crespo pourrait n'être réellement que son client, et rien de plus.

– Tout à fait possible, admit le journaliste sur un ton qui manquait de conviction.

– Vois-tu quelqu'un qui pourrait me donner davantage d'informations sur eux ?

– Sur Santomauro et Crespo ?

– Oui. Et aussi sur Leonardo Mascari, s'il existe un rapport quelconque entre eux. »

Padovani consulta sa montre. « Il est trop tard pour appeler les gens que je connais. » Brunetti regarda l'heure, à son tour, et constata qu'il n'était que vingt-deux heures quinze. Ils se couchaient avec les poules ?

Padovani remarqua sa perplexité et rit. « Non, Guido, ils seront tous sortis pour la soirée, sinon la nuit. Je les appellerai demain de Rome et on verra bien s'ils ont quelque chose à me raconter.

– J'aimerais autant qu'aucun de ces deux hommes ne sache que la police a posé des questions sur eux. » C'était dit poliment, mais avec maladresse et raideur.

« Ce sera aussi impalpable que des fils de la Vierge, Guido. Tous ceux qui connaissent Santomauro seront ravis de révéler ce qu'ils savent sur lui ou ont entendu dire, et tu peux être également certain que rien de cela ne reviendra à ses oreilles. La seule idée qu'il puisse être mêlé à une sale affaire ne fera qu'émoustiller et enchanter les gens auxquels je pense.

– C'est bien le problème, Damiano. Je ne veux surtout pas qu'il soit question de cela – Santomauro mêlé à une affaire quelconque, et à une sale affaire encore moins. » Il se rendait compte de ce que son propos avait de sévère, et il l'adoucit d'un sourire, tendant son verre pour avoir un peu plus de grappa.

Le dandy disparut pour laisser la place au journaliste. « Entendu, Guido. Je ne ferai pas le malin avec cette histoire, et je vais peut-être appeler d'autres personnes, en fin de compte. Je devrais avoir des informations d'ici mardi ou mercredi. » Padovani remplit à nouveau son verre et but. « Tu devrais t'intéresser d'un peu plus près à la *Lega della Moralità*, Guido. Au moins à la liste de ses membres.

– Tu les trouves réellement inquiétants, n'est-ce pas ?

– Je trouve toujours inquiétant un groupe, quel qu'il soit, qui se fonde, d'une manière ou d'une autre, sur le principe de sa supériorité sur le reste du monde.

– Comme la police ? demanda Brunetti avec un sourire, s'efforçant de rendre sa bonne humeur au journaliste.

– Non, pas la police, Guido. Personne ne la croit supérieure, pas même la majorité de ceux qui en font partie, j'en ai l'impression. » Il finit sa grappa mais ne se resservit pas, posant verre et bouteille au sol. « Je pense toujours à Savonarole, dans ces cas-là, reprit-il. Il a commencé en voulant améliorer les choses, mais la seule méthode qu'il trouva à employer fut de détruire tout ce qu'il désapprouvait. En fin de compte, je soupçonne tous les fanatiques d'être comme lui, y compris les écologistes et les féministes. On commence par souhaiter un monde meilleur, et on en arrive, pour y parvenir, par supprimer tout ce qui ne correspond pas à la vision que l'on se fait de ce monde meilleur. Et comme Savonarole, ils se retrouveront tous sur le bûcher.

– Et alors ?

– Oh, je me dis que nous autres, nous réussirons bien à passer au travers. »

Bien maigre, en matière d'affirmation philosophique, mais Brunetti estima que c'était une note suffisamment optimiste pour terminer la soirée dessus. Il se leva, dit à son hôte les choses que l'on dit dans ces cas-là, et retourna chez lui trouver la solitude de son lit.

15

Brunetti avait eu une autre raison de ne pas vouloir rejoindre Paola et les enfants à la montagne ; c'était le dimanche où, en principe, il rendait visite à sa mère. Lui et son frère Sergio y allaient chacun leur tour, ou s'y rendaient à la place de l'autre, quand l'un d'eux avait un empêchement. Mais ce week-end, Sergio et sa famille étaient en Sardaigne et il était donc seul à pouvoir faire le déplacement. Cette visite – de sa part comme de celle de Sergio – ne servait en réalité strictement à rien, mais ils se soumettaient ponctuellement tous les deux au rituel. Étant donné qu'elle était à Mira, à environ dix kilomètres de Venise, il devait prendre un car puis un taxi, ou entreprendre une longue marche pour arriver jusqu'à la *Casa di Riposo*.

Sachant cela, il dormit mal, harcelé par les souvenirs, la chaleur, les moustiques qu'il n'arrivait pas à chasser. Il se réveilla finalement à huit heures, face à la même décision à prendre qu'à chacun de ces dimanches : y aller avant ou après le déjeuner. De même que la visite elle-même, cela ne changeait strictement rien ; le seul facteur qui comptait, aujourd'hui, était la chaleur. S'il attendait l'après-midi, elle n'en serait que plus infernale et il décida donc de partir sur-le-champ.

Il quitta la maison à neuf heures, se rendit à pied Piazzale Roma où il eut la chance d'arriver quelques minutes avant le départ du car de Mira. Ayant été l'un des derniers à monter, il dut rester debout, secoué dans tous les sens pendant que le véhicule traversait le pont et s'engageait dans le labyrinthe des bretelles d'accès et rampes qui gérait la circulation autour de Mestre.

Certains des visages, dans le car, lui étaient familiers ; souvent ces personnes partageaient la course en taxi avec lui ou bien, lorsque le temps était plus clément, faisaient la route à pied en sa compagnie, entre l'arrêt et la maison de repos. Ils parlaient rarement d'autres choses que de la pluie et du beau temps. Six personnes descendirent à l'arrêt de Mira ; deux d'entre elles étaient des femmes qu'il connaissait déjà, et qui acceptèrent tout de suite de partager un taxi avec lui. Le véhicule n'étant pas climatisé, les passagers purent donc se plaindre de la chaleur, trop contents d'avoir ce sujet de conversation pour les distraire.

Une fois arrivé, chacun sortit un billet de cinq mille lires. Le chauffeur n'avait pas branché son compteur ; tout ceux qui faisaient cette course en connaissaient le prix.

Les deux femmes et Brunetti entrèrent ensemble dans la *Casa di Riposo*, exprimant l'espoir que le vent allait tourner et la pluie venir, s'assurant mutuellement qu'ils n'avaient jamais vu un été pareil, et qu'allaient devenir les paysans, si la pluie n'arrivait pas bientôt ?

Connaissant le chemin, il monta tout de suite au troisième étage, tandis que les deux femmes s'arrêtaient au deuxième, où se trouvaient les hommes. En haut de l'escalier, il tomba sur Suor'Immacolata, celle de toutes les religieuses qu'il préférait, dans cette aile.

« Bonjour, Dottore, dit-elle avec un sourire, se dirigeant vers lui.

– Bonjour, ma sœur. Vous paraissez fraîche comme une rose. On dirait que la chaleur ne vous incommode pas. »

Elle sourit, comme à chaque fois qu'il plaisantait avec elle. « Ah, vous autres, les gens du Nord, vous ne savez pas ce qu'est une véritable chaleur. Ce n'est rien, aujourd'hui, juste une petite température printanière. » Suor'Immacolata était originaire des montagnes de Sicile, et son ordre l'avait transférée à Mira deux ans auparavant. Alors qu'elle passait ses jours au milieu de la misère, de la folie et des angoisses les plus profondes, la seule chose qu'elle supportait mal était le froid ; mais les remarques qui lui échappaient étaient ironiques et chargées de dérision, comme pour dire que par rapport aux souffrances dont elle était le témoin quotidien, il était absurde de se plaindre d'un tel détail. La voyant sourire, il se fit une fois de plus des réflexions sur sa beauté : des yeux bruns en amande, une bouche délicate, un nez fin et élégant. Absurde, à ses yeux. Terre à terre, se sentant avant tout pétri de chair et de sang, Brunetti ne voyait que le renoncement et n'arrivait pas à comprendre à quels désirs celui-ci avait pu obéir.

« Comment est-elle ?

– Elle a eu une bonne semaine, Dottore. » Ce qui ne pouvait s'interpréter que d'une manière négative : elle n'avait attaqué personne, elle n'avait rien cassé, elle ne s'était fait aucune violence à elle-même.

« Est-ce qu'elle mange ?

– Oui, Dottore. En fait, mercredi dernier, elle est même allée déjeuner avec les autres dames. » Il attendit de savoir par quel désastre cela s'était soldé, mais Suor'Immacolata n'en dit pas davantage.

« Vous pensez que je peux la voir ?

– Oh, certainement, Dottore. Souhaitez-vous que je vous accompagne ? » Splendeur de la grâce, chez les femmes, douceur de leur charité.

« Merci, ma sœur. Elle sera peut-être plus calme si elle vous voit à mes côtés, au moins quand je vais entrer.

– Oui. Cela devrait atténuer l'effet de surprise. Quand elle commence à s'habituer à quelqu'un de nouveau, ça va mieux, en général. Et lorsqu'elle sent que c'est vous, Dottore, elle est vraiment tout à fait heureuse. »

C'était un pieux mensonge, comme le savait Brunetti – et Suor'Immacolata. Sa foi lui disait que mentir était un péché, et elle répétait cependant ce mensonge toutes les semaines à son frère et à lui. Plus tard, à genoux, elle priait pour se faire pardonner la faute qu'elle ne pouvait s'empêcher de commettre et qu'elle commettrait à nouveau. En hiver, après sa prière, avant de se coucher, elle ouvrait la fenêtre de sa chambre et retirait du lit l'unique couverture qu'elle était autorisée à avoir.

Elle le précéda, dans le couloir qu'il ne connaissait que trop bien, jusqu'à la chambre 308. Le long du mur, sur la droite, trois femmes étaient alignées dans des fauteuils roulants. Deux d'entre elles frappaient leur accoudoir sur un rythme régulier tout en marmonnant des propos incohérents, tandis que la troisième se balançait constamment d'avant en arrière, telle un métronome humain rendu fou. À son passage, celle qui sentait toujours l'urine tendit la main et attrapa Brunetti. « C'est toi, Giulio ? C'est toi, Giulio ? demanda-t-elle.

– Non, Signora Antonia, répondit Suor'Immacolata, se penchant sur la vieille dame pour caresser ses cheveux blancs coupés court. Giulio vient juste de passer vous voir. Vous ne vous en souvenez pas ? Il vous a apporté ce ravissant petit animal », ajouta-t-elle, prenant sur les genoux de la malheureuse un petit ours en peluche ravagé qu'elle lui plaça entre les mains.

La vieille femme regarda la religieuse avec des yeux dans lesquels régnait une confusion intriguée perpétuelle, confusion que seule la mort ferait disparaître, et demanda : « Giulio ?

– C'est cela, Signora. C'est Giulio qui vous a donné le petit ours. N'est-il pas mignon ? » Elle referma les mains de la vieille sur la peluche.

« C'est toi, Giulio ? »

Suor'Immacolata prit Brunetti par le bras et l'entraîna. « Votre mère a communié, cette semaine. Cela a paru la soulager beaucoup.

– Je n'en doute pas », répondit Brunetti. Celui-ci avait le sentiment, lorsqu'il y réfléchissait, qu'à chaque fois qu'il venait ici, il se comportait, au moral, comme lorsqu'on doit subir une douleur physique – une piqûre, affronter un froid glacial – et qu'on se contracte de tout son corps et de ses muscles, oublieux de toutes les autres sensations, résistant à la douleur, l'anticipant. Au lieu de raidir ses muscles, il avait l'impression, si cela avait un sens, de raidir son âme.

Ils s'arrêtèrent à hauteur de la porte et les souvenirs du passé se précipitèrent sur lui comme des Furies : des repas d'anthologie, pleins de rires et de chansons, le soprano clair de sa mère s'élevant au-dessus des autres voix ; sa mère furieuse, hystérique, prise d'une crise de larmes quand il lui avait annoncé qu'il allait se marier avec Paola, puis venant le voir dans sa chambre le soir même pour lui remettre son bracelet d'or, seul cadeau qui lui restait du père de Guido, disant qu'il était pour Paola, car le bracelet devait traditionnellement appartenir à l'épouse du premier fils.

Par un effort de volonté, il chassa les souvenirs. Ne vit plus que la porte, la porte blanche, et le vêtement blanc de Suor'Immacolata qui poussait le battant, entrait et le laissait ouvert.

« Signora, Signora… Votre fils est venu vous voir, il est ici. » Elle traversa la pièce et alla se placer auprès de la vieille dame au dos voûté, assise dans son fauteuil, près de la fenêtre. « N'est-ce pas gentil, Signora ? Votre fils est venu vous voir. »

Brunetti était resté sur le seuil. La religieuse lui adressa un signe de la tête et il entra, laissant la porte ouverte derrière lui, comme il avait appris à le faire.

160

« Bonjour, Dottore, lança Suor'Immacolata d'une voix de stentor, en articulant bien. Je suis si contente que vous soyez venu voir votre maman ! Elle a l'air bien, n'est-ce pas ? »

Il fit encore quelques pas et s'arrêta, les bras écartés. « *Buon di, Mamma*, dit-il. C'est Guido. Je suis venu te voir. Comment vas-tu, *Mamma* ? » Il sourit.

La vieille dame, sans quitter Brunetti des yeux, agrippa le bras de la religieuse, l'attira à elle et murmura quelque chose à son oreille.

« Oh, non, Signora, il ne faut pas dire des choses pareilles. C'est votre fils, Guido. Il est venu vous rendre visite pour voir comment vous alliez. » Elle caressa la main de la vieille femme et s'agenouilla pour être plus près d'elle. La mère de Brunetti regarda la religieuse, lui dit encore quelque chose puis revint sur son visiteur, qui n'avait pas bronché.

« C'est l'homme qui a tué mon bébé ! explosa-t-elle soudain. Je le reconnais ! Je le reconnais ! » Elle se mit à se dandiner d'un côté et de l'autre dans son fauteuil, puis éleva la voix et se mit à crier : « À l'aide, à l'aide, il est revenu tuer mes bébés ! »

Suor'Immacolata prit la vieille femme dans ses bras et la tint serrée contre elle pour lui murmurer dans l'oreille, mais rien ne parvenait à calmer la peur et la colère de la malheureuse. Elle repoussa même la religieuse avec tant de force que celle-ci s'étala par terre.

Suor'Immacolata se remit tout de suite à genoux et se tourna vers Brunetti. Elle secoua la tête, eut un geste du menton en direction de la porte. Gardant les bras toujours écartés et les mains bien visibles, le policier recula lentement, franchit ainsi le seuil et referma la porte. Depuis le couloir, il entendait la voix de sa mère ; elle continua à crier sa rage pendant plusieurs minutes, puis se calma peu à peu. En contrepoint, lui parvenait le timbre plus grave et doux de la jeune religieuse qui parvint à apaiser et éteindre progressivement cette flambée de peur. Aucune fenêtre ne donnait sur le couloir depuis les chambres, si bien que Brunetti restait planté là, contemplant la porte.

Au bout d'une dizaine de minutes, Suor'Immacolata sortit de la chambre 308. « Je suis désolée, Dottore. Je pensais sincèrement qu'elle était mieux, cette semaine. Elle était très calme depuis qu'elle avait communié.

– Ça ne fait rien, ma sœur. Ce sont des choses qui arrivent. Vous ne vous êtes pas fait mal, au moins ?

– Oh, non. La pauvre, elle ne savait pas ce qu'elle faisait. Non, je vais très bien.

– N'a-t-elle besoin de rien ?

– Non, non, elle a tout ce qu'il faut. » Brunetti ne pouvait s'empêcher de trouver que sa mère n'avait rien de ce dont elle avait besoin, mais peut-être était-ce parce qu'il n'y avait plus rien dont elle avait besoin, plus rien dont elle aurait jamais besoin.

« Vous êtes très bonne, ma sœur.

– C'est le Seigneur qui est bon, Dottore. Nous ne faisons que le servir. »

Brunetti ne trouva rien à répondre. Il tendit la main et serra celle de Suor'Immacolata, la gardant dans les siennes plusieurs secondes. « Merci, ma sœur.

– Dieu vous bénisse et vous donne la force, Dottore. »

16

Une semaine s'était écoulée, si bien que les frasques de Maria Lucrezia Patta n'étaient plus le soleil autour duquel tournait la vie de la questure de Venise. Deux ministres avaient encore démissionné pendant le week-end, clamant haut et fort que leur décision n'avait rien à voir avec le fait que leurs noms aient été cités dans les derniers scandales de corruption et de pots-de-vin du pays. En temps ordinaire, le personnel de la questure, comme partout en Italie, n'aurait fait qu'étouffer un bâillement en lisant ces informations, puis serait passé à la page des sports, mais comme l'un d'eux était ministre de la Justice, il y prit un intérêt particulier, ne serait-ce que par les spéculations que l'on pouvait faire sur les prochaines têtes qui iraient rouler au pied des marches du Quirinal.

Même s'il s'agissait de l'un des plus grands scandales depuis des dizaines d'années – mais quand s'en était-il produit de petits ? –, l'opinion populaire estimait que celui-ci serait aussi *insabbiata*, enterré dans le sable, étouffé, que ceux du passé. Voilà un sujet, si l'on avait le malheur de brancher un Italien dessus, qui le rendait virtuellement intarissable ; suivait l'historique des affaires ayant effectivement connu ce sort, à savoir Ustica, la loge PG2, la mort du pape Jean-Paul Ier, Sindona, pour nommer quelques-unes des plus retentissantes. En dépit de la manière spectaculaire dont elle avait quitté la ville, Maria Lucrezia Patta ne pouvait espérer rivaliser avec des scandales aussi fracassants, si bien que la vie avait peu à peu repris son cours normal ; la seule nouvelle à avoir tiré quelque peu la questure de sa torpeur estivale étant l'identité du travesti retrouvé assassiné à Mestre – qui, en effet, aurait pu imaginer qu'il s'agissait d'un directeur de banque, celui de la succursale de la Banca di Verona à Venise ?

L'une des secrétaires du bureau des passeports (service qui se trouvait un peu plus haut dans la rue) avait entendu dire dans un bar, le matin même, que Mascari était bien connu à Mestre et que ce qu'il faisait au cours de ses soi-disant voyages d'affaires, depuis des années, n'était qu'un secret de polichinelle. Qui plus est, pouvait-on apprendre dans un autre établissement, son mariage n'était pas un vrai mariage, rien qu'une simple couverture pour qu'il puisse travailler à la banque. Là, quelqu'un avait cru bon d'observer qu'il espérait que l'épouse du banquier faisait la même taille que lui, pour les vêtements – sinon, pourquoi l'épouser ? L'un des marchands de quatre saisons du Rialto tenait de source sûre que Mascari avait toujours été ainsi, même à l'école.

La rumeur publique connut une accalmie en fin de matinée, sans doute le temps de reprendre son souffle, mais dès le milieu de l'après-midi, tout le monde savait que non seulement Mascari était mort à cause « des traitements brutaux » dont il était friand, en dépit des mises en garde de ceux de ses amis qui étaient au courant de son vice secret, mais que sa femme refusait de récupérer sa dépouille mortelle pour lui faire donner un enterrement chrétien.

Brunetti, qui avait un rendez-vous à onze heures avec la veuve, se rendit chez elle sans être au courant des rumeurs qui balayaient la ville. Il avait entre-temps appelé la Banca di Verona à Messine et appris que l'agence avait reçu un coup de fil, de la part de quelqu'un qui s'était présenté sous l'identité de Mascari, les avertissant que son voyage était retardé d'au moins deux semaines, et peut-être même d'un mois. Non, ils ne s'étaient pas souciés de faire confirmer cet appel, n'ayant aucune raison d'éprouver des doutes sur son authenticité.

L'appartement des Mascari se trouvait au troisième étage d'un bâtiment à un coin de rue de la via Garibaldi, la principale artère du Quartier du Castello. Lorsqu'elle ouvrit la porte, la veuve paraissait inchangée, par rapport au souvenir qu'en avait Brunetti, si ce n'est qu'elle était habillée de noir et que les signes de fatigue, autour de ses yeux, étaient plus prononcés.

« Bonjour, Signora. Je vous suis très reconnaissant d'avoir accepté de me recevoir aujourd'hui.

– Entrez, je vous en prie », répondit-elle en reculant d'un pas. Il répondit par l'inévitable *permesso*. Il ressentit, une fois à l'intérieur, une étrange impression de déjà-vu, un décalage, comme s'il était déjà venu ici. Ce n'est qu'après avoir regardé autour de lui qu'il comprit l'origine de cette impression : l'appartement était presque identique à celui de la vieille dame du Campo San Bartolomeo ; on aurait dit que la même famille l'habitait depuis des générations. Une lourde crédence de même style s'appuyait contre le mur du fond, et le velours qui recouvrait les deux fauteuils et le canapé étaient d'un même vert aux motifs indécis. Les rideaux étaient également tirés devant les fenêtres, pour se protéger du soleil ou des regards indiscrets.

« Puis-je vous offrir quelque chose à boire ? demanda-t-elle, proposition manifestement de pure forme.

– Non, rien, merci, Signora. Je ne veux qu'un peu de votre temps. J'ai quelques questions à vous poser.

– Oui, je sais », dit-elle, battant en retraite dans la pièce. Elle s'assit dans l'un des gros fauteuils, et Brunetti s'installa dans l'autre. Elle prit un bout de fil resté sur le bras de son siège, le roula en une petite boule serrée et le glissa avec soin dans une poche.

« J'ignore si vous êtes au courant des rumeurs qui entourent la mort de votre mari, Signora.

– Je sais qu'on l'a trouvé habillé en femme, dit-elle d'une petite voix qui avait du mal à passer.

– Puisque vous êtes au courant de cela, vous devez comprendre que je dois éclaircir certaines choses avec vous. »

Elle acquiesça et se mit à étudier ses mains.

Il n'y avait que deux manières de poser sa question : la brutalité ou la maladresse. Il choisit la maladresse. « Avez-vous, ou du moins aviez-vous des raisons de croire que votre mari était un adepte de telles… pratiques ?

– Je ne comprends pas ce que vous voulez dire », répondit-elle. Lui qui croyait avoir été on ne peut plus clair…

« Un adepte du déguisement. » Pourquoi ne pas lui dire carrément qu'il se travestissait et en finir ?

« C'est impossible. »

Brunetti ne dit rien, attendant qu'elle ajoute quelque chose. Mais elle se contenta de répéter, avec obstination : « C'est impossible.

– Dites-moi, Signora, est-ce qu'il arrivait à votre mari de recevoir des coups de téléphone ou des lettres… étranges ?

– Je ne comprends pas ce que voulez dire, répondit-elle.

– Vous a-t-il jamais paru préoccupé ou inquiet après avoir parlé avec quelqu'un, de vive voix ou au téléphone ? Ou peut-être après avoir reçu une lettre ? Paraissait-il soucieux, ces temps derniers ?

– Non, jamais rien de tel.

– Si je peux revenir à ma question initiale, Signora, votre mari a-t-il jamais manifesté, d'une manière ou d'une autre, qu'il était attiré dans cette direction ?

166

– Attiré par les hommes ? » Il y avait eu une note d'incrédulité dans sa voix, et quelque chose d'autre. Du dégoût ?

« Oui.

– Non, jamais. C'est affreux de dire une chose pareille. C'est révoltant. Je ne vous laisserai pas tenir de tels propos sur mon mari. Leonardo était un homme. » Brunetti remarqua qu'elle serrait les poings.

« Soyez patiente avec moi, je vous en prie, Signora. Je m'efforce simplement de comprendre ce qui s'est passé et c'est pour cela que je dois vous poser ces questions. Cela ne signifie pas que je crois quoi que ce soit.

– Alors, pourquoi les poser ? rétorqua-t-elle, virulente.

– Afin que nous puissions trouver la vérité sur la mort de votre mari, Signora.

– Je ne répondrai à aucune question de ce genre. C'est indécent. »

Il aurait bien aimé lui faire remarquer qu'un meurtre aussi, c'était indécent, mais il se contenta de demander : « Au cours de ces dernières semaines, votre mari vous a-t-il paru différent, d'une manière ou d'une autre ? »

Comme on pouvait s'y attendre, elle répondit : « Je ne comprends pas ce que vous voulez dire.

– Ne vous a-t-il rien dit, par exemple, sur son voyage à Messine ? Paraissait-il pressé de s'y rendre ? Ou au contraire peu enthousiasmé à cette perspective ?

– Non, il était comme d'habitude.

– C'est-à-dire ?

– Il devait faire ce voyage. Cela faisait partie de ses responsabilités et il devait donc le faire.

– A-t-il dit quelque chose à propos de ce déplacement ?

– Non, simplement qu'il devait le faire.

– Et il ne vous téléphonait jamais pendant ces voyages, Signora ?

– Non, jamais.

– Et pourquoi ? »

Elle parut se douter que sur ce sujet, il n'allait pas la lâcher aussi facilement, elle répondit donc : « La banque n'autorisait pas Leonardo à faire figurer des appels personnels sur sa note de frais. Il lui arrivait parfois d'appeler un ami au bureau, et il lui demandait de me téléphoner, mais pas toujours.

– Ah, je vois », dit Brunetti. L'homme était directeur d'agence, mais passer un coup de fil à son épouse était un trop gros frais pour lui.

« Vous et votre mari, avez-vous des enfants, Signora ?

– Non », répondit-elle précipitamment.

Brunetti laissa tomber ce sujet. « Votre mari avait-il un ami intime, à la banque ? Vous avez parlé d'un ami qui vous appelait de sa part ; pouvez-vous me donner son nom ?

– Pour quelle raison voudriez-vous lui parler ?

– Votre mari a peut-être dit quelque chose, au bureau, ou peut-être a-t-il donné des indications sur les sentiments que lui inspirait ce voyage à Messine. J'aimerais parler à cet ami de votre époux et vérifier s'il n'a rien remarqué d'inhabituel sur son comportement.

– Je suis certaine que non.

– J'aimerais néanmoins lui parler, Signora. Si vous pouviez me donner son nom...

– Marco Ravanello. Mais il ne pourra rien vous dire. Mon mari n'avait strictement rien à se reprocher. » Elle adressa un regard féroce au policier et répéta : « Mon mari n'avait strictement rien à se reprocher.

– Je ne veux pas vous déranger plus longtemps, Signora. » Brunetti se leva et fit quelques pas en direction de la porte. « Les dispositions ont-elles été prises pour les funérailles ?

– Oui. La messe aura lieu demain. À dix heures. » Elle ne précisa pas où, et Brunetti ne posa pas la question. L'information ne serait pas bien difficile à obtenir. Il se promit d'y assister.

Il s'arrêta à la porte. « Merci beaucoup pour votre aide, Signora. Je tiens à vous présenter mes condoléances, à titre personnel, et à vous assurer que nous ferons tout ce qui est en notre pouvoir pour retrouver le responsable de la mort de votre mari. » Pourquoi était-il toujours plus facile de parler de « mort » que de « meurtre » ?

« Mon mari n'était pas comme cela. Vous allez vous en rendre compte. C'était un homme. »

Brunetti, sans lui tendre la main, la salua d'une inclinaison de la tête et sortit. En descendant l'escalier, il se souvint de la dernière scène de *La Maison de Bernarda*, à la fin de laquelle la mère crie au public et au monde entier que sa fille est morte vierge, est morte vierge. Pour le policier, seul comptait le fait de la mort ; tout le reste n'était que vanité.

À la questure, il demanda à Vianello de monter dans son bureau. Le repaire de Brunetti était situé deux étages plus haut, et avait donc un peu plus de chance de capter un souffle de brise, s'il s'en trouvait. Une fois à l'intérieur, il ouvrit les fenêtres, enleva sa veste et demanda à Vianello : « Quelque chose de neuf, sur la *Lega* ?

— Nadia espère bien toucher une récompense pour ses tuyaux, Dottore, répondit le sergent en s'asseyant. Elle a passé plus de deux heures pendue au téléphone avec ses amies, ce week-end. Intéressante, cette *Lega della Moralità*. »

Brunetti savait que Vianello, quoi qu'il fasse, raconterait l'histoire à sa manière ; il pensa cependant qu'il y avait un moyen d'arrondir les angles. « Je m'arrêterai au Rialto demain matin et je lui ferai livrer des fleurs. Crois-tu que cela suffira ?

— Elle préférerait m'avoir à la maison samedi prochain.

– Seras-tu en mission ?

– Oui. Je dois en principe me trouver sur le bateau qui ramènera le ministre de l'Environnement de l'aéroport. Nous savons tous qu'il ne viendra pas à Venise, que son voyage sera annulé au dernier moment. Croyez-vous qu'il va oser venir en plein mois d'août, avec les algues qui empuantissent la ville, pour nous parler de ses grands projets écologiques ?» Le sergent ricana. Son intérêt pour le nouveau parti des Verts était l'une de conséquences de ses récentes expériences médicales. «J'aimerais autant ne pas perdre la matinée à aller à l'aéroport pour me faire dire, une fois là, que le ministre ne vient pas. »

Raisonnement que Brunetti trouvait parfaitement cohérent. Le ministre, pour reprendre ce qu'avait affirmé Vianello, n'oserait jamais s'aventurer à Venise en ce mois où la moitié des plages de l'Adriatique venaient d'être interdites aux baigneurs à cause de la pollution, et alors qu'on venait d'apprendre que le poisson, qui constituait l'une des denrées alimentaires de base de la ville, contenait des taux dangereusement élevés de mercure et autres métaux lourds. «Je vais voir ce que je peux faire », promit le commissaire.

Satisfait à la perspective de quelque chose d'un peu plus consistant que de fleurs (et sachant que, de toute façon, Brunetti en ferait envoyer), Vianello tira son calepin et entama la lecture du rapport constitué par sa femme.

« La *Lega della Moralità* a été créée il y a environ huit ans, sans que l'on sache très bien par qui ni avec quels objectifs. Étant donné qu'elle est supposée s'occuper de bonnes œuvres, du genre distribution de jouets dans les orphelinats ou de repas aux personnages âgées à leur domicile, elle a toujours eu bonne réputation. Au cours des années, la ville et certaines paroisses lui ont laissé reprendre et administrer des appartements vacants ; elle les met à la disposition, moyennant un loyer dérisoire, ou même gratuitement, de personnes âgées dans le besoin ou, quelquefois, de handicapés. » Vianello reprit son souffle, puis ajouta : « Étant donné que tous ses employés sont des bénévoles, elle a obtenu le statut d'organisation charitable.

– Ce qui signifie, l'interrompit Brunetti, qu'elle n'a pas à payer d'impôts et que l'administration, comme d'habitude, a l'amabilité de ne pas examiner ses finances de trop près – si tant est qu'il les examine.

– Nous sommes comme deux cœurs qui battent au même rythme, Dottore. » Brunetti savait, certes, que la vision politique du sergent avait évolué ; son style, apparemment, en avait fait autant.

« Le plus étrange, Dottore, c'est que Nadia n'a pu trouver personne appartenant réellement à la *Lega*. Pas même la femme de la banque, en fin de compte. Des tas de gens lui ont dit qu'ils connaissaient quelqu'un qu'ils croyaient être membre, mais, quand Nadia demandait des précisions, il s'avérait qu'ils n'en étaient pas sûrs. Deux fois, elle a parlé avec de prétendus affiliés, deux fois elle a constaté que c'était faux.

– Et les bonnes œuvres ?

– Tout aussi insaisissables. Elle a appelé les hôpitaux, mais aucun n'avait de contact avec la *Lega*. Je me suis renseigné auprès des services sociaux qui s'occupent des personnes âgées, mais ils n'ont jamais entendu parler de quelqu'un de la *Lega della Moralità* faisant quoi que ce soit pour les vieux.

– Et les orphelinats ?

– Nadia a pu parler à la mère supérieure de l'ordre qui gère les trois principaux. La religieuse lui a dit qu'elle avait entendu parler de la *Lega della Moralità* mais n'en avait jamais reçu d'aide.

– Comment Nadia en était-elle venue à penser que la femme de la banque en faisait partie ?

– Parce qu'elle habite dans un appartement administré par la *Lega*. Mais elle n'a jamais été membre, et elle dit qu'elle ne connaît personne qui le soit. Nadia continue à chercher quelqu'un qui en fasse partie. » Si la femme de Vianello continuait à ce rythme, le sergent allait lui demander un congé pour tout le reste du mois.

« Et Santomauro ?

– Tout le monde a l'air de savoir que c'est lui le patron, mais personne ne sait comment il l'est devenu. Et, ce qui n'est pas sans intérêt, personne n'a la moindre idée du rôle qu'il joue en tant que tel.

– Ils n'ont pas des réunions ?

– Les gens disent que oui. Dans des maisons paroissiales ou dans des domiciles privés. Bien entendu, Nadia n'a pu trouver une seule personne ayant assisté à l'une de ces réunions.

– As-tu interrogé les gars de la brigade financière ?

– Non. J'avais pensé qu'Elettra pourrait s'en charger. » Elettra ? Cette familiarité était-elle une autre conséquence de sa conversion ?

« J'ai demandé à la Signorina Elettra de procéder à des recherches sur Santomauro via son ordinateur, mais je ne l'ai pas encore vue, ce matin.

– Il me semble qu'elle est en bas, aux archives, expliqua Vianello.

– Comment l'avocat s'en sort-il, sur le plan professionnel ?

– Il vole de succès en succès. Il représente deux des plus grosses entreprises de BTP de la ville, deux conseillers municipaux, et au moins trois banques.

– Je te parie que l'une d'elles est la Banca di Verona. » Vianello consulta son carnet de notes, revenant de quelques pages en arrière. « En effet. Comme le saviez-vous ?

– Je l'ignorais. Mais c'est là que travaillait Mascari.

– Deux plus deux font quatre, n'est-ce pas ?

172

– Et ses relations politiques ?

– Alors qu'il est l'avocat de deux conseillers municipaux ? demanda le sergent en manière de réponse.

– Sa femme ?

– Personne n'a l'air de savoir grand-chose sur elle,
mais tout le monde semble croire que c'est elle qui
détient le vrai pouvoir, dans la famille.

– Il a donc des enfants ?

– Deux fils. L'un est architecte, l'autre médecin.

– La parfaite famille italienne, commenta Brunetti. Et
Crespo ? Qu'as-tu trouvé sur lui ?

– Avez-vous vu le dossier de Mestre le concernant ?

– Oui. Les trucs habituels. Drogue. Tentative d'inti-
midation d'un client. Rien de violent. Tout à fait banal.
As-tu découvert d'autres éléments ?

– Pas grand-chose, à vrai dire. Il a été battu à deux
reprises, mais il a déclaré à chaque fois ignorer l'identité
de son agresseur. La seconde fois, en fait… » Vianello
feuilleta de nouveau son calepin. « Voilà. C'est ici. Il a
dit qu'il avait été victime d'un contrat par des voleurs.

– Victime d'un contrat ?

– C'est ce qu'il y a dans le rapport. Je l'ai recopié tel
quel.

– Il doit lire trop de romans policiers, le Crespo.

– Pas très bon pour sa santé, on dirait.

– As-tu trouvé autre chose le concernant ? Qui a signé
le bail de son appartement ?

– Je ne sais pas. Je vais vérifier.

– Vois aussi si la Signorina Elettra peut nous dégotter
quelque chose sur les finances de la *Lega della Moralità*,
mais aussi sur celles de Santomauro, de Crespo et de
Mascari. Déclarations fiscales, relevés bancaires, prêts.
Elle devrait pouvoir se procurer ce genre d'informations.

– Elle saura comment s'y prendre, dit Vianello en
prenant des notes. Autre chose ?

– Non. Tiens-moi au courant dès que tu as du nouveau, ou si Nadia trouve enfin un membre de la *Lega*.

– Bien, monsieur. » Le sergent se leva. « C'est la
meilleure chose qui pouvait m'arriver.

– Quoi donc ?

– Que Nadia s'intéresse à cette affaire. Vous savez
comment elle est. Elle n'aime pas que je travaille tard
ou pendant les week-ends. Mais dès qu'elle y a goûté,
elle est devenue comme un vrai chien de chasse. Et
vous auriez dû l'entendre au téléphone ! Elle est capable
de faire dire n'importe quoi aux gens. Quel dommage
qu'on ne prenne pas de pigistes, dans la police… »

17

En se pressant, Brunetti avait le temps d'arriver à la Banca di Verona avant la fermeture du milieu de journée, si du moins une succursale installée au premier étage d'un immeuble et n'ayant apparemment pas de lieu d'accueil du public se souciait de respecter des horaires. Il arriva à midi vingt et, trouvant la porte de la rue fermée, sonna en face de la simple plaque de cuivre portant le nom de l'établissement. La porte s'ouvrit, et il se retrouva dans l'immeuble où la vieille dame l'avait obligeamment fait entrer, le samedi précédent.

En haut de l'escalier, il dut sonner une deuxième fois, la porte de la banque étant fermée. Au bout d'un moment, il entendit des pas s'approcher de la porte qu'ouvrit un homme blond, de haute taille – manifestement pas celui que le policier avait vu quitter les lieux, samedi dernier.

Il tendit sa carte d'officier de police. « Bonjour. Commissaire Guido Brunetti, de la questure de Venise. Je souhaiterais parler au Signor Ravanello.

– Un instant, s'il vous plaît », répondit l'homme, qui referma la porte si rapidement que Brunetti n'eut pas le temps d'intervenir. Il s'écoula une bonne minute avant que le battant ne s'ouvre à nouveau, poussé par un autre homme qui n'était ni grand, ni blond, mais pas pour autant celui qu'il avait aperçu dans la cage d'escalier, puis sur le vaporetto. « Oui ? » demanda-t-il à Brunetti, comme si son prédécesseur avait été un mirage.

« J'aimerais parler au Signor Ravanello.

– Et qui dois-je annoncer ?

– Je viens juste de le dire à votre collègue. Commissaire Guido Brunetti.

– Ah, oui. Un instant, s'il vous plaît » Cette fois-ci, Brunetti était sur le qui-vive, prêt à lancer le pied dans l'entrebâillement de la porte si jamais l'autre faisait mine de vouloir la refermer – un truc qu'il avait appris en lisant des romans policiers américains mais qu'il n'avait jamais eu l'occasion de mettre en pratique.

Il ne l'eut pas non plus ce jour-là. L'homme ouvrit la porte en grand et l'invita à entrer. « Je vous en prie, monsieur le commissaire. Le Signor Ravanello est dans son bureau et sera très heureux de vous recevoir. » Voilà qui était sans doute s'avancer beaucoup, mais Brunetti lui concéda le droit d'avoir son avis.

Les lieux paraissaient occuper un volume identique à celui de l'appartement de la vieille dame, au troisième. L'homme lui fit traverser une pièce qui correspondait au séjour, avec les mêmes quatre grandes fenêtres donnant sur la place. Trois hommes en costume sombre étaient assis à des bureaux différents, mais aucun ne détourna les yeux de son écran lorsque Brunetti passa près d'eux. Son guide s'arrêta devant une porte qui aurait été celle de la cuisine, chez la vieille dame, frappa et entra sans attendre.

La pièce avait bien les mêmes dimensions qu'au troisième, mais à la place de l'évier se dressait une rangée de classeurs, et à celle de la table à dessus de marbre se trouvait un grand bureau de chêne, derrière lequel était assis un homme à cheveux noirs, de taille moyenne, habillé d'une chemise blanche et d'un costume sombre. Il n'eut pas besoin de se tourner et de montrer son dos pour que Brunetti reconnaisse l'individu qu'il avait

176

aperçu samedi dernier quittant la banque, puis entrevu sur le vaporetto.

Certes, il s'était trouvé à une certaine distance de lui, affublé en plus de lunettes de soleil, mais c'était bien le même personnage. Même bouche, même long nez patricien. Ces traits, auxquels il fallait ajouter des yeux rapprochés et des sourcils épais et sombres, tendaient à concentrer toute l'attention vers le milieu de son visage, si bien que l'on ne remarquait pas tout de suite sa chevelure, très épaisse et frisée.

« Signor Ravanello, je suis le commissaire Brunetti. »

Ravanello se leva et tendit la main au-dessus de son bureau. « Ah, oui. Vous venez, bien entendu, pour cette affreuse affaire, avec Mascari. » Puis il se tourna vers l'autre homme. « Merci, Aldo. Laisse-nous. » Aldo sortit et referma la porte derrière lui.

« Je vous en prie, asseyez-vous », reprit le banquier en faisant le tour de son bureau pour venir disposer une chaise de manière qu'elle lui fasse face. Une fois Brunetti assis, il regagna sa place. « C'est terrible, terrible. J'ai parlé aux directeurs de la banque, à Vérone. Nous n'avons aucune idée de ce que nous devons faire, pour l'instant.

– Vous voulez parler du remplacement de Mascari ? C'était bien lui le directeur de l'agence, n'est-ce pas ?

– Oui, en effet. Mais le problème n'est pas celui de son remplacement. La question a été réglée. »

Il était clair que ceci n'était qu'un préambule avant d'expliquer ce qui posait un sérieux problème à la banque, mais Brunetti n'en demanda pas moins : « Et qui le remplace ? »

Ravanello leva les yeux sur le policier, surpris par la question. « Moi, bien sûr. J'étais directeur adjoint. Mais ce n'est pas là ce qui nous préoccupe. »

Pour autant que Brunetti le sache – et l'expérience n'était jamais venue le contredire –, la seule véritable préoccupation d'une banque était l'argent qu'elle pouvait gagner ou risquait de perdre. Il eut un sourire intrigué et demanda. « Et de quoi s'agit-il, Signor Ravanello ?

– Du scandale. Un scandale épouvantable. Vous savez combien nous devons nous montrer discrets et prudents, nous autres banquiers. »

Le commissaire savait qu'ils étaient interdits de casinos, qu'au moindre chèque sans provisions ils étaient licenciés – mais cela ne lui paraissait pas des exigences exorbitantes, après tout, pour des personnes à qui les gens confiaient leur argent.

« De quel scandale voulez-vous parler, Signor Ravanello ?

– Puisque vous êtes commissaire de police, vous savez bien dans quelles circonstances a été découvert le corps de Leonardo. »

Brunetti acquiesça.

« Ces détails, malheureusement, ont été ébruités et sont maintenant connus partout, ici comme à Vérone. Nous avons déjà eu un certain nombre d'appels de nos clients, de gens qui étaient en affaires avec Leonardo depuis des années. Trois d'entre eux ont décidé de retirer leurs fonds. Cela représente une perte substantielle pour la banque. Et ce n'est que le premier jour.

– Et vous considérez que ces décisions sont une conséquence directe des circonstances dans lesquelles on a trouvé le corps du Signor Mascari ?

– Bien entendu. J'aurais cru que c'était évident, répondit Ravanello, d'un ton inquiet mais nullement en colère.

– Avez-vous des raisons de croire qu'il va se produire d'autres retraits de fonds pour le même motif ?

– Peut-être, ou peut-être pas. Dans ces cas précis, on peut relier les pertes directement à la mort de Leonardo.

Mais nous sommes infiniment plus inquiets pour celles, impossibles à mesurer, que nous risquons de subir.

– C'est-à-dire ?

– Tous les gens qui préféreront ne pas investir chez nous. Les gens qui vont entendre parler de cette affaire et qui décideront qu'il vaut mieux confier leurs fonds à une autre banque. »

Brunetti réfléchit à cela pendant quelques instants, pensant aussi à la façon qu'ont les banquiers de toujours éviter de prononcer le mot « argent » et de faire appel, à la place, à la vaste terminologie qu'ils ont inventée pour remplacer ce terme trop vulgaire : fonds, finances, investissements, liquidités, avoirs, placements. D'ordinaire, les euphémismes portent sur des choses plus grossières, comme la mort et les fonctions corporelles. Cela signifiait-il qu'il y avait quelque chose de fondamentalement sordide dans l'argent, et que le langage des banquiers avait pour but de déguiser ou nier cet aspect des choses ? Il reporta son attention sur Ravanello.

« Avez-vous une idée des sommes que cela peut représenter ?

– Non, répondit Ravanello, secouant la tête avec un air de circonstance, comme s'il était question de mort ou de maladie incurable. Il n'y a aucun moyen de les calculer.

– Et ce que vous appelez vos pertes réelles, quelle a été leur étendue ? »

Ravanello parut un peu plus sur ses gardes. « Pouvez-vous me dire pour quelle raison vous désirez connaître cette information, commissaire ?

– Je ne désire pas spécialement la connaître, Signor Ravanello, pas en tant que telle. Nous n'en sommes qu'au tout début de notre enquête, raison pour laquelle j'essaie de rassembler le plus d'informations possibles, d'autant de sources différentes que possible. J'ignore ce qui se révélera important, et nous ne pourrons le

179

déterminer que lorsque nous disposerons de toutes les informations pertinentes relatives au Signor Mascari.

– Je vois, je vois », dit Ravanello. Il tira un dossier à lui. « Je dispose de ces chiffres, commissaire. J'étais justement en train de les consulter. » Il ouvrit le classeur et fit courir un doigt le long des colonnes de noms et de chiffres sortis de l'imprimante. « Le total combiné des retraits effectués par les deux clients dont je vous ai parlé – le troisième n'avait qu'un capital négligeable – est d'environ huit milliards de lires.

– Tout ça parce qu'il était habillé d'une robe ? » s'étonna Brunetti, forçant volontairement le trait.

Le banquier contint la répugnance que lui inspirait ce ton badin, mais de peu. « Non, commissaire, pas parce qu'il portait une robe. Mais parce que ce type de comportement est l'indice d'un manque profond du sens des responsabilités et parce que nos investisseurs se demandent, peut-être à juste titre, si ce manque du sens des responsabilités qui affectait sa vie personnelle ne se retrouvait pas dans ses activités professionnelles.

– Si bien que ces messieurs décampent avant même de savoir s'il n'a pas fait banqueroute en dépensant tout l'argent de la banque en bas et sous-vêtements de dentelle ?

– Je ne vois aucune raison d'en plaisanter, commissaire, répliqua Ravanello d'un ton qui devait avoir fait trembler les genoux d'innombrables débiteurs.

– J'essaie simplement de suggérer qu'il s'agit là d'une réaction disproportionnée de leur part à la mort du Signor Mascari.

– N'empêche que sa mort est très compromettante.

– Pour qui ?

– Pour la banque, sans aucun doute. Mais bien plus encore pour Leonardo lui-même.

– Signor Ravanello, aussi compromettante que peut apparaître la mort du Signor Mascari, rien ne nous permet de dire quelles ont été les circonstances réelles de son décès.

– Cela veut-il dire qu'on ne l'a pas trouvé habillé en femme ?

– Si je vous habillais comme un chimpanzé dans un cirque, Signor Ravanello, cela signifierait-il que vous êtes un singe ?

– Qu'est-ce que vous cherchez à dire ? demanda Ravanello, sans faire plus d'efforts pour contenir sa colère.

– Rien de plus que ce que j'ai dit. Le fait que le Signor Mascari portait une robe au moment de sa mort ne veut pas nécessairement dire qu'il était un travesti. En réalité, cela ne veut pas dire obligatoirement qu'il avait la moindre chose à se reprocher dans son mode de vie.

– Je trouve ceci impossible à croire.

– Tout comme vos investisseurs, si j'ai bien compris.

– Je trouve impossible de le croire pour d'autres raisons, commissaire, » dit Ravanello, baissant la tête vers le dossier et le refermant avant de le repousser sur un coin de son bureau.

– Oui ?

– Il m'est très difficile d'en parler. » Il reprit le classeur et le fit passer de l'autre côté du bureau.

Comme il n'ajoutait rien, Brunetti, d'une voix douce, l'invita à s'expliquer. « Je vous en prie, continuez, Signor Ravanello.

– J'étais l'ami de Leonardo. Peut-être même son seul ami intime. » Il leva les yeux un instant sur Brunetti, puis les reporta sur ses mains. « Je savais, pour lui.

– Vous saviez quoi, Signor Ravanello ?

– Qu'il se travestissait. Et pour les garçons… » Il s'empourpra en disant cela, mais ne quitta pas ses mains des yeux.

« Et comment le saviez-vous ?

– Il me l'avait dit lui-même. » Le banquier marqua un temps d'arrêt et prit une profonde inspiration. « Cela faisait dix ans que j'étais son collaborateur. Leonardo était le parrain de mon fils. Je ne crois pas qu'il ait eu d'autres amis, pas aussi proches. » Ravanello se tut, comme si c'était tout ce qu'il était capable de dire.

Brunetti laissa le silence se prolonger un instant. « Comment vous a-t-il mis au courant ? Et en quels termes ?

– On se trouvait ici tous les deux, seuls, pour travailler, un dimanche. Il y avait eu une panne des ordinateurs le vendredi et le samedi, et nous n'avions que le dimanche pour rattraper notre retard. Nous étions devant les terminaux du bureau principal. Il s'est tourné vers moi et me l'a dit.

– Comment, exactement ?

– C'était très étrange, commissaire. Il m'a regardé. J'ai vu qu'il s'était arrêté de travailler et j'ai pensé qu'il voulait me dire quelque chose concernant les transactions qu'il enregistrait, et je l'ai regardé à mon tour. » Ravanello se tut, comme s'il évoquait la scène. « Il m'a dit, *Tu sais, Marco, j'aime les garçons.* Puis il s'est penché sur son ordinateur et a continué à travailler, comme s'il venait de me communiquer un chiffre sur une transaction ou des actions. Oui, très étrange. »

Brunetti laissa passer un laps de temps convenable avant de poser la question suivante. « Vous a-t-il jamais expliqué cette remarque ? A-t-il ajouté autre chose ?

– Oui. Quand nous avons eu fini, dans l'après-midi, je lui ai demandé ce qu'il avait voulu dire, et il me l'a expliqué.

– Qu'a-t-il dit ?

– Qu'il aimait les garçons, pas les femmes.

– Les garçons ou les hommes ?

– Les *ragazzi.* Les jeunes garçons.

– A-t-il également parlé du fait de s'habiller en femme ?

– Pas ce jour-là. Un mois plus tard, environ. Nous étions dans le train pour nous rendre à Vérone, au siège social. Nous en avons vus plusieurs sur le quai, en gare de Padoue. C'est à ce moment-là qu'il me l'a avoué.

– Et comment avez-vous réagi ?

– J'étais sous le choc, bien entendu. Je n'avais jamais soupçonné qu'il puisse être ainsi.

– L'avez-vous mis en garde ?

– Contre quoi ?

– Les risques, étant donné sa situation dans la banque.

– Évidemment. Je lui ai dit que si jamais cela s'ébruitait, sa carrière était finie.

– Pourquoi ? Il doit bien y avoir des homosexuels qui travaillent dans les banques, non ?

– Non, ce n'est pas simplement cela. C'était le fait de se travestir. Et les prostitués.

– Il vous l'a dit ?

– Oui. Il m'a avoué qu'il… utilisait leurs services et qu'il faisait parfois la même chose.

– Faisait quoi ?

– Je ne sais pas comment vous dites exactement. Solliciter ? Racoler ? Bref, il se faisait payer par des hommes. Je lui ai fait remarquer que cela pourrait le détruire. » Le banquier se tut un instant. « Et c'est ce qui a fini par arriver.

– Comment se fait-il, Signor Ravanello, que vous n'ayez rien dit à la police de tout ceci ?

– C'est ce que je viens de faire, commissaire. Je vous ai tout dit.

– Oui, mais c'est moi qui suis venu vous interroger. Vous ne nous avez pas contactés.

– Je ne voyais pas de raison de détruire sa réputation, finit par répondre le banquier.

– Il semblerait, si j'en crois ce que vous m'avez dit

sur la réaction de clients, qu'il ne reste pas grand-chose à détruire, en la matière.

– Je n'ai pas pensé que c'était important. » Voyant le regard de Brunetti, il ajouta : « Vous comprenez, tout le monde avait déjà l'air d'y croire. Je ne voyais donc pas de raison de trahir sa confiance.

– J'ai comme l'impression que vous ne me dites pas tout, Signor Ravanello. »

Le regard des deux hommes se croisa, mais le banquier détourna rapidement la tête. « Je voulais aussi protéger la banque. Je tenais à vérifier si Leonardo n'avait pas… n'avait pas commis d'indélicatesse.

– Est-ce ainsi que l'on parle de ceux qui mettent la main dans la caisse, en jargon bancaire ? »

Une fois de plus, la moue de Ravanello exprima ce qu'il pensait de la manière dont le commissaire choisissait ses mots. « Je voulais m'assurer que la banque n'avait été en rien affectée par ses… ses indiscrétions.

– Ce qui signifie ?

– Très bien, commissaire, dit Ravanello se penchant en avant, de la colère dans la voix. Je tenais à vérifier que ses comptes étaient en ordre, que rien ne manquait dans les fonds qu'il gérait, pour nos clients privés ou institutionnels.

– Vous avez dû avoir une matinée chargée, dans ce cas.

– Non, je suis venu le faire pendant le week-end. J'ai passé l'essentiel de mon samedi et de mon dimanche devant l'ordinateur, à passer ses dossiers en revue, remontant trois années en arrière. C'est tout ce que j'ai eu le temps de vérifier.

– Et qu'avez-vous trouvé ?

– Absolument rien. Tout est parfaitement en ordre. Aussi désordonnée qu'ait été la vie privée de Leonardo, il faut reconnaître que sur le plan professionnel, rien ne laissait à désirer.

– Et si cela n'avait pas été le cas ?

– C'est alors que je vous aurais appelé.

– Je vois. Est-il possible d'avoir des photocopies de ces archives ?

– Bien entendu », répondit Ravanello, surprenant Brunetti par la facilité avec laquelle il avait accédé à sa demande. À sa connaissance, les banques répugnaient encore plus à dévoiler des informations qu'à donner de l'argent et d'habitude, il fallait un mandat d'un juge en bonne et due forme. Quel geste aimable et accommodant, de la part du Signor Ravanello...

« Merci, Signor Ravanello. L'un de nos spécialistes financiers viendra les chercher, peut-être dès demain.

– Elles seront prêtes.

– Je voudrais également que vous réfléchissiez à tout ce que le Signor Mascari aurait pu vous confier sur sa double vie, sa vie secrète.

– Bien entendu. Cependant, je crois vous avoir tout dit.

– Vous savez, sous le coup de l'émotion, il se peut que vous ayez oublié certaines choses, des détails. Je vous serais très reconnaissant si vous pouviez noter tout ce qui pourrait vous venir à l'esprit. Je reprendrai contact avec vous d'ici un jour ou deux.

– Bien entendu, répéta Ravanello, redevenant plus aimable, peut-être parce qu'il sentait que l'entretien touchait à sa fin.

– Je pense que ce sera tout pour aujourd'hui. » Le policier se leva. « Je vous suis reconnaissant de m'avoir accordé votre temps, et de la franchise dont vous avez fait preuve, Signor Ravanello. Je sais bien que tout ceci a dû être difficile pour vous. Vous avez perdu non seulement un collègue, mais un ami.

– Oui, en effet.

– Encore une fois, merci beaucoup de votre aide », dit Brunetti en tendant la main. Puis après un silence, il ajouta : « Et pour votre honnêteté. »

Ravanello releva brusquement la tête, mais répondit simplement : « C'est bien naturel, commissaire », puis fit le tour du bureau pour raccompagner Brunetti jusqu'à la porte de la banque. Là, ils se serrèrent de nouveau la main et le policier descendit l'escalier qu'il avait déjà emprunté derrière Ravanello, le samedi précédent.

18

Brunetti se trouvait près du Rialto, et il aurait très bien pu aller déjeuner chez lui ; mais il n'avait envie ni de se faire la cuisine, ni de prendre le risque de finir l'*insalata di calamari*, qui traînait maintenant depuis quatre jours dans le réfrigérateur. Il se rendit à la place Corte dei Milion et prit son repas dans une petite trattoria blottie dans l'un des coins de la minuscule place.

De retour à la questure à trois heures, il songea qu'il était peut-être prudent d'aller voir Patta plutôt que d'attendre une convocation. Dans la minuscule antichambre, devant le bureau du vice-questeur, il trouva la Signorina Elettra occupée à remplir d'eau, à l'aide d'une bouteille en plastique, un vase de cristal dans lequel s'épanouissaient six grands lys. Des lys blancs, mais pas aussi immaculés que la blouse qu'elle portait pour aller avec sa jupe mauve. Elle sourit en apercevant Brunetti. « C'est incroyable, la quantité d'eau qu'ils boivent. »

Il ne trouva rien de drôle à répondre et se contenta donc de sourire à son tour. « Est-ce qu'il est là ?

– Oui. Il vient juste de revenir de déjeuner. Il a un rendez-vous à seize heures trente ; si vous voulez le voir, autant le faire tout de suite.

– Savez-vous de quel genre de rendez-vous il s'agit ?

– Voyons, commissaire, essaieriez-vous de m'arracher des confidences sur la vie privée du vice-questeur ? demanda-t-elle, faisant fort bien semblant de s'offusquer.

Le fait qu'il ait rendez-vous avec son avocat est quelque chose que je ne me sens pas la liberté de révéler.

– Ah, oui », répondit Brunetti, se rendant compte que la jeune femme portait des chaussures de la même nuance de mauve que sa jupe. « Il vaut donc mieux que j'aille le voir tout de suite. » Il alla frapper à la porte, attendit le « *Avanti !* » et entra.

Puisqu'il y avait quelqu'un assis derrière le bureau du vice-questeur Giuseppe Patta, il ne pouvait s'agir que du vice-questeur Giuseppe Patta. L'homme que voyait Brunetti, cependant, ressemblait au vice-questeur à peu près autant qu'une photo de police au suspect qu'elle est censée représenter. D'ordinaire affublé d'un bronzage acajou clair en cette période de l'année, Patta paraissait avoir conservé sa pâleur hivernale – une étrange pâleur, en fait, comme si elle transparaissait à travers une couche superficielle de bronzage. Son menton massif, que Brunetti ne pouvait voir sans penser aux photos de Mussolini des livres d'histoire, ne saillait plus avec la même énergie, s'était amolli, à croire que d'ici une semaine, il allait se mettre à s'affaisser. Dessous, la cravate était nouée correctement, mais un coup de brosse, en revanche, n'aurait pas fait de mal au col du veston. L'absence de pince à cravate et de fleur à la boutonnière donnait l'étrange impression que le *cavaliere* était venu au bureau incomplètement habillé.

« Ah, Brunetti, dit-il en voyant son subordonné. Asseyez-vous, je vous en prie, asseyez-vous. » Depuis plus de cinq ans que les deux hommes collaboraient, c'était – le commissaire n'avait aucun doute là-dessus – la première fois que le vice-questeur lui disait « Je vous en prie » autrement qu'à travers des dents serrées par l'effort.

Brunetti s'assit donc et attendit de voir quelles nouvelles merveilles l'autre avait en réserve.

« Je voulais vous remercier pour votre aide », commença Patta, regardant Brunetti une seconde puis détournant les yeux, comme s'il suivait le vol d'un oiseau qui aurait traversé la pièce dans le dos du commissaire. Paola étant à la montagne, il n'y avait aucun exemplaire de *Gente* ou de *Oggi* traînant à la maison, si bien que Brunetti ignorait s'ils comportaient ou non des articles concernant la Signora Patta et Tito Burrasca, mais il supposa que de là venait la reconnaissance de Patta. Si ce dernier tenait à attribuer ce silence à des contacts supposés avec la presse chez son subordonné, plutôt qu'à la relative insignifiance du comportement de son épouse, Brunetti ne voyait aucune raison de le détromper.

« Ce n'était rien, monsieur », répondit-il, on ne peut plus sincère.

Patta acquiesça. « Et où en est-on dans l'affaire de Mestre ? »

Le commissaire fit un bref résumé de ce qu'il avait appris jusqu'ici, le concluant sur la visite de la Banca di Verona, le matin même, et les révélations que lui avait faites Ravanello sur les goûts particuliers de Mascari.

« Il semble donc que le meurtrier aurait été – comment les appelle-t-on – un de ses michés ? Michetons ? » demanda Patta, faisant preuve, une fois de plus, de son talent exceptionnel pour enfoncer les portes ouvertes.

« Si l'on admet, monsieur, que des hommes de nos âges puissent être attirants, sexuellement, pour d'autres hommes.

– Je ne vois pas ce que vous voulez dire, commissaire, répliqua Patta, reprenant un ton auquel Brunetti était plus habitué.

– Tous, nous supposons qu'il était soit un travesti, soit qu'il se prostituait, et que c'est pour cette raison qu'il a été assassiné. Mais les seules preuves que nous en ayons sont la tenue dans laquelle il était quand on l'a découvert et les déclarations de l'homme qui lui a succédé à la tête de la banque.

– Cet homme est aussi directeur de banque, observa Patta, avec le ton respectueux qu'il prenait toujours devant de tels titres.

– Poste qu'il occupe grâce à la mort de son prédécesseur.

– Les banquiers ne s'entre-tuent pas, Brunetti », affirma le vice-questeur avec l'inébranlable assurance qui le caractérisait.

Le commissaire se rendit compte trop tard du danger. Patta ne verrait que des avantages à attribuer la mort de Mascari à des violences dues à sa vie privée déviante, auquel cas il aurait un prétexte pour laisser la police de Mestre chercher l'auteur du crime et retirer légitimement Brunetti de toute responsabilité dans l'enquête.

« Vous avez probablement raison, monsieur, concéda-t-il, mais ce n'est pas le moment de risquer de laisser dire par la presse que nous n'avons pas exploré toutes les hypothèses possibles, dans cette affaire. »

Tel un taureau au moindre frisson de la muleta, Patta réagit sur-le-champ à cette allusion aux médias. « Qu'est-ce qui vous fait dire cela ?

– Je pense que nous devrions, bien entendu, consacrer l'essentiel de nos efforts à une enquête sur les milieux des travestis et de la prostitution masculine de Mestre, mais que nous devrions aussi vérifier s'il n'existe pas quelque rapport entre ce meurtre et la banque, aussi peu vraisemblable que soit cette hypothèse, comme nous le savons tous les deux.

– Commissaire, observa Patta avec quelque chose comme de la dignité, je n'en suis pas encore là. Si vous tenez à faire ces vérifications, libre à vous. Je tiens cependant à ce que vous gardiez bien présent à l'esprit à qui vous avez affaire, dans ce cas, et que vous traitiez ces personnes avec le respect dû à leur situation.

190

– Certainement, monsieur.

– Vous avez donc les mains libres, à ceci près que vous ne devrez prendre aucun décision impliquant la banque sans m'avoir consulté auparavant.

– Bien, monsieur. Ce sera tout ?

– Oui. »

Brunetti se leva, rapprocha la chaise du bureau et quitta son supérieur sans rien ajouter. Il trouva la Signorina Elettra dans l'antichambre, occupée à feuilleter un dossier.

« Dites-moi, Signorina, avez-vous pu vous procurer ces informations financières ?

– Sur lequel ? demanda-t-elle avec un petit sourire.

– Pardon ? fit Brunetti, tout à fait perdu.

– Sur l'avocat Santomauro ou sur le Signor Burrasca ? »

Brunetti était tellement absorbé par l'affaire Mascari qu'il en avait oublié la tâche assignée à la Signorina Elettra : trouver tout ce qu'elle pourrait aussi sur le metteur en scène.

« Oh, j'avais complètement oublié », reconnut-il. Pour qu'elle ait mentionné Tito Burrasca, il fallait qu'elle ait envie de parler de lui. « Qu'avez-vous trouvé sur lui ? »

Elle repoussa le dossier sur un côté de son bureau et regarda Brunetti comme si la question la surprenait. « Son appartement de Milan est en vente, ses trois derniers films ont perdu de l'argent et ses créanciers se sont déjà emparés de la maison de Monaco. » Elle sourit. « Vous voulez la suite ? »

Brunetti acquiesça. Comment diable avait-elle fait ?

« Il est sous le coup de poursuites criminelles aux États-Unis, où il existe une loi interdisant l'utilisation d'enfants dans les films pornographiques. Enfin, toutes les copies de son dernier film ont été saisies par la police de Monaco, mais je n'ai pu découvrir pour quelle raison.

– Et ses impôts ? Sont-ce des photocopies de ses déclarations que vous regardiez ?

– Oh non, répondit-elle, pleine de désapprobation. Vous savez à quel point il est difficile d'obtenir des informations de la part du fisc. » Elle marqua un temps d'arrêt avant d'ajouter, comme il s'y attendait : « À moins, bien entendu, de connaître quelqu'un qui y travaille. Je les aurai seulement demain.

– Sur quoi vous les transmettrez au vice-questeur Patta ? »

La Signorina Elettra lui adressa un regard féroce. « Non, commissaire. Je vais le laisser mijoter quelques jours avant.

– Vous plaisantez ?

– Jamais, quand il s'agit du vice-questeur Patta.

– Et pourquoi le faire attendre ?

– Pourquoi pas ? »

Brunetti se demanda de quelles avanies mesquines Patta avait abreuvé la jeune femme, au cours de la semaine passée, pour qu'elle eût si rapidement envie de lui rendre la monnaie de sa pièce. « Et qu'avez-vous sur Santomauro ?

– Ah, la situation de l'avocat est bien différente. Ses finances sont on ne peut plus florissantes. Il détient un portefeuille d'actions et d'obligations qui vaut plus d'un demi-milliard de lires. Les revenus annuels qu'il déclare s'élèvent à deux cents millions de lires, ce qui est au moins le double de ce qu'un homme dans sa situation déclare normalement.

– Et ses impôts ?

– C'est bien ce qui est le plus étrange. Il semble qu'il déclare tout. Il n'y a pas la moindre preuve de dissimulation.

– Vous n'avez pas l'air d'y croire, cependant.

– Voyons, commissaire, dit-elle en lui adressant un nouveau regard de reproche, quoique moins féroce que le premier. Comme si vous ne saviez pas que personne ne dit la vérité au fisc ! C'est cela qui est étrange. S'il déclare tout ce qu'il gagne, c'est qu'il a une autre source de revenus telle que ses gains officiels sont ridicules à côté et qu'il peut se permettre de les déclarer intégralement. »

Brunetti réfléchit quelques instants. Les lois fiscales étant ce qu'elles étaient, il n'y avait pas d'autre interprétation possible. « Votre ordinateur vous donne-t-il des indications sur les origines possibles de cette autre source de revenus ?

– Non, mais il m'a appris qu'il était président de la *Lega della Moralità*. Il semblerait donc logique de commencer par chercher là.

– Pouvez-vous, dit-il, continuant à la voussoyer et avec un signe de tête vers l'écran, voir ce que vous pouvez trouver sur la *Lega* ?

– Oh, j'ai déjà commencé, commissaire. Mais jusqu'ici, j'ai eu encore plus de mal avec la *Lega della Moralità* qu'avec les déclarations fiscales de Tito Burrasca.

– Je ne doute pas que vous allez triompher de tous ces obstacles, Signorina. »

Elle inclina la tête, acceptant cet hommage comme s'il était mérité. Brunetti, lui, se décida à poser la question qui le démangeait. « Comment se fait-il que vous sachiez si bien utiliser le réseau d'ordinateurs ?

– Lequel ? demanda-t-elle en levant les yeux.

– Le réseau financier.

– C'était ma spécialité, dans mon emploi précédent. » Elle revint à son écran.

« Et auprès de qui, si je puis me permettre cette question ? » Il pensait à une compagnie d'assurances, ou peut-être à un cabinet d'expert-comptable.

« Pour la Banca d'Italia », répondit-elle, se tournant à nouveau vers lui.

Il leva les sourcils et elle vit son expression. « J'étais l'assistante du président. »

Nul besoin d'être banquier ou mathématicien pour se faire une idée de la baisse de salaire que cela impliquait. De plus, pour la plupart des Italiens, un poste à la banque nationale représente la sécurité absolue ; certains attendaient pendant des années avant de pouvoir faire partie du personnel d'une banque, de n'importe quelle banque, et la Banca d'Italia était sans aucun doute la plus recherchée. Et elle travaillait maintenant comme secrétaire dans la police ? Même avec des fleurs livrées deux fois par semaine par Fantin, cela n'avait aucun sens. Étant donné en outre qu'elle travaillait non seulement pour la police, mais pour Patta en personne, cela paraissait relever d'un acte de pure folie.

« Je vois, dit-il, bien que ce ne fût pas le cas. J'espère que vous vous plairez ici.

– Je n'en doute pas, commissaire, répondit la Signorina Elettra. D'autres informations que vous aimeriez avoir ?

– Non, pas pour le moment, merci », dit Brunetti qui la quitta pour regagner son bureau. Utilisant la ligne centrale, il composa le numéro de l'hôtel de Bolzano et demanda à parler à la Signora Brunetti.

La Signora Brunetti, lui répondit-on, était sortie se promener, et on ne l'attendait pas à l'hôtel avant le dîner. Il ne laissa pas de message, mis à part son nom, et raccrocha.

Le téléphone sonna aussitôt. C'était Padovani, qui l'appelait de Rome ; il s'excusa de ne pouvoir lui en apprendre davantage sur Santomauro. Il avait appelé des amis, à Rome et à Venise, mais tout le monde paraissait être en vacances et il avait dû se résoudre à laisser des messages sur toute une série de répondeurs, demandant à ses correspondant de rappeler sans cependant leur dire à quel sujet. Brunetti le remercia et lui demanda de le contacter si jamais il avait du nouveau.

Ayant de nouveau raccroché, il se mit à fouiller dans les papiers accumulés sur son bureau jusqu'à ce qu'il ait trouvé ce qu'il voulait, le rapport de l'autopsie pratiquée sur Mascari, qu'il relut attentivement. C'est à la quatrième page qu'il trouva ce qu'il cherchait. « Égratignures et petites coupures sur les jambes, pas de traces apparentes de saignement. Égratignures certainement dues aux » – et là le médecin légiste avait cru bon de faire son numéro en donnant le nom latin des herbes coupantes au milieu desquelles on avait retrouvé Mascari.

Les morts ne peuvent saigner ; il n'y a aucune pression sanguine qui repousse le sang par la plaie. C'est l'une des choses que Brunetti avait apprises en médecine légale. Si, effectivement, ces égratignures étaient le fait des herbes au riche nom latin qu'il répéta à voix haute, il était normal qu'elles n'aient pas saigné, car Mascari était mort lorsqu'on avait jeté son cadavre sous les buissons. Cependant, si quelqu'un d'autre lui avait rasé les jambes après sa mort, elles n'auraient pas saigné non plus en cas de coupures.

Brunetti ne s'était jamais rasé une autre partie du corps que le visage ; il avait néanmoins vu Paola, pendant des années, se livrer à cet exercice avec un rasoir sur ses mollets, ses chevilles et ses genoux. Et bien des fois, il l'avait entendue grommeler des imprécations et vue sortir de la salle de bains avec un petit bout de papier hygiénique collé à la peau de l'une de ses jambes. Paola s'était toujours rasé les jambes, à sa connaissance ; elle se coupait encore en le faisant. Il semblait peu probable qu'un quadragénaire de sexe masculin puisse y parvenir avec davantage de réussite. Il avait en outre tendance à croire que, jusqu'à un certain degré, la vie des couples se ressemblait. C'est ainsi que si Brunetti avait soudain décidé de se raser les jambes, Paola l'aurait immédiatement remarqué. Il lui semblait peu probable que Mascari ait pu le faire sans que sa femme s'en rende compte, même s'il ne l'appelait pas quand il partait en voyage d'affaires.

Il consulta de nouveau le rapport d'autopsie : « Pas de traces apparentes de saignement sur les jambes de la victime. » Non, en dépit de la robe rouge et des chaussures assorties, en dépit du maquillage et des sous-vêtements, le Signor Mascari ne s'était pas rasé les jambes avant de mourir. Ce qui signifiait donc que quelqu'un d'autre l'avait fait après son décès.

19

Il resta dans son bureau, espérant qu'une brise allait se lever en fin d'après-midi et lui apporter quelque soulagement, espoir qui se révéla aussi futile que celui de commencer à découvrir un rapport entre les éléments d'enquête décousus qu'il avait à sa disposition. Il était clair, à ses yeux, que toute cette histoire de travesti n'était qu'une macabre mascarade posthume destinée à détourner l'attention de ce qui avait réellement motivé l'assassinat de Mascari. Ce qui signifiait que Ravanello, la seule personne à avoir eu droit aux « confessions » du banquier, mentait et savait probablement quelque chose sur le meurtre. Mais si Brunetti n'avait pas de mal à croire que des banquiers puissent s'entre-tuer, à l'occasion, il en avait en revanche à imaginer que ce soit simplement pour accélérer une promotion.

Ravanello n'avait pas hésité à admettre qu'il s'était trouvé à la banque, le samedi ; c'était même lui qui avait spontanément donné cette information. Et comme Mascari venait tout juste d'être identifié, ses raisons d'agir étaient logiques : il avait fait tout ce qu'un véritable ami aurait fait. Et s'était comporté, de plus, en employé loyal.

Pourquoi, cependant, ne pas s'être identifié au téléphone, le samedi ? Pourquoi vouloir garder secret, même vis-à-vis d'un correspondant inconnu, le fait qu'il était à la banque cet après-midi-là ?

Le téléphone sonna et, l'esprit encore préoccupé par cette question et un peu embrumé par la chaleur, Brunetti décrocha, donnant son nom.

« Il faut que je vous parle, fit une voix d'homme. Personnellement.

– Qui êtes-vous ? demanda calmement Brunetti.

– Je préfère ne pas vous le dire.

– Alors je préfère ne pas vous parler », répliqua le policier en raccrochant aussitôt.

Réaction qui avait le don de désarçonner les gens au point qu'ils avaient le sentiment qu'il ne leur restait plus qu'à rappeler. Au bout de quelques minutes, le téléphone sonna de nouveau et Brunetti donna une fois de plus son nom.

« C'est très important, fit la voix anonyme.

– Raison pour laquelle il l'est aussi que je sache à qui je parle, dit Brunetti, le ton de voix paisible.

– Nous avons parlé, la semaine dernière.

– J'ai parlé à beaucoup de gens, la semaine dernière, Signor Crespo, mais bien rares ont été ceux qui m'ont appelé pour me dire qu'ils voulaient me voir. »

Crespo garda longtemps le silence, et Brunetti craignit un moment que ce soit au tour du jeune homme de raccrocher. Il n'en fit cependant rien. « Je voudrais vous rencontrer pour vous parler.

– C'est ce que nous faisons, Signor Crespo.

– Non, j'ai des choses à vous confier. Des photos, quelques documents.

– Quel genre de documents et de photos ?

– Vous le verrez.

– Avec quoi tout cela a-t-il un rapport, Signor Crespo ?

– Avec Mascari. La police se trompe complètement sur son compte. »

Brunetti était d'avis que Crespo n'avait pas tort, mais trouva prudent de garder cette opinion pour lui.

« Et en quoi nous trompons-nous ?

– Je vous le dirai lorsque nous nous verrons. »

À la voix de Crespo, Brunetti se rendait compte que le jeune homme était en passe d'épuiser ses réserves de courage – ou de toute émotion l'ayant conduit à passer ce coup de fil « Où voulez-vous que nous nous rencontrions ?

– Connaissez-vous bien Mestre ?

– Très bien. » Sans compter qu'il pouvait toujours faire appel à Vianello ou à Gallo.

« Connaissez-vous le parking, de l'autre côté de la gare, après le tunnel ? »

L'un des rares endroits où l'on pouvait se garer gratuitement dans le voisinage de Venise, soit dans le parking lui-même, soit dans la rue bordée d'arbres qui conduisait dans le tunnel et de là permettait de gagner la gare et les quais des trains à destination de Venise. Dix minutes en chemin de fer, pas de frais de stationnement, pas besoin de faire la queue pour se débarrasser de sa voiture à Tronchetto.

« Oui, je le connais.

– Je vous retrouverai là-bas, cette nuit.

– À quelle heure ?

– Tard. J'ai quelque chose à faire auparavant, et je ne sais pas combien de temps il me faudra.

– À quelle heure ?

– J'y serai à une heure du matin.

– Où vous tiendrez-vous ?

– En sortant du tunnel, descendez la rue et tournez dans la première à gauche. Je serai garé sur le côté droit, dans une Panda bleue.

– Pourquoi m'avoir parlé du parking, alors ?

– Pour rien. Je voulais simplement savoir si vous connaissiez l'endroit. Je ne tiens pas à m'y trouver. C'est trop éclairé.

– Très bien, Signor Crespo, je viendrai.

– Parfait », répondit le jeune homme, raccrochant avant que Brunetti puisse ajouter autre chose.

Bon, se dit Brunetti, qui a bien pu pousser Crespo à donner ce coup de téléphone ? Pas un instant, le policier n'avait cru que c'était une initiative du jeune homme – un personnage comme Crespo n'aurait jamais rappelé –, mais cela ne diminuait en rien son envie de savoir quelle était la véritable raison de cet appel. L'hypothèse la plus vraisemblable était que quelqu'un souhaitait le menacer, ou bien peut-être pire, et quel meilleur moyen d'y parvenir que de l'attirer dans une rue déserte de Mestre à une heure du matin ?

Il appela la questure de Mestre et demanda à parler au sergent Gallo ; à sa grande déception, on lui apprit que ce dernier était en mission à Milan pour quelques jours, pour témoigner devant un tribunal. Voulait-il qu'on lui passe le sergent Buffo, qui s'occupait des affaires traitées par le sergent Gallo ? Brunetti répondit que non et raccrocha.

Il appela alors Vianello et lui demanda de monter à son bureau. Il raconta au sergent ce qui venait de se passer dès que celui-ci fut assis, lui demandant ensuite ce qu'il en pensait.

« J'aurais tendance à dire qu'il y a quelqu'un qui cherche à vous faire sortir de Venise pour que vous vous baladiez dans un endroit découvert, sans protection efficace. Et que s'il y a besoin de protection, il faut que ce soient les nôtres qui l'assurent.

– Quels moyens vont-ils utiliser, à ton avis ?

– Il pourrait s'agir d'un type dans une voiture, mais ils vont bien se douter que nous aurons des gens sur place. Il pourrait aussi s'agir d'un véhicule ou d'une moto qui passerait, soit pour vous écraser, soit pour vous abattre.

– Une bombe ? » demanda Brunetti, frissonnant involontairement au souvenir de certaines photos – des voitures de politiciens ou déjuges ayant explosé.

« Non, je ne crois pas que vous soyez important à ce point », répondit Vianello. Maigre consolation, mais consolation tout de même.

« Merci. Partons de l'idée qu'on me tirera dessus depuis une voiture en marche.

– Dans ce cas, que devons-nous faire ?

– J'aimerais avoir des gens dans au moins deux maisons, aux deux bouts de la rue. Et si tu trouves un volontaire, quelqu'un assis à l'arrière d'une voiture. Ce sera infernal d'attendre dans un véhicule fermé, par cette chaleur. Cela fait déjà trois. Je ne crois pas pouvoir en obtenir davantage.

– Je ne me vois pas poireauter à l'arrière d'une voiture et je n'ai pas plus envie de faire le guet depuis une maison. En revanche, je pourrais me garer au coin de la rue, si je peux convaincre une de nos femmes policiers de flirter avec moi pendant un moment.

– La Signorina Elettra se portera peut-être volontaire », observa Brunetti avec un éclat de rire.

Vianello répondit d'un ton sec, le plus sec qu'il ait jamais employé. « Je ne plaisante pas, commissaire. Je connais la rue. Ma tante de Trévise y laisse toujours sa voiture quand elle vient nous rendre visite, et je la raccompagne toujours. J'y ai souvent vu des couples, si bien qu'un de plus ne se remarquera pas. »

Brunetti mourait d'envie de lui demander ce qu'en penserait Nadia, mais préféra s'en abstenir. « Entendu. Mais elle doit se porter volontaire. Il se peut qu'il y ait du danger, et l'idée d'impliquer une femme ne me plaît pas beaucoup. » Et Brunetti ajouta, avant que Vianello ait pu soulever une objection : « Même si elle est officier de police. »

Le sergent leva-t-il ou non les yeux au ciel ? Brunetti n'en était pas sûr et ne chercha pas à le savoir.

« Vous devez être sur place à une heure ?

– Oui.

201

– Il n'y a plus de trains, à cette heure. Il faudra prendre un bus et aller à pied de la gare à la rue en passant par le tunnel.

– Et comment rentrerons-nous à Venise ?

– Dépendra de ce qui va arriver, je suppose.

– Oui, évidemment.

– Je vais voir si je peux trouver une volontaire pour attendre avec moi dans la voiture, dit Vianello.

– Qui est de service de nuit, cette semaine ?

– Riverre et Alvise.

– Ah… » dit simplement Brunetti. Mais ce « Ah » en disant très long.

« C'est leur tour.

– Le mieux est de les mettre dans les maisons, je crois. » Aucun des deux hommes ne voulut dire tout haut que si on les mettait à l'arrière d'une voiture, ils avaient toutes les chances de s'endormir. Cette possibilité existait aussi s'ils se retrouvaient dans une maison, bien entendu, mais on pouvait espérer que les propriétaires se montreraient suffisamment curieux pour les tenir éveillés.

« Et les autres ? Crois-tu que tu va trouver des volontaires ?

– Il ne devrait pas y avoir de problèmes, l'assura Vianello. Rallo va vouloir venir, et je vais demander à Maria Nardi, pour la voiture. Son mari est à Milan pour une semaine, dans le cadre d'un programme de formation, alors elle aura peut-être envie de venir. En plus, ce sera payé en heures supplémentaires, n'est-ce pas ? »

Brunetti acquiesça. « Dis-lui bien, Vianello, qu'il peut y avoir du danger.

– Du danger ? À Mestre ? » fit le sergent, éclatant de rire. « On prend une radio ?

– Non, ce n'est pas la peine, avec quatre hommes à proximité.

– Oui, ou au moins deux, le corrigea Vianello, évitant

ainsi au commissaire la gêne d'avoir à dire des choses désagréables sur des subordonnés.

« Si nous devons y passer la nuit, je suppose que nous avons le droit d'aller nous reposer un moment chez nous avant, dit Brunetti en consultant sa montre.

– Alors on se retrouvera là-bas, monsieur », répondit le sergent en se levant.

Il n'y avait en effet pas de train pour se rendre à Mestre à cette heure tardive, et Brunetti dut prendre le bus de la ligne 1. Il fut le seul passager à descendre en face de la gare.

Il grimpa les marches qui donnaient accès au bâtiment, puis redescendit pour gagner le tunnel qui passait sous les voies. Il en émergea pour se retrouver dans une rue tranquille, bordée d'arbres, donnant sur un parking bien éclairé rempli de voitures garées là pour la nuit. D'autres véhicules s'alignaient le long des trottoirs de la rue ; les quelques lampadaires laissaient filtrer une lumière incertaine entre les branches. Brunetti resta sur le côté droit, où les arbres étaient moins nombreux et, par conséquent, l'éclairage meilleur. Il s'avança jusqu'au premier angle de rue, où il s'arrêta, regardant autour de lui. À quatre voitures du carrefour, de l'autre côté de la voie, il vit un couple qui s'étreignait avec beaucoup de conviction ; mais la silhouette de la femme empêchait de distinguer la tête de l'homme, si bien qu'il n'aurait pu dire si c'était Vianello ou quelque autre homme marié qui volait un peu de bon temps.

Il regarda alors vers la rue à sa gauche, étudiant les maisons qui la bordaient. À quelque distance, la lumière grise d'un poste de télévision filtrait d'une fenêtre, au rez-de-chaussée de l'une d'elle ; le reste était plongé dans l'obscurité. Riverre et Alvise devaient être à la fenêtre de deux de ces maisons, mais il préféra ne pas regarder dans leur direction, craignant qu'ils ne considèrent cela comme un signal et ne se précipitent à son aide.

Il s'engagea dans la rue, cherchant des yeux une Panda bleue, sur le côté droit. Il remonta ainsi jusqu'au bout de l'artère sans trouver de véhicule correspondant à cette description, fit demi-tour et revint sur ses pas. Toujours rien. Il remarqua, à l'angle, une poubelle de grande taille et traversa la rue – il avait une fois de plus pensé aux photos de ce qui restait de la voiture du juge Falcone. Une auto s'engagea dans la rue, venant du rond-point, et ralentit. Elle se dirigeait vers lui. Le commissaire alla se mettre à l'abri de voitures garées, mais l'intrus continua jusque dans le parking, descendit, verrouilla ses portes et disparut par le tunnel en direction de la gare.

Au bout de dix minutes, Brunetti parcourut de nouveau la rue, étudiant au passage chacune des voitures garées. Il vit une couverture à l'arrière de l'une d'elle et ressentit une bouffée de sympathie pour le malheureux qui, par cette chaleur, se dissimulait dessous.

Une demi-heure passa ainsi ; Brunetti conclut que Crespo n'allait pas venir. Il retourna au croisement et s'approcha de la voiture dans laquelle le couple, sur le siège avant, continuait à se lutiner. Le commissaire frappa du doigt contre la carrosserie ; Vianello s'écarta d'une Maria Nardi empourprée et descendit de voiture.

« Toujours rien, dit Brunetti en consultant sa montre, et il est bientôt deux heures.

– Bon, répondit Vianello avec une note de déception parfaitement audible dans la voix, rentrons. » Il passa une tête à l'intérieur du véhicule. « Appelle Riverre et Alvise, Maria, et dis-leur de nous suivre.

– Et l'homme dans la voiture ? demanda Brunetti.

– C'est avec lui que Riverre et Alvise vont repartir. Ils n'ont qu'à sortir et le rejoindre. »

Maria Nardi, dans le véhicule, parla à la radio, expliquant à ses deux collègues que personne ne s'était montré et que tout le monde retournait à Venise. Puis elle se tourna vers Vianello. « Tout va bien, sergent. Ils seront là dans quelques minutes. » Sur quoi elle descendit de voiture et ouvrit la porte arrière.

– Non, reste devant, Maria, dit Brunetti. Je m'assiérai à l'arrière.

– Non, commissaire, je vous en prie. En plus, ajouta-t-elle avec un sourire craintif, j'aime autant profiter de l'occasion pour mettre une certaine distance entre le sergent Vianello et moi. » Sur quoi elle s'installa à l'arrière et referma la portière.

Brunetti échangea un regard avec Vianello par-dessus le toit de la voiture ; le sergent eut un sourire rien moins qu'embarrassé. Lorsqu'ils furent installés, Vianello tourna la clef de contact, le moteur démarra et un petit signal sonore retentit.

« Qu'est-ce que c'est ? » demanda Brunetti. Pour lui, comme pour bon nombre de Vénitiens, une automobile était un engin venu d'une autre planète.

« L'indicateur, quand les ceintures de sécurité ne sont pas attachées », répondit Vianello, qui tira la sienne et l'enclencha dans son logement, près du levier de vitesse.

Brunetti ne fit rien, et le signal sonore continua de bourdonner.

« Tu ne peux pas nous couper ça, Vianello ?

– Il va s'arrêter tout seul lorsque vous vous serez attaché. »

Le commissaire grommela quelque chose sur le fait qu'il n'aimait pas se faire dire par des machines ce qu'il avait à faire, mais s'attacha néanmoins, puis marmonna encore, disant que tout ceci était du même tonneau que les absurdités écologiques que défendait le sergent. Faisant semblant de ne pas avoir entendu, Vianello démarra. À l'extrémité de la rue, ils attendirent une minute ou deux l'arrivée du deuxième véhicule. Riverre était au volant, Alvise à côté de lui ; à l'arrière, on distinguait une troisième silhouette, la tête dodelinant contre le dossier.

Les rues étaient pratiquement désertes, à cette heure, et ils se retrouvèrent rapidement sur la route qui conduisait au Ponte della Libertà.

« D'après vous, qu'est-ce qui a pu se passer ? demanda Vianello.

– J'avais supposé qu'il s'agissait plus ou moins d'une mise en scène pour me faire peur, mais je me suis peut-être trompé et il est possible que Crespo ait réellement voulu me voir.

– Qu'allez-vous faire ?

– J'irai chez lui dès demain pour savoir ce qui l'a empêché de venir cette nuit. »

Ils s'engagèrent sur le pont ; devant eux, ils voyaient déjà les lumières de Venise. Les eaux noires, immobiles, s'étendaient de part et d'autre de la chaussée, piquetées, à gauche, des lumières lointaines de Murano et de Burano. Vianello accéléra, pressé de déposer la voiture au garage et de rentrer chez lui. Ils se sentaient tous fatigués, abattus. Le deuxième véhicule, qui les suivait de près, passa brusquement sur la voie centrale et Riverre les doubla, tandis qu'Alvise se penchait par la fenêtre et les saluait joyeusement.

Un instant plus tard, Maria Nardi se pencha vers Vianello, lui posa la main sur l'épaule et commença à parler. « Sergent… » dit-elle – mais elle n'alla pas plus loin. Son regard avait été attiré par le rétroviseur, dans lequel venaient brusquement d'apparaître deux phares éblouissants. Ses doigts se contractèrent sur l'épaule de Vianello et elle n'eut que le temps de crier, « Attention ! » avant que le véhicule ne déboîte, les dépasse légèrement et ne vienne heurter, très délibérément, leur pare-chocs avant. La force de l'impact les précipita vers la droite et la voiture banalisée heurta violemment la glissière métallique du pont.

Vianello donna un coup de volant à gauche, mais il avait réagi trop lentement et l'arrière du véhicule fit une embardée sur la gauche qui les ramena au centre de la route. Une nouvelle voiture, arrivant derrière eux à une vitesse folle, réussit à les dépasser par la droite dans l'espace qui venait de se ménager, puis ce fut la glissière de gauche, cette fois-ci, que le véhicule de police vint heurter. Ils rebondirent dessus, décrivirent un demi-tête-à-queue et vinrent s'immobiliser au beau milieu de la chaussée, face à la direction de Mestre.

Sonné, ne sachant même pas s'il était blessé ou non, Brunetti regarda par le pare-brise transformé en verre cathédrale ; il ne vit que la réfraction des phares qui fonçaient sur eux. Une paire passa à fond de train à leur droite, puis une deuxième. Il tourna la tête et vit Vianello courbé en avant, retenu par sa ceinture. Brunetti détacha la sienne, changea de position et prit le sergent par l'épaule. « Ça va, Lorenzo ? »

L'homme ouvrit les yeux et se tourna vers Brunetti. « Je crois. » Brunetti détacha alors la ceinture du conducteur ; Vianello resta droit.

« Vite, reprit le commissaire en prenant la poignée, de son côté. Descendons de là avant qu'un de ces cinglés nous rentre dedans. » Il eut un geste vers ce qui restait du pare-brise et les phares qui continuaient d'approcher, venant de Mestre.

« Attendez, je vais appeler Riverre, proposa Vianello, se penchant pour décrocher le micro.

– Non, ce n'est pas la peine. Des voitures nous ont déjà dépassés ; elles vont avertir les carabiniers de Piazzale Roma. » Comme pour confirmer ses paroles, il entendit le hululement d'une sirène en provenance de l'autre extrémité du pont, puis aperçut les éclairs bleus d'un gyrophare ; les carabiniers arrivaient à toute allure par l'autre voie du pont.

Brunetti descendit et se pencha pour ouvrir la portière arrière. La nouvelle recrue Maria Nardi gisait allongée sur le siège, le cou plié selon un angle qui n'avait rien de naturel.

20

Les suites – prévisibles – de l'incident furent déprimantes. Ni l'un ni l'autre n'avait remarqué quoi que ce soit sur la voiture qui les avait heurtés, pas même la couleur ou la taille approximative, même si on pouvait supposer qu'il s'agissait d'un gros modèle, pour les avoir aussi violemment projetés contre la glissière. Aucun autre véhicule ne s'était trouvé suffisamment près pour avoir vu ce qui s'était passé ; en tout cas personne n'était venu apporter son témoignage à la police. Il était clair qu'après les avoir heurtés, l'automobile avait continué jusqu'à la Piazzale Roma, fait demi-tour, et était repartie à toute allure vers le continent avant même que les carabiniers aient été alertés.

On constata que l'officier de police stagiaire Maria Nardi était morte sur le coup ; on transporta le corps à l'hôpital pour une autopsie qui ne pourrait que confirmer ce diagnostic, manifeste à voir l'angle que faisait le cou par rapport à la tête.

« Elle n'avait que vingt-trois ans, dit Vianello, évitant le regard de Brunetti. Ils étaient mariés depuis six mois. Son mari suivait une formation aux ordinateurs, quelque chose comme ça. Elle n'a pas arrêté d'en parler, dans la voiture, de me dire à quel point Franco lui manquait, combien il lui tardait qu'il revienne à la maison. On est resté assis comme ça pendant une heure, face à face, et elle n'a fait que me parler de Franco. Ce n'était qu'une gosse. »

Brunetti ne trouva rien à répondre.

« Si je l'avais obligée à mettre sa ceinture, elle serait encore en vie.

– Arrête ça, Lorenzo », dit Brunetti, la voix dure, mais sans colère. Ils étaient à la questure, dans le bureau de Vianello, attendant que leur rapport soit tapé à la machine pour pouvoir le signer et rentrer chez eux. « On peut continuer toute la nuit sur ce mode. Je n'aurais pas dû aller à ce rendez-vous avec Crespo. J'aurais dû me rendre compte que c'était trop facile, j'aurais dû avoir des soupçons, en voyant qu'il ne se passait rien à Mestre. Et on va finir par dire qu'on aurait dû se déplacer dans des blindés. »

Vianello, assis à côté de son bureau, avait le regard perdu dans le vague. La grosse bosse qui ornait sa tempe gauche commençait à prendre des nuances violacées. « Toujours est-il que nous avons fait ce que nous avons fait, et pas fait ce que nous n'avons pas fait, et n'empêche, elle est morte », observa le sergent d'une voix creuse.

Brunetti se pencha et toucha son subordonné au bras. « Nous ne l'avons pas tuée, Lorenzo. C'est l'homme ou les hommes dans l'autre voiture qui l'ont fait. La seule chose que nous puissions faire, c'est essayer de leur mettre la main dessus.

– Ce n'est pas ça qui va la ramener à la vie, hein ? fit Vianello avec amertume.

– Plus rien ne peut rendre Maria Nardi à la vie, Lorenzo. Toi et moi, nous le savons. Mais je tiens à avoir ces types, dans la voiture. Et celui qui les a envoyés. »

Vianello acquiesça, mais il n'avait rien à répondre à cela. « Et son mari ? demanda-t-il.

– Oui ?

– Allez-vous l'appeler ? » Il y avait autre chose que de la curiosité dans la voix du sergent. « Moi, je ne pourrais pas.

– Où est-il ?

– À l'hôtel Impero, à Milan.

– Je l'appellerai demain matin. Il ne sert à rien de l'avertir tout de suite, et d'ajouter quelques heures de plus à ses souffrances. »

Un policier en tenue se présenta avec les originaux et deux photocopies de leurs deux dépositions. Ils les lurent patiemment, signèrent tous les exemplaires et lorsque le policier fut reparti avec, Brunetti se leva. « Il est temps de rentrer à la maison, Lorenzo. Il est quatre heures passées. As-tu appelé Nadia ? »

Le sergent acquiesça. Il l'avait prévenue de la questure, dès leur arrivée. « C'était le seul emploi qu'elle avait trouvé. Son père était lui-même dans la police, et je suppose qu'il a dû faire jouer ses relations... Savez-vous ce qu'elle aurait aimé vraiment faire, commissaire ?

– Je ne veux pas en parler, Lorenzo.

– Savez-vous ce qu'elle voulait vraiment faire ?

– Lorenzo, dit Brunetti à voix basse, le mettant en garde.

– Être institutrice. Comme elle savait qu'il n'y avait pas de poste, elle est entrée dans la police. »

Pendant cet échange, ils avaient lentement descendu l'escalier ; ils traversaient à présent le hall, en direction des doubles portes. Le policier de garde salua Brunetti au passage. Au moment où les deux hommes sortaient de la questure, leur parvint le chœur presque assourdissant des oiseaux qui saluaient l'aube depuis les arbres de la place San Lorenzo, de l'autre côté du canal. Ce n'était plus l'obscurité totale de la nuit, mais la lumière n'était encore qu'à peine plus qu'une promesse, de celles qui transforment l'opacité absolue du monde en une infinité de possibilités.

Ils se tinrent au bord du canal, tournés vers les frondaisons, l'œil attiré par ce que percevaient leurs oreilles.

Ils avaient tous les deux les mains dans les poches et éprouvaient cette brusque sensation de fraîcheur qui précède l'aube.

« Ce sont des choses qui ne devraient jamais arriver », remarqua Vianello. Puis, partant sur la droite, en direction de son domicile, il ajouta, « *Arrivederci*, commissaire », avant de s'éloigner.

Brunetti prit une destination opposée, celle du Rialto et des rues qui allaient le ramener chez lui. Ils l'avaient tuée comme on se débarrasse d'une mouche, tenté de l'assassiner, lui, et à la place pris la vie de la jeune femme sans y penser. Comme ça. L'instant d'avant, ce n'était qu'une jeune femme penchée vers un ami pour lui confier quelque chose, après avoir placé une main légère, affectueuse et confiante sur son épaule, ouvrant la bouche pour parler. Qu'avait-elle voulu dire ? Une plaisanterie ? Qu'elle n'avait fait que blaguer lorsqu'elle avait joué les offusquées, avant de repartir de Mestre ? Ou bien quelque chose à propos de Franco, une dernière pensée pour celui qui lui manquait tant ? Personne ne le saurait jamais. Cette pensée fugitive s'était évanouie avec elle.

Il allait appeler Franco, mais pas encore. Que le jeune homme connaisse une dernière nuit de sommeil paisible, avant les grandes douleurs. Brunetti se savait incapable de lui raconter la dernière heure de Maria. De lui parler de la planque, de Vianello, de l'accident. Plus tard, il lui expliquerait tout cela, quand le jeune homme serait en état de l'entendre, après les moments d'indicible douleur.

Arrivé au Rialto, il vit un vaporetto qui arrivait sur sa gauche et s'approchait de l'arrêt. Ce fut la coïncidence qui le décida. Il accéléra le pas jusqu'au ponton, monta sur le bateau et descendit à la gare, où il prit le premier train en partance pour le continent. Gallo, il le savait, ne serait pas à la questure. Il héla un taxi à la gare de Mestre et lui donna l'adresse de Crespo.

Le jour s'était levé sans qu'il y ait fait attention, accompagné de la chaleur, encore pire ici, peut-être, dans cette ville toute de béton et macadam, toute de rues et immeubles élevés. Ce fut presque avec gratitude qu'il accueillit l'inconfort croissant de la température et de l'humidité de l'air ; elles le distrayaient de ce qu'il avait vu cette nuit et de ce qu'il craignait de trouver en arrivant chez Crespo.

L'ascenseur avait toujours l'air conditionné – déjà indispensable à cette heure matinale. Il appuya sur le bouton et la cabine s'éleva rapidement et en silence jusqu'au septième étage. Il sonna à la porte de Crespo mais, cette fois, personne ne répondit. Il sonna encore, à plusieurs reprises, laissant son doigt sur la sonnette pendant de longues secondes. Aucun bruit de pas, pas de voix, rien ne trahissant une présence.

De son portefeuille, il sortit une mince pièce métallique. Vianello avait passé tout un après-midi, une fois, à lui enseigner cette technique ; il n'avait pas été le plus doué des élèves, mais il ne lui fallut néanmoins que quelques secondes pour venir à bout de la porte. Il franchit le seuil en appelant : « Signor Crespo ? Votre porte est ouverte. Êtes-vous ici ? Signor Crespo ? » Autant prendre des précautions.

Personne dans le séjour. La cuisine, d'une propreté impeccable, resplendissait. Il trouva le jeune homme dans la chambre, sur le lit, en pyjama de soie jaune. Étranglé par un cordon téléphonique, son visage boursouflé, horrible, réduit à une caricature monstrueuse de son ancienne beauté.

Brunetti ne prit pas la peine de regarder autour de lui ou d'examiner la pièce ; il alla directement à l'appartement voisin et frappa à la porte, jusqu'à ce qu'un homme à demi-endormi, furieux, lui ouvre et commence à l'injurier. Le temps que l'équipe du labo de Mestre arrive, Brunetti eut le temps d'appeler aussi le mari de

Maria Nardi à Milan et de lui dire ce qui était arrivé. Contrairement au voisin de Crespo, Franco Nardi ne cria pas ; Brunetti se demanda si ce n'était pas encore pire.

De retour à la questure de Mestre, le commissaire trouva Gallo, qui venait tout juste d'arriver. Il lui raconta les derniers événements et lui confia le soin de fouiller l'appartement de Crespo et de faire procéder à l'autopsie, expliquant qu'il lui fallait retourner à Venise le plus tôt possible et lui demandant une voiture. Il ne dit pas au sergent que c'était pour assister à l'enterrement de Mascari ; l'atmosphère était déjà suffisamment macabre ainsi.

Alors qu'il revenait vers Venise après avoir quitté un lieu de mort violente pour être présent aux conséquences d'un décès semblable, il ne put s'empêcher de sentir son cœur bondir à la vue des clochers et des façades pastels qui s'étalaient devant lui depuis la voie sur la digue, à travers le pare-brise. Il savait bien que la beauté ne changeait rien et que le réconfort qu'elle pouvait offrir n'était sans doute qu'illusion, mais cette illusion, cependant, lui fit du bien.

Les funérailles furent déplorables ; des gens, manifestement choqués par les circonstances de la mort de Mascari, prononcèrent des paroles creuses, disant des choses qu'ils n'arrivaient pas à faire semblant de penser. La veuve resta assise, rigide, l'œil sec, pendant toute la cérémonie, et quitta l'église derrière le cercueil, silencieuse, solitaire.

Le parfum de scandale qui entourait la mort de Crespo eut, comme on ne pouvait que trop s'y attendre, le don de rendre fous les journaux. Le premier article parut dans l'édition du soir de *La Notte*, canard très porté sur les manchettes en rouge et les formules à l'indicatif présent. On y décrivait Crespo comme un « courtisan travesti ». On y donnait sa biographie, en insistant longuement sur le fait qu'il avait travaillé comme danseur dans une discothèque *gay* de Vicence – alors qu'il n'y était même pas resté une semaine. L'auteur de l'article faisait évidemment le lien avec le meurtre de Leonardo Mascari, une semaine auparavant, et laissait entendre que l'appartenance des victimes à un même milieu pouvait laisser supposer que le coupable était le même et exerçait une sorte de vengeance mortelle vis-à-vis de travestis ; il ne semblait pas considérer nécessaire d'expliquer les raisons du meurtrier.

Les journaux du matin reprirent cette hypothèse. Le *Gazzettino* rappela que plus de dix prostitués hommes et femmes avaient été tués dans la seule province de Pordenone au cours des quelques dernières années, et tentait de faire le lien entre ces crimes et le meurtre des deux travestis. *Il Manifesto* consacrait deux colonnes à l'affaire en page quatre, le journaliste en profitant pour parler de Crespo comme « l'un de ces nombreux parasites qui s'agrippent au corps en décomposition de la société bourgeoise italienne ».

Dans sa description savante du crime, *Il Corriere della Sera* ne s'étendit guère sur le meurtre d'un prostitué insignifiant pour s'intéresser plus longuement à celui d'un banquier vénitien bien connu. L'article citait des « sources locales » qui auraient parlé de la « double vie » que menait Mascari, laquelle aurait été bien connue dans certains quartiers. Sa mort, en somme, n'était que la conséquence inévitable de la « spirale du vice » dans laquelle sa faiblesse l'avait laissé s'engouffrer.

Intéressé par les révélations de ces « sources », Brunetti appela le bureau romain de ce journal et demanda à parler à l'auteur de l'article. Celui-ci, lorsqu'il comprit que Brunetti était un officier de police cherchant à connaître l'identité de ses informateurs, déclara qu'il n'avait pas la liberté de révéler ses sources, que la confiance qui devait exister entre un journaliste et ceux qui lui parlaient comme ceux qui le lisaient, devait être la fois implicite et totale. Qui plus était, faire une telle révélation revenait à se moquer des principes les plus élevés de sa profession. Il fallut au bas mot trois minutes à Brunetti pour comprendre que le personnage était sérieux et croyait tout à fait à ce qu'il disait.

« Depuis combien de temps travaillez-vous au journal ? » l'interrompit brusquement le policier.

Surpris d'être coupé au beau milieu de son couplet sur les grands principes, les buts et les idéaux du journalisme, le reporter garda un instant de silence avant de répondre : « Depuis quatre mois. Pourquoi ?

– Pouvez-vous me repasser le standard, ou dois-je recomposer le numéro ?

– Je peux vous transférer. Mais pourquoi ?

– J'aimerais parler à votre rédacteur en chef. »

La voix de l'homme devint incertaine, puis soupçonneuse, devant ce qui lui apparaissait comme la première manifestation de duplicité et de tentative d'arrangement en douce de la part d'un représentant de l'État. « Je tiens à vous avertir, commissaire, que toute tentative de faire interdire ou de remettre en question les faits que j'ai révélés dans mon enquête sera immédiatement portée à la connaissance des lecteurs. J'ai l'impression que vous ne vous êtes pas rendu compte qu'une nouvelle ère avait commencé, en Italie et que la volonté de savoir des gens ne peut – » Brunetti appuya sur le bouton de son poste et, lorsqu'il eut de nouveau le signal, composa à nouveau le numéro du journal. On avait beau être à la questure, il n'était pas question de faire payer ce genre de communications longue distance aux contribuables, surtout pour entendre de telles âneries.

Lorsqu'il obtint finalement le rédacteur en chef des faits divers, il se trouva qu'il s'agissait de Giulio Testa, quelqu'un que Brunetti avait jadis connu, quand tous les deux se trouvaient en exil à Naples.

« Giulio, c'est Guido Brunetti !

– Ciao, Guido. J'avais entendu dire que tu étais retourné à Venise.

– En effet. C'est la raison de mon appel. Un de tes journalistes (Brunetti regarda la signature de l'article et la lut voix haute), Lino Cavalierre, a publié un papier, ce matin, sur le travesti qui a été assassiné à Mestre.

– Oui, j'ai vu ça la nuit dernière. Qu'est-ce qui se passe ?

– Il est question de *sources locales* qui prétendraient que l'autre, Mascari, celui qui a été assassiné la semaine dernière, aurait été bien connu dans certains milieux comme menant une *double vie.* » Brunetti marqua un temps d'arrêt et répéta l'expression. « *Double vie…* jolie formule, non, Giulio ?

– Oh, bon Dieu, il a écrit ça ?

– Noir sur blanc, Giulio. *Sources locales, double vie.*

– J'aurai sa peau, à ce merdeux ! » s'exclama Testa dans le combiné – se répétant la formule en aparté.

« Cela signifie-t-il qu'il n'y a pas de sources locales ?

– Aucune ! Il a reçu un coup de fil anonyme d'un homme qui affirmait avoir été un client de Mascari. Un habitué, je ne sais plus le mot qu'il a employé.

– Et qu'a-t-il dit ?

– Qu'il connaissait Mascari depuis des années, qu'il l'avait mis en garde contre certaines choses qu'il faisait, certains des clients qu'il avait. Que tout ça était un secret de polichinelle, dans le coin.

– Cet homme avait presque cinquante ans, Giulio !

– Je vais le tuer, ce petit con. Crois-moi, Guido, je n'étais absolument pas au courant. Je lui ai interdit d'utiliser ces renseignements. Je vais le tuer !

– Comment peut-on être stupide à ce point ? demanda Brunetti, qui savait pourtant très bien que les raisons de la stupidité humaine sont légions.

– C'est un indécrottable crétin, répondit Testa d'une

voix fatiguée, comme si ce fait lui était rappelé à longueur de journée.

– Dans ce cas, qu'est-ce qu'il fabrique au journal ? Dire qu'il a encore la réputation d'être le meilleur du pays… » La manière dont Brunetti avait présenté les choses était fort habile ; son scepticisme personnel était évident, mais seulement sous-entendu.

« Il a épousé la fille du type qui nous achète une double page d'annonces toutes les semaines pour son magasin de meubles. Nous n'avions pas le choix. On avait commencé par le mettre aux sports, mais il a trouvé bon de manifester son étonnement lorsqu'il a appris que le football européen n'avait rien à voir avec le football américain. C'est comme cela que j'en ai hérité. » Testa se tut, et les deux hommes réfléchirent quelques instants. Brunetti se trouvait étrangement réconforté de ne pas être le seul à devoir supporter des Riverre et Alvise. Testa, manifestement, n'arrivait pas à s'y faire. Il dit seulement : « J'essaie d'obtenir son transfert à la page politique.

– Un choix parfait, Giulio. Bonne chance », répondit Brunetti, qui raccrocha après avoir remercié le rédacteur en chef pour ses informations.

Il avait certes soupçonné un coup fourré de ce genre, mais n'en était pas moins étonné de l'évidente maladresse avec laquelle l'affaire avait été conduite. Ce n'est que par le coup de chance le plus extraordinaire que la « source locale » avait trouvé un reporter suffisamment crédule pour rapporter les rumeurs qui couraient sur Mascari sans prendre la peine de recouper l'information. Et seul quelqu'un de particulièrement téméraire – ou de particulièrement terrorisé – pouvait avoir tenté de faire passer cette histoire, comme si elle devait empêcher la vérité de se faire jour, quant à la fiction compliquée concernant la vie de prostitution de Mascari.

L'enquête sur l'assassinat de Crespo s'était montrée jusqu'ici aussi décevante que les élucubrations de la presse. Personne, dans son immeuble, n'avait su quelle profession il exerçait ; certains le croyaient barman, d'autres portier de nuit dans un hôtel de Venise. Personne n'avait remarqué quoi que ce soit d'anormal au cours des jours précédents, ni ne se rappelait d'un incident quelconque, aussi loin qu'on remontait dans l'histoire de l'immeuble. Oui, le Signor Crespo recevait beaucoup de monde, mais il était extraverti et amical, rien de surprenant à ce qu'il ait eu beaucoup de relations, n'est-ce pas ?

L'autopsie avait donné des résultats plus clairs : mort par strangulation, le meurtrier l'ayant saisi par derrière et sans doute par surprise. Aucun signe d'activité sexuelle récente, aucune trace suspecte sous ses ongles et suffisamment d'empreintes digitales éparpillées dans l'appartement pour donner plusieurs jours de travail au labo.

Il avait tenté de joindre Bolzano deux fois ; la première, la ligne de l'hôtel était occupée, la seconde, Paola n'était pas dans sa chambre. Il décrochait le téléphone pour une troisième tentative lorsqu'on frappa à sa porte. Il lança un « *Avanti !* » et la Signorina Elettra entra, tenant un dossier qu'elle déposa sur le bureau.

« Je crois qu'il y a quelqu'un, en bas, qui veut vous voir, Dottore. » Elle remarqua son étonnement – qu'elle soit au courant et qu'elle prenne, de plus, la peine de l'avertir. Elle se hâta de s'expliquer. « J'apportais des papiers à Anita et je l'ai entendu qui parlait au gardien.

– De quoi a-t-il l'air ? »

Elle sourit. « C'est un jeune homme. Très bien habillé. » Une telle remarque, venant de la part de la Signorina Elettra, laquelle portait aujourd'hui un ensemble mauve fait d'une soie filée par des vers particulièrement talentueux, aurait-on dit, était un très grand compliment. « Et très beau garçon », ajouta-t-elle, avec un sourire qui avait l'air de suggérer combien il était regrettable que le visiteur veuille parler à Brunetti et non à elle.

« Vous pourriez peut-être aller me le chercher, » dit Brunetti, autant pour rencontrer au plus tôt cette merveille que pour donner à la Signorina Elettra un prétexte de lui parler.

Son sourire redevint celui qu'elle réservait d'ordinaire au commun des mortels et elle quitta le bureau. Elle fut de retour en quelques minutes, frappa et entra en disant : « Commissaire, ce monsieur désire vous parler. »

Elle s'écarta pour laisser entrer la personne qui la suivait ; un jeune homme effectivement, qui s'approcha du bureau de Brunetti. Ce dernier se leva et lui tendit la main. L'homme avait une poignée de main ferme, la main solide et musclée.

« Je vous en prie, asseyez-vous, Signore, dit Brunetti, qui ajouta à l'intention de la Signorina Elettra, Merci, Signorina. »

Elle adressa un vague sourire au policier, puis regarda le jeune homme avec l'expression que dut avoir Parsifal lorsqu'il vit disparaître le Saint Graal. « Oui, oui, dit-elle. Si vous avez besoin de quoi que ce soit, appelez-moi, monsieur. » Elle adressa un ultime regard au visiteur et sortit.

Brunetti se rassit et se mit à observer le jeune homme. Ses cheveux sombres et frisés, coupés courts, lui retombaient sur le front et recouvraient le haut de ses oreilles. Il avait un nez délicat, des yeux bruns largement espacés et presque noirs, par contraste avec la pâleur de sa peau. Il portait un costume gris anthracite et une cravate bleue au nœud parfait. Il soutint quelques instants le regard de Brunetti, puis sourit, exhibant des dents parfaites. « Vous ne me reconnaissez pas, Dottore ?

– Non, j'en ai bien peur.

– Nous nous sommes rencontrés la semaine dernière, commissaire. Les circonstances étaient bien différentes. »

Brunetti se souvint soudain de la perruque rousse exubérante, des chaussures à talons hauts. « Signor Canale… Non, je ne vous ai pas reconnu. Je vous prie de m'excuser. »

Le jeune homme eut un nouveau sourire. « En réalité, je suis ravi que vous ne m'ayez pas reconnu. Cela signifie que celui que je suis, professionnellement, est tout à fait différent de moi. »

Brunetti ne voyait pas très bien ce que le jeune homme avait voulu dire, et préféra ne faire aucun commentaire. « Et que puis-je faire pour vous, Signor Canale ?

– Vous vous souvenez sans doute que je vous ai dit, lorsque vous nous avez montré cette photo, qu'il me semblait vaguement reconnaître cet homme ? »

Brunetti acquiesça. Son visiteur ne lisait donc pas les journaux ? Cela faisait plusieurs jours, à présent, qu'on avait identifié Mascari.

« Quand j'ai lu la nouvelle dans les journaux et que j'ai vu sa photo – et de quoi il avait réellement l'air – je me suis souvenu de l'endroit où je l'avais vu. Il faut avouer que le dessin que vous nous aviez montré n'était pas très bon.

– En effet, admit Brunetti, préférant ne pas insister sur l'état effrayant dans lequel on avait retrouvé le visage du malheureux banquier. Et où l'avez-vous rencontré ?

– Il m'a contacté il y a environ quinze jours. » Devant la surprise manifestée par Brunetti, il clarifia son entrée en matière. « Non, ce n'est pas ce que vous pensez, commissaire. Il ne s'intéressait pas à… mes activités professionnelles. Mais il s'intéressait à moi.

– Que voulez-vous dire ?

– Hé bien, je me trouvais dans la rue. Je venais de descendre d'une voiture – de quitter un client, si vous préférez – et j'étais retourné voir les filles… enfin, les garçons, plutôt. Il s'est approché de moi et m'a demandé si je m'appelais Roberto Canale et si j'habitais bien au 35, Viale Canova. J'ai tout d'abord cru qu'il était de la police. Il en avait l'allure. » Brunetti préféra ne pas demander de précisions, mais Canale crut bon de lui en donner. « Vous savez, costard-cravate étriqué, très soucieux que personne ne se méprenne sur sa présence ici. J'ai donc répondu oui à ses deux questions. Je le croyais toujours de la police. En réalité, il ne m'a jamais dit qu'il était flic, mais il me l'a laissé croire.

« Que voulait-il savoir d'autre, Signor Canale ?

– Il m'a posé des questions sur l'appartement.

– Sur l'appartement ?

– Oui. Il voulait savoir qui payait le loyer. Je lui ai répondu que c'était moi, et il m'a alors demandé comment je procédais. Je lui ai dit que je déposais la somme sur le compte du propriétaire, à la banque, sur quoi il m'a averti de ne pas mentir, parce qu'il était au courant de ce qui se passait, et que je devais lui avouer la vérité.

– Que voulez-vous dire, par *il était au courant de ce qui se passait* ?

– Sur la façon dont je payais le loyer.

– Et comment le payez-vous ?

– Je rencontre un homme dans un bar et je lui donne l'argent.

– Combien ?

– Un million et demi. En liquide.

– Et qui est cet homme ?

– C'est exactement la question qu'il m'a posée. Je lui ai répondu que je rencontrais cet homme tous les mois. Qu'il me téléphonait la dernière semaine du mois et me donnait rendez-vous dans un bar ou un autre. J'y allais et je lui remettais mon million et demi de lires. C'est tout.

– Pas de quittance ? »

Canale éclata de rire. « Évidemment pas. Tout en liquide. » Et comme tous les deux le savaient, pas de déclaration fiscale ni de taxes indirectes. Une magouille des plus courantes ; innombrables étaient les locataires, probablement, qui réglaient leur loyer de cette façon.

« Mais je paie un autre loyer, ajouta Canale.

– Ah bon ?

– Cent dix mille lires.

– Et à qui ?

– Je le dépose sur un compte bancaire, mais la quittance ne porte pas de nom, si bien que j'ignore à qui appartient ce compte.

– À quelle banque ? demanda Brunetti, qui avait déjà son idée.

– La Banca di Verona. Elle est.

– Je sais où elle se trouve, le coupa le policier. Quelle est la taille de votre appartement ?

– C'est un quatre-pièces.

– Un million et demi, ça fait beaucoup, non ?

– C'est vrai, mais cela comporte certains avantages, répondit Canale, qui changea de position sur son siège.

– Comme ?

– On ne me fait pas d'ennuis.

– À cause de votre travail ?

– Oui. C'est difficile, pour nous, de trouver un logement. Dès que les gens savent qui nous sommes et ce que nous faisons, ils essaient de nous faire chasser de l'immeuble. On m'a dit que cela ne m'arriverait pas ici. Et effectivement, ce n'est pas arrivé. Les gens de l'immeuble croient que je travaille aux chemins de fer, de nuit.

– Pourquoi le croient-ils ?

– Je l'ignore. Ils avaient plus ou moins l'air de le savoir lorsque j'ai emménagé.

– Depuis combien de temps occupez-vous cet appartement ?

– Deux ans.

– Et vous avez toujours payé votre loyer de cette façon ?

– Oui, toujours.

– Comment l'avez-vous trouvé ?

– C'est l'une des filles de la rue qui m'en a parlé. »

Brunetti s'autorisa un léger sourire. « Quelqu'un que vous appelez un fille ou quelqu'un que moi j'appellerais une fille, Signor Canale ?

– Quelqu'un que j'appelle, moi, une fille.

– Quel est son nom ?

– Inutile que je vous le donne. Il est mort il y a un an. Overdose.

– Est-ce que vos autres amis – vos collègues – ont un arrangement similaire ?

– Quelques-uns. Nous sommes ceux qui ont eu de la veine. »

Brunetti réfléchit quelques instants aux conséquences que tout cela impliquait. « Où vous changez-vous, Signor Canale ?

– Je me change ?

– Où, reprit Brunetti, marquant un temps d'arrêt pour trouver comment présenter la chose, où enfilez-vous vos vêtements… de travail ? Puisque les gens croient que vous travaillez aux chemins de fer.

– Oh, dans une voiture, ou derrière les buissons. Au bout d'un moment, on va très vite. Même pas une minute.

– Avez-vous expliqué tout ceci au Signor Mascari ?

– Une partie, oui. Ce qui l'intéressait, c'était le loyer. Et l'adresse de certains des autres.

– Vous les lui avez données ?

– Oui. Je vous l'ai dit, je le prenais pour un policier.

– Vous a-t-il posé d'autres questions ?

224

– Non, seulement les adresses. » Canale se tut un instant, puis ajouta : « Si, il m'a demandé autre chose, mais je crois que c'était simplement… simplement pour me montrer qu'il s'intéressait à moi. À moi en tant que personne, si vous voulez.

– Et que voulait-il savoir ?

– Si mes parents étaient vivants.

– Et que lui avez-vous répondu ?

– La vérité. Ils sont morts tous les deux. Morts depuis des années.

– Où cela ?

– En Sardaigne. Je suis de là.

– Vous a-t-il demandé autre chose ?

– Non, rien.

– Quelles réactions a-t-il eu à ce que vous lui avez dit ?

– Je ne comprends pas, avoua Canale.

– Vous a-t-il paru surpris ? Énervé ? Était-ce les réponses auxquelles il s'attendait ? »

Canale réfléchit quelques instants. « Il m'a paru un peu surpris au début, puis il a continué de me poser des questions comme s'il n'avait pas besoin de réfléchir avant. Comme si elles étaient toutes prêtes d'avance.

– Vous a-t-il dit quelque chose de particulier ?

– Non, il m'a simplement remercié pour les informations que je lui avais données. Ce qui m'a paru bizarre, voyez-vous, parce que je le prenais pour un flic et que d'habitude, les flics ne sont pas très… » Il se tut, à la recherche d'une formule. « Bref, ils ne nous traitent pas toujours très bien.

– Quand vous êtes-vous souvenu de cet incident ?

– Je vous l'ai dit, en voyant sa photo dans le journal. Un banquier. C'était un banquier ! Pensez-vous que c'est pour cette raison qu'il s'intéressait tant aux loyers ?

– C'est une possibilité, Signor Canale, et nous allons sans aucun doute la vérifier.

– Bien. J'espère que vous trouverez l'assassin. Cet homme ne méritait pas de mourir. Il était très gentil. Il m'a très bien traité, avec correction. Comme vous.

– Merci, Signor Canale. Je suis le premier à regretter que mes collègues n'en fassent pas autant.

– Ce serait bien, n'est-ce pas ? remarqua Canale avec un sourire délicieux.

– Pourriez-vous me donner aussi cette liste de noms et d'adresses, Signor Canale ? Et me dire également, si vous le savez, quand vos amis ont emménagé dans leur appartement.

– Avec plaisir », dit le jeune homme. Brunetti lui tendit une feuille de papier et un stylo et le regarda pendant qu'il écrivait, penché sur le bureau et tenant le stylo, dans sa grosse main, comme si c'était un objet nouveau pour lui. La liste était courte et il en eut rapidement terminé. Il posa le stylo et se leva.

Brunetti fit le tour du bureau pour raccompagner son visiteur jusqu'à la porte, où il lui demanda : « Et Crespo ? Savez-vous quelque chose sur lui ?

– Non, je ne travaillais pas avec lui.

– Avez-vous une idée de ce qui a pu lui arriver ?

– Il faudrait être vraiment stupide pour ne pas penser que sa mort a un rapport avec celle du banquier, n'est-ce pas ? »

Cela paraissait tellement évident que Brunetti ne prit même pas la peine de hocher affirmativement la tête.

« En fait, si je devais prendre un pari, je dirais qu'il est mort pour vous avoir parlé. » Voyant l'expression de Brunetti : il ajouta, « Pas à vous personnellement, commissaire, mais à la police. À mon idée, il savait quelque chose sur l'assassinat de l'autre et on a dû l'éliminer.

– Et cela ne vous a pas empêché de venir me parler ?

– Il m'a traité comme quelqu'un de normal, voyez-vous. Et vous aussi, commissaire, n'est-ce pas ? Vous m'avez parlé comme un homme parle à un autre homme, n'est-ce pas ? » Voyant Brunetti acquiescer, il poursuivit, « Dans ce cas, il était normal que je vienne vous voir, non ? »

Les deux hommes se serrèrent de nouveau la main et Canale s'éloigna dans le couloir. Brunetti suivit des yeux la tête noire qui disparaissait dans l'escalier. Signorina Elettra avait raison, un très beau garçon.

Brunetti rentra dans son bureau et composa le numéro de la Signorina Elettra. « Pourriez-vous monter dans mon bureau, Signorina ? Et m'apporter tout ce que vous avez découvert sur les deux hommes dont nous avons parlé auparavant ? »

Elle répondit qu'elle serait ravie de monter ; Brunetti n'en douta pas un instant. Il était donc prêt à la mine déconfite qu'elle fit lorsque, après avoir frappé et s'être introduite, elle fit le tour du bureau des yeux et vit que le jeune homme n'y était plus.

« Mon visiteur a été obligé de partir », dit-il en réponse à la question non formulée.

La Signorina Elettra se reprit sur-le-champ. « Ah bon ? » elle avait réussi à prendre un ton parfaitement indifférent. Puis elle tendit deux dossiers séparés à Brunetti. « Le premier est celui de l'avocat Santo-mauro. » Il le prit, mais avant même qu'il l'ait ouvert, elle ajouta, « Vous ne trouverez rien d'intéressant. Diplômé de Ca'Foscari ; né et élevé à Venise. Il y a travaillé toute sa vie, membre de toutes les organisations professionnelles, marié à l'église de San Zaccharia. Vous trouverez ses déclarations fiscales, ses demandes de passeport, et même un permis pour la réfection de son toit. »

Brunetti jeta un coup d'œil dans le dossier et trouva exactement ce qu'elle venait de lui décrire. Il ouvrit donc le second, qui était considérablement plus épais.

« Celui-ci concerne la *Lega della Moralità* », dit-elle, sur un ton qui poussa Brunetti à se demander si tous ceux qui prononçaient ce nom le faisaient en y mettant autant de sarcasme, ou si ce n'était pas plutôt une indication sur la mentalité des gens qui fréquentaient cette association. « Il est plus intéressant, mais je préfère vous laisser trouver tout seul ce que je veux dire. Autre chose, monsieur ?

– Non, merci, Signorina », répondit-il en ouvrant le dossier.

Elle le laissa et Brunetti commença sa lecture. On avait enregistré la *Lega della Moralità* comme association charitable neuf ans auparavant. Sa charte précisait qu'elle avait pour but « d'améliorer la condition matérielle des personnes les moins fortunées, de façon que le soulagement de leurs soucis matériels permettent de leur laisser le loisir de tourner leurs pensées et leurs désirs vers le spirituel ». Il était prévu de « soulager leurs soucis » par le biais d'aides au logement, en finançant des maisons et des appartements appartenant à diverses églises de Mestre, Marghera et Venise, passées sous l'administration de la *Lega*. La *Lega della Moralità* s'engageait à assigner ces appartements, en échange d'un loyer symbolique, aux paroissiens de ces différentes villes répondant aux critères définis conjointement part la *Lega* et les églises. Parmi ces critères, il y avait l'assistance régulière à la messe, un certificat de baptême pour tous les enfants, et une lettre du curé de la paroisse attestant que la famille respectait les « plus hautes valeurs morales », et se trouvait dans le besoin.

D'après la charte de la *Lega*, la responsabilité de choisir les demandeurs appartenait au conseil d'administration dont tous les membres, pour qu'il n'y ait pas de favoritisme de la part des autorités de l'Église, étaient obligatoirement laïcs. Ils devaient eux-mêmes être irréprochables sur le plan moral et avoir accompli une œuvre marquante pour le bien de la société. Le conseil d'administration actuel comptait six membres, dont deux l'étaient « à titre honoraire ». Sur les quatre restant, l'un habitait Rome, un autre Paris ; le troisième vivait sur l'île monastère de San Francesco del Deserto, si bien que le seul membre actif du conseil à vivre à Venise était l'avocat Giancarlo Santomauro.

D'après la charte fondatrice de l'organisation, cinquante-deux appartements avaient été confiés aux soins de la *Lega*. Ce système, au bout de trois ans, avait été jugé tellement satisfaisant – en se fondant sur des lettres et des déclarations de locataires, ou de responsables paroissiaux et de curés les ayant interrogés – que six autres paroisses décidèrent de rejoindre le mouvement, avec dans leurs bagages quarante-trois appartements qui passèrent ainsi sous l'administration de la *Lega*. Une manœuvre tout à fait identique eut lieu trois ans plus tard encore et cette fois-ci, ce furent soixante-sept appartements, dont la plupart se trouvaient ou dans le cœur historique de Venise ou dans le centre commercial de Mestre, qui passèrent sous la coupe de la *Lega della Moralità*.

Étant donné que la charte qui confiait l'administration de ces logements à la *Lega* était sujette au renouvellement tous les trois ans, le processus, calcula Brunetti, devait se reproduire cette année. Revenant en arrière dans le dossier, il lut les deux premiers rapports du comité d'évaluation et regarda qui les avait signés : l'avocat Santomauro, qui avait siégé sur les deux conseils d'administration, la deuxième fois en qualité de président – titre honorifique que n'accompagnaient aucuns appointements – de la *Lega della Moralità*.

Le rapport comprenait la liste d'adresses des cent soixante-deux appartements actuellement administrés par la *Lega*, avec leur superficie et le nombre de pièces. Il prit le papier laissé par Canale et ne tarda pas à découvrir que les quatre adresses qu'il avait notées figuraient sur la liste. Brunetti se considérait volontiers comme ayant l'esprit large, peu aveuglé par les préjugés, mais il se demanda tout de même si l'on pouvait considérer cinq travestis prostitués comme des défenseurs des « plus hautes valeurs morales », même s'ils étaient logés dans ces appartements dans le but d'être aidés « à tourner leurs pensées et leurs désirs vers le spirituel ».

Laissant momentanément de côté la liste d'adresses, il reprit la lecture du rapport lui-même. Comme il s'y était attendu, les locataires de la *Lega* devaient verser leur loyer, lequel n'était guère plus que symbolique, sur un compte de la Banca di Verona à Venise ; la banque gérait également les aides consenties par la *Lega* pour « soulager les veuves et les orphelins », dons constitués à partir des fonds que procuraient ces loyers minimalistes. Brunetti lui-même fut surpris que la *Lega* utilise une rhétorique aussi ampoulée que celle de « la veuve et de l'orphelin » ; il constata bientôt, cependant, que cet aspect des œuvres charitables de la *Lega* n'avait commencé qu'après la nomination de Santomauro à la présidence. C'était comme si, après avoir obtenu ce poste, l'avocat s'était senti libre d'agir à sa guise.

Brunetti arrêta sa lecture à ce stade et alla jusqu'à l'une des fenêtres de son bureau. On avait démonté les échafaudages qui cachaient la façade de brique de San Lorenzo, depuis quelques mois, mais l'église restait fermée. En contemplant le monument, il se dit qu'il commettait l'erreur contre laquelle il mettait régulièrement en garde ses jeunes collègues : supposer la culpabilité d'un suspect sans avoir encore la moindre preuve tangible d'un lien entre celui-ci et le crime. Cependant, tout comme il savait que l'église San Lorenzo ne rouvrirait jamais (ou qu'il serait mort avant), il savait que Santomauro était responsable des meurtres de Mascari et Crespo, comme de la mort de Maria Nardi. Avec, très probablement,

Ravanello. Cent soixante-deux appartements. Combien de ces logements étaient-ils loués à des gens comme Canale ou d'autres, acceptant de payer leur loyer en liquide et sans poser de questions ? La moitié ? Un tiers, déjà, rapporterait plus de soixante-dix millions de lires par mois, presque un milliard de lires par an. Il pensa aussi à ces veuves et ces orphelins, et se demanda si Santomauro n'avait pas un peu trop présumé de ses possibilités, et si les loyers ridicules qui aboutissaient dans les coffres de la *Lega* n'était pas détournés à leur tour, finançant des veuves fantômes et des orphelins inventés.

Il revint à son bureau et feuilleta le rapport jusqu'à ce qu'il ait trouvé les références des personnes jugées dignes de la charité de la *Lega* : les paiements étaient bien effectués par la Banca di Verona. Les deux mains appuyées sur le bureau, contemplant les papiers étalés sous lui, il se répéta qu'une certitude n'était pas une véritable preuve. Néanmoins, il était certain.

Ravanello lui avait promis une copie des comptes que Mascari gérait à la banque ; sans aucun doute ceux des prêts et des investissements dont il avait la responsabilité. Il était clair, pour que Ravanello ait accepté aussi facilement de lui communiquer ces documents, que ce que Brunetti cherchait ne devait pas s'y trouver. Toutefois, pour avoir accès à l'ensemble des dossiers de la banque et à ceux de la *Lega*, la police allait avoir besoin d'un mandat que seul un juge pouvait délivrer.

Le « *Avanti !* » de Patta retentit derrière la porte et Brunetti entra dans le bureau de son supérieur. Le vice-questeur leva les yeux, identifia son visiteur et replongea le nez dans les papiers étalés devant lui. À la grande surprise de Brunetti, il paraissait les lire vraiment et non pas chercher à faire croire qu'il était débordé.

« Buon giorno, vice-questeur », dit Brunetti en s'approchant du bureau.

Patta leva de nouveau le nez et eut un geste en direction des chaises. Une fois Brunetti installé, Patta lui demanda, repoussant du doigt les papiers, « Dois-je vous remercier pour ceci ? »

Étant donné que Brunetti ignorait ce que contenaient ces documents mais ne voulait pas perdre un avantage tactique en l'admettant, il n'avait que le ton avec lequel avait parlé le vice-questeur pour s'en faire une idée. Ses sarcasmes étaient lourds, en général, et le commissaire n'en avait décelé aucune trace. Et comme Brunetti n'avait jamais eu droit à des manifestations de gratitude de la part de son chef, il ne pouvait que s'interroger sur l'existence de ce sentiment chez lui (un peu comme un théologien s'interrogerait sur l'existence des anges gardiens) et ne pouvait que supposer que c'était bien de gratitude qu'il était question.

« Ce sont les documents que vous a fait parvenir la Signorina Elettra ? demanda Brunetti, jouant la carte du temps.

– Oui », répondit Patta, les tapotant comme on tapoterait la tête d'un fidèle toutou.

Cela suffit à Brunetti. « La Signorina Elettra a fait tout le travail ; je lui ai simplement suggéré de chercher ici et là », n'hésita-t-il pas à mentir, baissant les yeux en un geste de fausse humilité, comme s'il ne cherchait pas à être félicité d'avoir fait quelque chose d'utile pour le vice-questeur Patta.

« Ils vont l'arrêter ce soir, expliqua Patta avec un ravissement féroce.

– Qui, ils, monsieur ?

– La brigade financière. Il a menti dans sa demande pour obtenir la citoyenneté de Monaco, et elle n'est donc pas valide. Ce qui signifie qu'il est toujours citoyen italien et qu'il n'a pas payé d'impôts depuis sept ans. Ils vont le crucifier. Ils vont le réduire en charpie. »

Brunetti se dit qu'avec tous les ministres passés et

actuels qui avaient réussi le coup de l'évasion fiscale sans grands dommages, le rêve de Patta risquait de ne jamais se réaliser ; il trouva cependant le moment mal choisi pour émettre des réserves. Il se demandait comment poser la question suivante, tenant avant tout à présenter la chose avec délicatesse. « Sera-t-il seul quand on l'arrêtera ?

– C'est le problème, répondit Patta en relevant un instant la tête. L'arrestation est secrète. Ils doivent débarquer chez lui ce soir à huit heures. Je ne le sais que parce qu'un ami que j'ai à la brigade financière m'a appelé pour m'en avertir. » La préoccupation vint assombrir le visage du vice-questeur. « Si je l'appelle pour l'avertir, elle va le lui dire et il quittera Milan. Dans ce cas, pas d'arrestation. Mais si je ne l'appelle pas, elle sera là au moment de l'arrestation. » Et dans ce cas, n'eut-il pas besoin d'ajouter, son nom allait être inévitablement jeté en pâture à la presse. Brunetti étudiait le visage de Patta, fasciné par les émotions qui s'y bousculaient, par la lutte que se livraient sa volonté de vengeance-et sa vanité.

Comme s'y attendait le commissaire, la vanité l'emporta. « Je n'arrive pas à trouver un moyen de la faire sortir de là sans l'avertir.

– Vous pourriez peut-être, monsieur – mais seulement si vous pensez que c'est une bonne idée – appeler votre avocat et lui demander de fixer un rendez-vous à votre femme ce soir même à Milan. Cela l'obligerait à quitter, euh… l'endroit où elle se trouve avant que la police arrive.

– Sous quel prétexte mon avocat voudrait-il lui parler ?

– Il pourrait peut-être lui dire que vous êtes prêt à discuter des conditions du… En tout cas, elle serait ailleurs pendant la soirée.

– Elle déteste mon avocat.

– Croyez-vous qu'elle accepterait de vous parler, monsieur ? Si vous lui dites que vous allez à Milan pour lavoir ?

– Elle… » commença Patta, qui repoussa son siège du bureau et se leva sans achever sa phrase. Il alla se poster à la fenêtre et, à son tour, se mit à inspecter en silence la façade de San Lorenzo.

Il resta ainsi une bonne minute, sans rien dire, et Brunetti se rendit compte que la situation devenait critique. Si jamais Patta se tournait et faisait preuve de quelque faiblesse sentimentale, avouait qu'il aimait sa femme et voulait la voir revenir, jamais il ne pardonnerait à Brunetti d'avoir été le témoin de cette réaction. Pis, si par malheur s'y ajoutaient des signes de faiblesse physique, Patta n'aurait de cesse qu'il ne se soit vengé de l'homme qui aurait assisté à une telle débâcle.

D'une voix calme au ton sérieux, comme s'il avait évacué de son esprit les problèmes personnels de son supérieur, Brunetti prit la parole. « Cavaliere, j'étais en fait venu discuter avec vous de l'affaire Mascari. J'estime devoir vous mettre au courant de certaines choses. »

Les épaules de Patta se soulevèrent et il poussa un profond soupir ; puis il fit demi-tour et revint à son bureau. « Que s'est-il passé ? »

Rapidement, d'un ton sans passion et en quelque sorte technique, Brunetti lui parla du dossier de la *Lega*, des appartements qu'elle gérait, dont celui qu'avait occupé Crespo, puis des sommes consacrées chaque mois à aider les pauvres.

« Un million et demi par mois ? » s'étonna Patta lorsque Brunetti lui eut raconté la visite de Canale. « Et quel loyer la *Lega* touche-t-elle officiellement ?

– Dans le cas de Canale, cent dix mille lires par mois. Et personne, sur la liste, ne paie plus que deux cent mille lires, monsieur. Du moins, à en croire la comptabilité de la *Lega*, c'est le maximum qu'ils demandent pour un appartement.

– Comment sont ces appartements ?

– Celui de Crespo avait quatre pièces, dans un bâtiment moderne. C'est le seul que j'ai visité, mais à en juger par les adresses, en tout cas de ceux qui sont à Venise, et par le nombre de pièces, je dirais que ce sont des logements plus que convenables, pour la plupart.

– Avez-vous une idée du nombre de ceux pour lesquels le loyer est payé en liquide, comme celui de Canale ?

– Non, monsieur, aucune. À ce stade de l'enquête, il me faut m'entretenir avec les locataires et tâcher de découvrir combien sont impliqués dans cette combine. Je dois aussi consulter les comptes bancaires de la *Lega*. Et il me faut enfin la liste des noms de ces veuves et de ces orphelins qui sont supposés toucher de l'argent tous les mois.

– Autrement dit, il vous faut un mandat du tribunal, n'est-ce pas ? » demanda Patta, sa méfiance naturelle s'insinuant de nouveau dans sa voix. S'en prendre à des gens comme Crespo ou Canale, aucun problème – et peu importait la méthode. Mais une banque, ah, une banque, c'était tout à fait différent.

« J'estime, monsieur, qu'il y a là un rapport avec Santomauro et que toute enquête sur la mort de Mascari finira par nous conduire à lui. » Si Patta ne pouvait se venger de la femme de Santomauro, peut-être se contenterait-il de s'en prendre à l'avocat lui-même.

« Je suppose que c'est possible », répondit Patta, hésitant.

Au premier signe de faiblesse dans toute explication authentique, Brunetti, comme toujours, n'avait aucun scrupule à mendier. « Je suis prêt à parier que les comptes de la banque sont en ordre et qu'elle n'a rien à voir avec cette affaire, qu'elle a été manipulée par

Santomauro seul. Une fois éliminées les possibilités d'irrégularités à la banque, nous serons libres d'agir contre Santomauro. »

Cet argument suffit à faire pencher la balance. « Très bien, dit Patta, je vais demander un mandat au juge d'instruction pour que les comptes de la banques soient placés sous séquestre.

– Ainsi que ceux de la *Lega della Moralità*, risqua Brunetti, qui résista à l'envie de nommer encore une fois Santomauro.

– Entendu », répondit le vice-questeur, mais d'une voix qui signifiait que Brunetti n'obtiendrait rien de plus.

– Merci, monsieur. » Brunetti se leva. « Je vais commencer tout de suite, et envoyer mes hommes enquêter auprès des gens inscrits sur la liste.

– Bien, bien. » L'affaire n'intéressait plus Patta. Il se pencha de nouveau sur les papiers étalés sur le bureau, posant dessus une main affectueuse, puis releva la tête et parut surpris de voir que Brunetti se tenait toujours devant lui. « Il y a autre chose, commissaire ?

– Non, monsieur. C'est tout. » Brunetti avait à peine atteint la porte que le vice-questeur tendait la main vers le téléphone.

De retour dans son bureau, Brunetti appela Bolzano et demanda à parler à la Signora Brunetti. « *Ciao, Guido, come stai ?* J'ai essayé de te joindre à la maison, lundi soir. Pourquoi tu n'as pas appelé ?

– J'ai été pris, Paola. Tu n'as pas lu les journaux ?

– Voyons, Guido, je suis en vacances. Je passe mon temps à lire le maître. *La Source sacrée* est merveilleux. Rien ne s'y passe, absolument rien.

– Je n'ai aucune envie de parler de Henry James, Paola. »

Elle avait déjà eu droit à cette réplique, mais jamais sur ce ton. « Qu'est-ce qui ne va pas, Guido ? »

237

Il se rappela soudain qu'elle ne lisait effectivement pas les journaux, en vacances, et regretta de ne pas avoir fait l'effort de l'appeler avant. « Il y a eu de la casse, ici », dit-il, ne sachant trop comment présenter les choses.

Aussitôt sur le qui-vive, elle demanda : « Quel genre de casse ?

– Un accident.

– Raconte-moi, Guido, fit-elle d'une voix adoucie.

– On revenait de Mestre, et quelqu'un a essayé de nous expédier par-dessus le pont.

– Nous ?

– J'étais avec Vianello. Et avec Maria Nardi.

– La fille de Cannaregio ? La nouvelle ?

– Oui.

– Qu'est-ce qui s'est passé ?

– Nous avons été projetés contre le rail de sécurité. Elle n'avait pas mis sa ceinture et elle a été valser contre la porte. Elle s'est rompu le cou.

– Ah, la pauvre petite, murmura Paola. Et toi, tu vas bien ?

– J'ai été secoué, comme Vianello, mais nous n'avons rien eu. Même pas une fracture, ajouta-t-il en s'efforçant de prendre un ton plus léger.

– Ce n'est pas de fractures que je te parle, Guido. » Le ton était encore doux, mais plus vif, du fait de l'impatience ou de l'inquiétude. « Je te demande si tu vas bien.

– Oui, je crois que ça va. Mais Vianello n'arrête pas de se faire des reproches. C'était lui qui conduisait.

– Ça ne m'étonne pas de lui. Essaie de lui parler, Guido. Occupe-le constamment. » Elle se tut un instant, puis ajouta : « Veux-tu que je revienne à Venise ?

– Non, Paola. Tu viens juste d'arriver. Je voulais simplement que tu saches que je vais bien. Au cas où tu aurais lu les journaux. Ou au cas où quelqu'un t'aurait posé la question. » Il s'entendait parler, s'entendait essayer de lui reprocher de ne pas avoir appelé, de n'avoir pas lu la presse.

– Dois-je en parler aux enfants ?

– Je crois qu'il vaut mieux, au cas où ils en entendraient parler, d'une manière ou d'une autre. Essaie de minimiser les choses, si tu peux.

– J'essaierai, Guido, j'essaierai. Quand l'enterrement aura-t-il lieu ? »

Un instant, il ne sut plus de qui elle voulait parler – celui de Mascari ? Celui de Crespo ? Celui de Maria ? – non il ne pouvait s'agir que de celui de la jeune femme. « Vendredi matin, je crois.

– Vous irez tous ?

– Tous ceux qui le pourront. Cela ne faisait pas longtemps qu'elle était dans la police, mais elle s'était fait beaucoup d'amis.

– Qui était-ce ? demanda-t-elle, n'ayant pas besoin d'expliquer davantage ce qu'elle voulait savoir.

– Je l'ignore. La voiture avait disparu avant qu'on ait compris ce qui se passait. Nous rentrions juste de Mestre, où je devais rencontrer quelqu'un, l'un des travestis ; notre agresseur savait donc où j'étais. Il n'a pas dû avoir de mal à nous suivre, étant donné qu'il n'existe que la route de la digue, pour rentrer.

– Et le travesti ? Tu lui as parlé ?

– Trop tard. Il avait été assassiné.

– Le même ? demanda-t-elle dans le style télégraphique qu'avaient créé des années de complicité.

– Oui. Forcément.

– Et le premier ? Celui dans le terrain vague ?

– C'est la même affaire. »

Il entendit Paola qui parlait à quelqu'un d'autre puis elle revint au récepteur. « Guido, Chiara est ici et voudrait te dire bonjour.

– Ciao, Papa, comment ça va ? Est-ce que je te manque ?

– Je vais très bien, mon ange, et vous me manquez tous.

– Je ne te manque pas plus que les autres ?

– Vous me manquez tous autant.

– C'est impossible. Raffi ne peut pas te manquer autant, il n'est jamais à la maison. Et maman passe la journée dans son fauteuil à lire son gros bouquin, comment pourrait-elle te manquer ? Autrement dit, c'est moi qui te manque le plus, pas vrai ?

– Tu dois avoir raison, mon ange.

– Tu vois, je m'en doutais. Il suffit de réfléchir un moment, hein ?

– Oui. Tu as bien fait de me le rappeler. »

Il y eut une série d'autres bruits, à l'autre bout du fil, puis Chiara reprit : « Je dois rendre l'appareil à Maman, Papa. Dis-lui qu'elle vienne se promener avec moi. Elle passe la journée à lire sur la terrasse. Tu parles de vacances ! » Sur cette récrimination, Paola la remplaça.

« Si tu veux que je revienne, Guido, il faut le dire. »

Il entendit le ululement de protestation de Chiara. « Non, Paola, ce n'est pas nécessaire. Vraiment pas. Je vais essayer de monter là-haut le prochain week-end. »

Elle avait déjà eu souvent droit à ce genre de promesse et n'essaya donc pas d'obtenir de garanties. « Peux-tu m'en dire un peu plus, Guido ?

– Non. Nous en parlerons quand nous nous verrons.

– Ici ?

– Je l'espère bien. Sinon, je te rappellerai. Écoute, de toute façon, je te passerai un coup de fil, que je vienne ou non. D'accord ?

– D'accord, Guido. Et pour l'amour du ciel, sois prudent.

– Je le serai, Paola, promis. Toi aussi, sois prudente.

– Prudente ? Ici, au beau milieu du paradis ?

– Oui. Prends garde de ne pas finir ton livre trop tôt, comme tu avais fait à Cortina, la dernière fois. » Ils éclatèrent de rire tous les deux à ce souvenir. Elle avait emporté *La Coupe d'or* avec elle mais l'avait terminé au bout d'une semaine et s'était retrouvée sans rien à lire – autrement dit sans rien à faire pendant la deuxième semaine, sinon des promenades en montagne, se baigner, lézarder au soleil, et bavarder avec son mari. Elle avait sincèrement détesté cela.

« Oh, pas de problème. Il me tarde de l'avoir fini pour pouvoir le relire tout de suite. » Un instant, Brunetti se demanda si le fait de ne pas avoir été nommé vice-questeur n'avait pas quelque chose à voir avec celui d'avoir épousé une femme qui, comme tout le monde le savait, avait un grain. Non, probablement pas.

Sur ces mutuelles objurgations à la prudence, ils prirent congé l'un de l'autre.

22

Il tenta de joindre la Signorina Elettra, mais elle n'était pas à son bureau. Il appela alors Vianello et lui demanda de venir le rejoindre. Au bout de quelques minutes, lorsque le sergent entra dans le bureau de Brunetti, il faisait la même tête que deux matins auparavant, lorsqu'il avait quitté son supérieur, devant la questure.

« *Buon di*, Dottore », dit-il en s'asseyant à l'endroit habituel, en face du bureau.

« Bonjour, Vianello. » Pour ne pas avoir à reprendre la discussion sur laquelle ils étaient restés, Brunetti entra tout de suite dans le vif du sujet. « De combien d'hommes disposons-nous, ce matin ? »

Vianello réfléchit quelques instants avant de répondre. « Quatre, si on compte Riverre et Alvise. »

Brunetti ne tenait pas davantage à faire de commentaires sur ces deux-là, et il tendit plusieurs feuilles de papier au sergent, auquel il dit : « Voici la liste des gens qui louent un appartement à la *Lega della Moralità*. Je voudrais que tu relèves les adresses de ceux qui habitent à Venise et les divises entre tes quatre hommes. »

Jetant un coup d'œil sur les documents, Vianello demanda : « Et dans quel but, monsieur ?

– J'aimerais bien savoir à qui ils paient leur loyer, et comment. » Devant l'expression de curiosité de son subordonné, Brunetti ne le fit pas patienter davantage et lui expliqua ce que lui avait rapporté Canale sur la façon dont lui-même et ses amis réglaient leur loyer en liquide. « Je voudrais aussi avoir une idée plus précise du nombre de locataires qui s'acquittent de leur loyer de cette façon, et de ce qu'ils versent réellement. Et surtout, s'ils connaissent la ou les personnes à qui ils donnent cet argent.

— C'est donc ça ? » dit Vianello, qui avait tout de suite compris. Il feuilleta la liste. « Il y en a combien, en tout ? Bien plus de cent, à vue d'œil.

— Cent soixante-deux. »

Vianello siffla. « Et vous dites que Canale paie un million et demi par mois ?

— Oui. »

Brunetti vit le sergent refaire le calcul qu'il avait lui-même effectué lorsqu'il avait vu la liste pour la première fois. « Même s'il n'y en a qu'un tiers, cela va chercher dans un bon demi-milliard par an, n'est-ce pas ? » demanda Vianello, secouant la tête. Le commissaire se demanda si c'était de l'étonnement ou de l'admiration que l'autre ressentait devant l'énormité de la somme.

« Est-ce qu'il y a des noms qui te disent quelque chose ? demanda Brunetti.

— Il y a bien celui du propriétaire du bar, près du domicile de ma mère ; c'est bien le nom, mais je ne suis pas sûr de l'adresse.

— Si ça se confirme, tu pourrais peut-être lui en parler, mine de rien.

— Vous voulez dire… en civil ? demanda Vianello, commençant à retrouver son sourire.

— Ou envoyer Nadia », ajouta Brunetti en manière de plaisanterie — se rendant compte en même temps que l'idée n'était pas si mauvaise, peut-être. Qu'un policier, en uniforme ou non, les interroge sur la façon assez peu légale dont ils payaient leur loyer, risquait d'affecter sérieusement la réponse que lui donneraient les gens.

Brunetti était bien certain que les comptes seraient parfaitement en règle, qu'on leur montrerait des quittances en bonne et due forme émanant de la banque où les loyers étaient régulièrement payés. S'il y a une chose qui ne fait pas défaut, en Italie, ce sont les preuves matérielles de ce genre ; on peut même dire qu'elles abondent. Ce qui reste souvent illusoire, en revanche, est la réalité qu'elles sont censées refléter.

Vianello avait fait le même raisonnement, tout aussi vite. « Je crois qu'il y a un moyen plus discret d'agir.

– En interrogeant les voisins ?

– Oui, monsieur. Les gens n'auront sûrement pas envie de nous avouer qu'ils trempent dans ce genre de petite magouille. Ils vont craindre de perdre leur appartement, et n'importe qui mentirait pour éviter cela. » Vianello, sans aucun doute, mentirait pour garder le sien et Brunetti, après un instant de réflexion honnête, dut reconnaître en son for intérieur qu'il en ferait autant, comme tout Vénitien.

« Dans ce cas, je crois en effet qu'il vaut mieux passer par les voisins. Envoie les femmes s'en occuper, Vianello. »

Le sergent eut un sourire de satisfaction pure.

« Et emporte aussi ceci », ajouta Brunetti en prenant un deuxième document dans le dossier et en le lui tendant. « C'est la liste de ceux qui reçoivent une allocation mensuelle de la *Lega*. Vois si par hasard ils ne figurent pas aussi sur la liste des locataires, et essaie de découvrir s'ils peuvent légitimement être considérés comme ce qu'on appelle des pauvres méritants.

– Si j'aimais jouer, répondit Vianello (qui adorait ça), je serais prêt à parier dix mille lires que pratiquement aucun d'eux ne figure sur l'autre liste. » Il se tut un instant, feuilletant le document, puis ajouta : « Et à en parier dix mille autres que beaucoup d'entre eux ne sont ni pauvres ni méritants.

– Pari non tenu, Vianello.

– Je m'y attendais. Et Santomauro ?

– D'après tout ce qu'a trouvé la Signorina Elettra, il est blanc comme neige.

– Personne ne l'est, répliqua le sergent.

– Alors, disons prudent.

– C'est mieux.

– Il y a autre chose. Gallo a pu prendre contact avec le fabricant des chaussures trouvées sur Mascari et a obtenu la liste des magasins, dans le secteur, où elles étaient vendues. Je voudrais que tu envoies quelqu'un faire le tour de ces magasins et voir si personne ne se souvient de les avoir vendues. C'est du quarante et un, une grande taille, et il n'est pas impossible que le marchand se rappelle son acheteur.

– Et la robe ? »

Le rapport que Brunetti avait reçu deux jours avant, sur cette question, lui avait appris ce qu'il craignait. « C'est le genre de vêtement bon marché qu'on trouve n'importe où, y compris sur les marchés en plein air. Rouge, un tissu synthétique de mauvaise qualité. Elle n'a pas dû coûter plus de quarante mille lires. L'étiquette a été arrachée, mais Gallo essaie encore de retrouver le fabricant.

– Il a une chance ? »

Brunetti haussa les épaules. « Nous en avons beaucoup plus avec les chaussures. Au moins connaissons-nous et le fabricant et les détaillants. »

Vianello acquiesça. « Autre chose, monsieur ?

– Oui. Appelle la brigade financière et dis-leur que nous allons avoir besoin de leur meilleur analyste – de plusieurs, si c'est possible – pour étudier les papiers que nous allons recevoir de la Banca di Verona et de la *Lega*. »

Le sergent eut un mouvement de surprise. « Vous avez réussi à convaincre Patta de demander un mandat ? Pour obliger une banque à nous livrer ses comptes ?

– Oui, répondit Brunetti, réussissant à éviter de sourire comme de faire la roue.

– Cette affaire doit l'avoir davantage bouleversé que je le pensais. Un mandat du tribunal ! » Vianello secoua la tête, presque incrédule.

« Et peux-tu demander à la Signorina Elettra de monter ici ?

– Bien entendu, dit Vianello qui se leva, tenant les listes à la main. Je vais répartir les noms et les mettre au travail. » Il se leva, mais avant d'atteindre la porte, il se retourna et posa à Brunetti la question que lui-même ne cessait de se poser depuis ce matin. « Comment ont-ils pu prendre des risques pareils ? Il suffisait d'une personne, d'une fuite, et toute la combine s'écroulait.

– Je n'ai aucune réponse – aucune qui tienne debout, en tout cas. »

En lui-même, il se dit qu'il ne s'agissait peut-être de rien de plus que d'une manifestation de folie collective, d'une prise de risque frénétique leur ayant fait perdre tout sens des limites à ne pas dépasser. Ces dernières années, le pays avait été secoué par une vague d'arrestations et de condamnations pour toutes sortes de fraudes et d'affaires de corruption, à tous les niveaux, industriels, entrepreneurs, jusqu'aux ministres. Des milliards de lires, des dizaines de milliards, des centaines, même, étaient passées en pots-de-vin, au point que les Italiens avaient fini par croire que la corruption était un mode habituel de fonctionnement dans le gouvernement. Si bien que le comportement de la *Lega della Moralità* et des hommes qui la dirigeaient en arrivait à passer pour tout à fait normal dans un pays ayant sombré dans la vénalité la plus folle.

Quand Brunetti mit brusquement fin à ces spéculations, il constata que Vianello avait quitté le bureau.

Le sergent fut rapidement remplacé par la Signorina Elettra, qui entra par la porte restée ouverte. « Vous vouliez me voir, commissaire ?

« – Oui, Signorina, dit-il en l'invitant d'un geste à s'asseoir. Vianello vient juste de repartir avec les listes que vous m'avez données. Il semblerait qu'un certain nombre de personnes, sur l'une d'elles, paient en réalité un loyer beaucoup plus élevé que celui que déclare la *Lega* ; je voudrais donc savoir si les personnes inscrites sur la deuxième liste touchent vraiment l'argent que la *Lega* prétend leur donner. »

Penchée sur son bloc-notes, la jeune femme écrivait rapidement.

« Je voudrais aussi vous demander, si vous n'êtes pas trop occupée par ailleurs – au fait, que cherchiez-vous dans les archives, cette semaine ?

– Quoi ? » demanda-t-elle, esquissant un mouvement comme pour se lever. Le carnet de notes glissa de ses genoux et tomba au sol. Elle se pencha pour le ramasser. « Veuillez m'excuser, commissaire, dit-elle quand elle eut repris place. Dans les archives ? J'essayais de voir s'il n'y avait rien sur l'avocat Santomauro ou peut-être sur le Signor Mascari.

– Et qu'est-ce que vous avez trouvé ?

– Rien, malheureusement. Aucun des deux n'a eu affaire à la police. Absolument rien.

– Personne, dans la questure, ne sait comment les choses sont rangées, là en bas, Signorina. J'aimerais cependant que vous voyiez ce que vous pouvez trouver sur les gens qui figurent sur ces listes.

– Sur les deux, Dottore ? »

C'était elle qui les avait établies et elle savait donc qu'elles comportaient plus de deux cents noms. « Vous pourriez peut-être commencer par la deuxième, celle des gens qui reçoivent de l'argent. Avec leur nom et leur adresse, vous pourriez vérifier à la mairie ceux qui sont enregistrés ici comme résidents. »

Ce règlement, qui prévoyait que tous les citoyens devaient se faire enregistrer officiellement dans la ville où ils résidaient et informer les autorités de tout changement d'adresse, était un héritage du passé qui permettait de remonter facilement la trace de tous ceux qui attiraient l'attention des dites autorités.

« Il faudrait essayer de trouver si certains de ces gens n'ont pas un casier judiciaire, pour des crimes ou des délits commis ici ou dans d'autres villes. Voire dans d'autres pays, bien que je n'aie aucune idée de ce que vous pourrez découvrir. » La Signorina Elettra hochait la tête – l'air de dire que tout ça n'était qu'un jeu d'enfant pour elle – tout en prenant ses notes. « De plus, une fois que Vianello aura identifié les gens qui paient leur loyer en dessous de table, je voudrais que vous fassiez les mêmes recherches sur ceux-ci. » La jeune femme leva un instant les yeux sur le commissaire. « Pensez-vous pouvoir y arriver, Signorina ? Je n'ai aucune idée de ce qu'il est advenu des anciennes archives, depuis qu'elles sont passées sur informatique.

– La plupart se trouvent encore en bas. C'est la pagaille, mais on peut encore trouver certaines choses.

– Je peux compter sur vous ? » À peine deux semaines qu'elle était là, et Brunetti avait l'impression que cela faisait des années.

« Bien entendu. J'ai tout mon temps », ajouta-t-elle, laissant assez de champ libre au policier pour qu'un berger et ses brebis puissent y passer.

« Qu'est-ce qui se passe ? demanda-t-il, ne pouvant résister à l'invitation.

– Ils doivent dîner ensemble ce soir. À Milan. Il s'y est fait conduire cet après-midi.

– Que va-t-il arriver, à votre avis ? demanda Brunetti, tout en sachant qu'il n'aurait pas dû poser la question.

– Une fois Burrasca arrêté, elle prendra le premier avion. Sauf s'il lui propose de la raccompagner chez le cinéaste, après le repas. Je crois que ça lui plairait, de la ramener et de tomber sur les voitures de la brigade financière. Elle reviendra probablement avec lui si elle les voit.

— Pourquoi tient-il tant à ce qu'elle revienne ? »

La Signorina Elettra le regarda, intriguée par la stupidité de cette question. « Il l'aime, commissaire. Ne me dites pas que vous ne vous en êtes pas rendu compte. »

23

D'habitude, la chaleur privait Brunetti de tout appétit ; ce soir, cependant, il sentait vraiment la faim, pour la première fois depuis qu'il avait mangé avec Padovani. Il s'arrêta au Rialto, en rentrant chez lui, et eut la surprise de voir des éventaires de fruits et de légumes encore disposés, alors qu'il était plus de vingt heures. Il acheta un kilo de tomates tellement mûres que le vendeur lui conseilla de les porter en faisant attention et sans rien poser dessus. Il prit un kilo de figues à un autre éventaire et reçut le même avertissement. Heureusement, les denrées lui ayant été remises dans un sac en plastique, il put arriver chez lui sans encombre, un sac dans chaque main.

Une fois arrivé, il ouvrit toutes les fenêtres de l'appartement, se changea et, en tee-shirt et pantalon de toile, alla dans la cuisine. Il éminça des oignons, plongea les tomates dans l'eau bouillante pour les peler, et alla cueillir quelques feuilles sur le basilic en pot de la terrasse. Il travaillait machinalement, sans penser vraiment à ce qu'il préparait – une sauce à la tomate toute simple. Il mit de l'eau à chauffer, et lorsqu'elle eut atteint le point d'ébullition, jeta dedans la moitié d'un paquet de penne rigate, puis remua.

Tout en faisant cela, il ne cessait de penser aux différentes personnes ayant joué un rôle dans les événements de ces dix derniers jours, sans essayer pour autant d'ordonner logiquement ce méli-mélo de noms et de visages. Les pâtes cuites, il les vida dans une passoire, puis les fit passer dans un plat de service et versa la sauce dessus. Il tourna le tout avec une grosse cuillère de bois, puis se rendit sur la terrasse où il avait déjà disposé son couvert, sans oublier une bouteille de cabernet. Il mangea directement dans le plat. Il se trouvait à une telle hauteur, dans cet appartement, que les seules personnes qui auraient pu être assez près pour voir ce qu'il faisait auraient dû grimper jusque dans le clocher de San Paolo. Il liquida les pâtes, essuyant même le fond du plat avec un morceau de pain, ramena la vaisselle sale à la cuisine et revint avec les figues, après les avoir passées sous le robinet.

Avant de s'attaquer aux fruits, cependant, il retourna chercher son exemplaire des *Annales* de Tacite. Il reprit sa lecture là où il l'avait interrompue, c'est-à-dire à l'époque du règne de Tibère et des innombrables horreurs dont il avait été marqué, période qui semblait inspirer un mépris particulier à l'écrivain. Ces Romains s'assassinaient, se trahissaient et commettaient toutes sortes de violences – comme nous leur ressemblons, songea Brunetti. Les pages suivantes ne lui apprirent rien qui lui aurait permis de changer cette conclusion, et il lut jusqu'à l'attaque des moustiques, dont la première vague le chassa à l'intérieur. Il poursuivit sa lecture sur le canapé jusque bien après minuit, nullement troublé par l'idée que ce catalogue de crimes et horreurs datant de près de deux mille ans contribuait à chasser de son esprit les crimes et les horreurs perpétrés autour de lui. Il dormit profondément, sans rêver, et se réveilla ragaillardi, comme persuadé que la morale rigoureuse et sans compromis de Tacite allait l'aider à affronter la journée qui l'attendait.

Lorsqu'il arriva à la questure, ce matin-là, il eut la surprise de découvrir que Patta avait trouvé le temps, avant son départ pour Milan, la veille, de requérir du juge d'instruction un mandat d'amener pour les deux comptabilités de la Banca di Verona et de la *Lega della Moralità*. Il avait en outre donné l'ordre que les mandats soient présentés dès ce matin, et les responsables des deux institutions avaient promis de se soumettre. Bien entendu, on avait souligné qu'il faudrait un certain temps pour préparer les documents nécessaires, et la banque comme la *Lega* s'étaient bien gardés de préciser la durée de ce « certain temps ».

À onze heures, il n'y avait toujours aucun signe de Patta. La plupart des employés de la questure achetèrent le journal, ce matin-là, mais aucun d'eux ne parlait de l'arrestation de Tito Burrasca. Ni Brunetti, ni personne n'en fut surpris, mais cela ne fit qu'augmenter la curiosité de tous, sans parler des spéculations, auxquelles tout un chacun se livrait, sur l'issue du voyage à Milan du vice-questeur. S'élevant au-dessus de ces considérations, Brunetti se contenta d'appeler la brigade financière pour demander où en était sa requête de se voir détacher du personnel pour examiner les comptes de la banque et de la *Lega*. Deuxième bonne surprise, il apprit que le juge d'instruction, Luca Benedetti, avait déjà appelé et suggéré que ces documents soient examinés par la Finanza dès qu'elles les auraient en sa possession.

Lorsque Vianello se présenta à son bureau, peu avant le déjeuner, Brunetti était sûr qu'il venait lui annoncer que les documents bancaires n'étaient toujours pas arrivés ou, plus vraisemblablement, que quelque obstacle bureaucratique à leur remise venait d'être soulevé par la Banca di Verona ou la *Lega*, et que cette remise allait être retardée – sinon repoussée indéfiniment.

« *Buon giorno*, commissaire. »

Brunetti leva les yeux. « Qu'est-ce qui se passe, Vianello ?

– Deux personnes qui demandent à vous parler.

– Qui donc ? demanda Brunetti en reposant son stylo.

– Le professeur Luigi Ratti et sa femme », répondit le sergent, n'offrant pas d'autre explication à sa laconique réponse que cette précision : « de Milan.

– Et à quel titre ce professeur et son épouse désirent-ils me voir, si je puis me permettre ?

– Ce sont les locataires de l'un des appartements que gère la *Lega*. Depuis un peu plus de deux ans.

– Continue, Vianello, dit Brunetti, soudain intéressé.

– L'appartement du professeur était sur ma liste, et j'ai été leur parler ce matin. Quand je lui ai demandé comment il avait trouvé son logement, il a dit que les décisions de la *Lega* étaient une affaire privée. J'ai voulu alors savoir comment il payait son loyer, et il m'a expliqué qu'il versait deux cent vingt mille lires sur le compte de la *Lega* à la Banca di Verona, tous les mois. Lorsque j'ai demandé à voir les quittances, il m'a répondu qu'il ne les gardait pas.

– Vraiment ? » fit Brunetti, plus intéressé que jamais. Étant donné qu'on ne pouvait jamais prévoir quand une administration d'État estimerait qu'une facture n'avait pas été payée, qu'un impôt n'était pas rentré, ou qu'un document n'avait pas été fourni, pas un Italien ne jetait le moindre document officiel, et encore moins ceux qui prouvaient qu'on s'était acquitté d'un règlement. Brunetti et Paola avaient en fait deux tiroirs entièrement remplis de factures qui remontaient à dix ans, et au moins trois cartons débordant de documents divers remisés dans le grenier. Dire que l'on avait jeté une quittance de loyer ne pouvait être que l'acte d'un fou avéré ou un mensonge. « Où se trouve l'appartement du professeur ?

– Sur les Zattere, avec vue sur la Giudecca », répondit Vianello. L'un des quartiers les plus recherchés de la ville. Puis le sergent ajouta : « Je dirais qu'il s'agit d'un six-pièces, même si je n'ai pas été plus loin que le vestibule.

– Deux cent vingt mille lires ?» demanda Brunetti, songeant que c'était ce que lui avait coûté la paire de Timberland achetée par Raffi, un mois auparavant.

« Oui, monsieur.

– Pourquoi ne pas demander au professeur et à sa femme d'entrer, sergent ? Au fait, le professeur est professeur de quoi ?

– Je ne sais pas au juste, monsieur.

– Je vois », dit Brunetti en revissant le capuchon de son stylo.

Vianello alla ouvrir et fit entrer le couple dans le bureau de son supérieur.

Le professeur Ratti avait la cinquantaine, âge qu'il faisait de son mieux pour minimiser. Avec, pour ce faire, la complicité d'un coiffeur qui lui coupait les cheveux tellement courts qu'on pouvait à la rigueur prendre les gris pour des blonds. Un costume en soie Gianni Versace gris perle contribuait à le rajeunir, tout comme sa chemise en soie bordeaux à col ouvert. Ses chaussures, qu'il portait sans chaussettes, étaient de la même couleur que sa chemise, en cuir tressé, et ne pouvaient venir que de la Bottega Veneta. On devait l'avoir mis en garde contre une tendance au double menton, car il portait un foulard de soie noué en cravate au cou et se tenait le menton bizarrement relevé, comme s'il devait compenser ainsi l'erreur d'un opticien qui aurait monté ses lunettes à double foyer à l'envers.

Si le professeur menait une lutte souterraine contre l'âge, son épouse, elle, lui livrait un combat sans merci. Ses cheveux avaient une nuance étonnamment proche du bordeaux de la chemise de son conjoint et la peau de son visage avait cette tension qui ne peut venir que du dynamisme de la jeunesse ou de l'habileté du chirurgien. Mince comme un fil, elle portait un tailleur en lin blanc dont le haut s'ouvrait sur une blouse en soie vert émeraude. En les voyant, Brunetti se demanda comment ils parvenaient à se déplacer dans cette chaleur et paraître encore aussi frais et froids. Le plus froid étant cependant leurs yeux.

« Vous souhaitiez me parler, professeur ? demanda Brunetti, se levant de sa chaise sans, cependant, tendre la main.

– Oui, en effet », dit Ratti, qui fit signe à sa femme de s'asseoir sur l'unique chaise placée en face du bureau et alla chercher un deuxième siège contre le mur. Lorsqu'ils furent tous les deux installés, il continua. « Je suis venu vous dire que je n'ai pas du tout apprécié que la police envahisse mon domicile. De plus, je tiens à m'élever contre les insinuations qui ont été faites à cette occasion. » Ratti, comme beaucoup de Milanais, élidait les *r* en parlant.

« Et quelles sont ces insinuations, professeur ? » demanda le commissaire qui se rassit et fit signe à Vianello, resté près de la porte, de ne pas bouger.

– Qu'il existerait des irrégularités relatives à l'appartement dont j'ai la jouissance. »

Brunetti jeta un coup d'œil à Vianello, lequel leva les yeux au ciel. Non seulement l'accent de Milan, mais les grands mots, maintenant.

« Qu'est-ce qui vous fait parler d'insinuations, professeur ?

– Eh bien, pour quelle raison la police aurait-elle forcé ma porte et exigé de voir mes quittances de loyer ? » Pendant que le mari parlait, l'épouse parcourait le bureau des yeux.

« Forcé votre porte, professeur ? demanda Brunetti d'un ton calme. Exigé ? » puis s'adressant à Vianello : « Dites-moi, sergent, comment êtes-vous entré dans l'appartement dont ce monsieur possède... la jouissance ?

– La bonne m'a fait entrer, monsieur.

– Et qu'avez-vous dit à cette personne en entrant ?

– Que je voulais parler au professeur Ratti.

– Je vois. » Brunetti reporta son attention sur son visiteur. « Et en quels termes cette *exigence* a-t-elle été présentée, professeur ?

– Votre sergent a demandé à voir mes quittances de loyer, comme si je conservais de telles choses.

– Comment, vous n'avez pas pour habitude de les conserver, professeur ? »

Ratti agita une main et sa femme regarda le commissaire avec une expression de surprise étudiée, comme pour suggérer que conserver la facture d'une somme aussi ridicule ne serait qu'une énorme perte de temps.

« Et que ferez-vous, si le propriétaire de l'appartement vient affirmer que vous n'avez pas réglé votre loyer ? Quelle preuve du contraire pourriez-vous présenter ? » demanda Brunetti.

Cette fois, le geste de Ratti cherchait à signifier qu'une telle éventualité était impensable, tandis que l'expression offusquée de la Signora Ratti disait combien il était invraisemblable que quiconque mette en doute la parole de son mari.

« Pouvez-vous me dire quel est le montant de votre loyer, professeur ?

– Je ne vois pas en quoi cela regarde la police, répliqua Ratti sur un ton agressif. Je n'ai pas l'habitude d'être traité ainsi.

– D'être traité comment, professeur ? demanda Brunetti dont la curiosité n'était pas feinte.

– Comme un suspect.

– Auriez-vous déjà été traité comme un suspect par la police, en une autre occasion, et seriez-vous familier avec l'impression que l'on ressent alors ? »

Ratti se leva à demi et jeta un coup d'œil à sa femme. « Rien ne m'oblige à supporter cela. Un de mes amis est conseiller municipal. » La Signora Ratti eut un petit geste de la main et il se rassit.

« Pouvez-vous me dire quel est le montant de votre loyer, professeur Ratti ? » répéta Brunetti.

L'homme le regarda droit dans les yeux. « Je dépose la somme à la Banca di Verona.

– À San Bartolomeo ?

– Oui.

– Et à combien s'élève cette somme, professeur ?

– Ce n'est rien.

– Ne serait-ce pas deux cent vingt mille lires, par hasard ?

– Si. »

Brunetti acquiesça. « Et votre appartement fait combien de mètres carrés ? »

Ratti le prit à nouveau de haut, comme si tout ceci était d'une stupidité sans nom. « Nous n'en avons aucune idée. Il convient à nos besoins. »

Brunetti prit la liste des appartements que gérait la *Lega*, la feuilleta jusqu'à la troisième page et fit courir son doigt le long des noms, jusqu'à ce qu'il ait trouvé celui de Ratti. « Trois cent douze mètres carrés, si je ne me trompe. Six pièces. Oui, je suppose que cela pourrait convenir aux besoins de bien des gens.

– Et que voulez-vous dire par là ? » rétorqua la Signora Ratti sans attendre.

Brunetti lui adressa un regard empreint de calme. « Rien que ce que j'ai dit, Signora. Un appartement de six pièces doit largement suffire pour deux personnes – vous n'êtes bien que deux, n'est-ce pas ?

– Et la bonne.

– Trois, alors, reconnut Brunetti. Cela convient toujours. » Il se détourna d'elle, l'expression toujours aussi neutre, pour s'adresser de nouveau au mari. « Comment se fait-il qu'un des appartements de la *Lega* vous ait été attribué, professeur ?

– C'est très simple, répondit Ratti, qui donna cependant à Brunetti l'impression de vouloir en rajouter. J'ai déposé une demande selon le mode habituel, et on m'a attribué cet appartement.

– Auprès de qui, cette demande ?

– Auprès de la *Lega della Moralità*, bien entendu.

– Et comment avez-vous appris que la *Lega* disposait d'appartements à louer ?

– Tout le monde le sait à Venise, n'est-ce pas, commissaire ?

– En tout cas, tout le monde va bientôt le savoir, professeur. »

Aucun des deux Ratti ne réagit à cette pointe mais la Signora Ratti jeta un bref coup d'œil à son mari, puis revint sur Brunetti.

« Vous souvenez-vous d'une personne en particulier qui vous aurait parlé de ces appartements ?

– Non », répondirent-ils aussitôt en chœur.

Brunetti s'autorisa le plus mince des sourires. « Vous avez l'air d'en être très sûrs. » Il traça un signe dépourvu de sens en face de leur nom, sur la liste. « Et avez-vous eu un entretien avec quelqu'un avant d'obtenir ce logement ?

– Non, répondit Ratti. Nous avons rempli le formulaire et nous l'avons renvoyé. Puis on nous a dit que nous avions été sélectionnés.

– Par lettre ? Par un coup de téléphone ?

– C'était il y a longtemps, et je ne m'en souviens plus », répondit le professeur qui se tourna vers sa femme pour chercher confirmation. Celle-ci secoua négativement la tête.

« Cela fait deux ans, à l'heure actuelle, que vous occupez cet appartement ? »

Ratti acquiesça d'un signe de tête.

« Et vous n'avez pas mis une seule quittance de côté ? »

Cette fois-ci, ce fut sa femme qui fit non de la tête.

« Dites-moi, professeur, combien de temps par an passez-vous dans cet appartement ? »

L'homme réfléchit quelques instants. « Nous venons pour le carnaval.

– Bien entendu, ajouta la Signora Ratti d'un ton ferme.

– Puis nous revenons en septembre, enchaîna le mari, et parfois pour la Noël. »

Une fois de plus, c'est elle qui compléta l'information. « Nous venons évidemment un week-end sur deux pendant le reste de l'année.

– Évidemment, répéta Brunetti. Et la bonne ?

– Elle vient avec nous.

– Évidemment, dit une fois de plus le policier, qui ajouta un nouveau signe cabalistique sur la liste. Puis-je vous demander, professeur, si les buts que poursuit la *Lega della Moralità* vous sont familiers ? Ce que sont ses objectifs ?

– Je sais qu'il s'agit d'améliorer la moralité, répondit le Signor Ratti d'un ton qui proclamait qu'on n'en ferait jamais trop en ce domaine.

– Oui, mais en dehors de cela, le but précis qu'elle poursuit en louant des appartements ? »

Cette fois-ci, ce fut Ratti qui adressa un coup d'œil à sa femme. « Je crois qu'elle cherche à les louer à ceux qu'elle considère comme dignes de les occuper.

– Sachant cela, poursuivit Brunetti, ne vous a-t-il jamais paru étrange que la *Lega*, qui est une organisation vénitienne, ait attribué l'un des appartements dont elle a la gestion à une personne de Milan, une personne qui, de plus, n'utilise ce logement qu'une faible partie de l'année ? » Comme Ratti ne répondait pas, le policier insista. « Vous n'ignorez certainement pas à quel point il est difficile de se loger à Venise ? »

La Signora Ratti décida de répondre à son tour. « Je

suppose qu'ils se sont dit qu'il valait mieux attribuer un tel appartement à des personnes qui sauraient l'apprécier à sa juste valeur et en prendre soin.

– En affirmant ceci, voulez-vous dire que vous seriez mieux à même de prendre soin d'un grand appartement de qualité comme celui-ci que, par exemple, une famille de charpentier de Cannaregio ?

– Il me semble que cela va sans dire, répondit-elle.

– Et qui, si je puis me permettre, paie les éventuelles réparations ? »

La Signora Ratti sourit avant d'observer : « Jusqu'ici, il n'y a pas eu besoin d'en faire.

– Il doit certainement se trouver une clause dans votre contrat, cependant – si on vous en a fait un – qui stipule qui en a la charge.

– Eux, dit Ratti.

– La *Lega* ? demanda Brunetti.

– Oui.

– Si bien que l'entretien n'est pas de la responsabilité des locataires ?

– Non.

– Et vous y habitez… commença Brunetti qui consulta le papier posé devant lui comme si le chiffre s'y trouvait, environ deux mois par an ? » Comme Ratti ne répondait pas, Brunetti insista. « Est-ce exact, professeur ? »

La question fut accueillie par un « Oui » donné à contrecœur.

Avec un geste emprunté consciemment au curé qui lui enseignait le catéchisme quand il était au lycée, Brunetti croisa les mains devant lui, suavement, à un centimètre en dessous de la feuille posée devant lui, et dit : « Je pense que le moment est venu pour vous de choisir, professeur.

– Je ne comprends pas ce que vous voulez dire.

– Je peux peut-être vous l'expliquer. Vous avez deux

possibilités. La première est de répéter la conversation que nous venons d'avoir ; nous enregistrerons mes questions et vos réponses, ou bien une secrétaire viendra prendre votre déposition en sténo. De toute façon, je vous demanderai de la signer, tous les deux, puisque vous me dites la même chose. » Il garda un instant le silence, pour être sûr d'avoir été bien compris. « La seconde, et elle me paraît de loin la plus avisée, serait de commencer à me dire la vérité. » Les Ratti feignirent l'un et l'autre la surprise, la Signora Ratti allant même jusqu'à paraître scandalisée.

« Dans un cas comme dans l'autre, poursuivit Brunetti, toujours d'un ton aussi calme, le moins qui puisse vous arriver sera de perdre cet appartement, même si cela prendra peut-être quelque temps. Vous le perdrez, cependant ; c'est bien peu de chose mais c'est une certitude. » Il trouva révélateur qu'aucun des deux n'exige d'expliquer de quoi il voulait parler.

« Il est clair que bon nombre de ces appartements ont été loués illégalement et qu'une personne en cheville avec la *Lega* était chargée de la collecte des loyers illicites. » Le professeur Ratti fit mine de vouloir objecter quelque chose, mais Brunetti leva un instant la main avant de reprendre sa pose initiale. « S'il ne s'agissait que d'une affaire de fraude, vous auriez peut-être intérêt à ne pas démordre de la version que vous venez de me donner. Malheureusement, la chose est bien plus grave qu'une simple affaire de dessous de table. » Sur ces mots, il se tut. Ils allaient se mettre à table, nom d'un chien.

« Et c'est une affaire… de quoi ? demanda Ratti, qui n'avait jamais parlé d'un ton aussi mesuré depuis qu'il était entré dans le bureau de Brunetti.

– De meurtre. Trois meurtres, exactement, dont l'un sur la personne d'un membre de la police. Je vous dis ceci pour que vous soyez bien persuadé de notre détermination dans cette affaire. L'un des nôtres a été tué, et nous trouverons qui l'a fait, nous le ferons juger. Ou les ferons juger, s'ils sont plusieurs. » Il marqua un nouveau temps d'arrêt, afin que ses interlocuteurs se pénètrent bien de ce qu'il venait de leur dire.

« Si vous persistez à maintenir la version que vous venez de me donner, vous allez vous retrouver impliqués dans une affaire criminelle très grave.

– Nous ignorons tout de cette histoire de meurtre, protesta la Signora Ratti, dont la voix s'étrangla.

– Plus maintenant, Signora. Celui ou ceux qui sont derrière cette combine de location d'appartements sont aussi responsables de trois assassinats. En refusant de nous aider à découvrir celui qui vous a loué le vôtre et qui recouvre les loyers chaque mois, vous faites volontairement obstruction à une enquête criminelle. Je n'ai pas besoin de vous rappeler que la sanction, dans un cas pareil, est autrement plus lourde que pour une simple évasion fiscale dans une histoire de fraude au loyer. Et j'ajoute, à titre personnel, que je ferai tout ce qui est en mon pouvoir pour que vous soyez condamné le plus sévèrement possible, aux cas où vous vous entêteriez à me refuser votre aide. »

Ratti se leva. « J'aimerais pouvoir rester quelques instants seul à seul avec ma femme.

– Non, répondit Brunetti, élevant la voix pour la première fois.

– J'en ai le droit ! protesta le professeur.

– Vous avez le droit de parler à votre avocat, Signor Ratti, et je vous le concéderai volontiers. Mais vous et votre femme allez prendre votre décision tout de suite, devant moi. » Il outrepassait assez largement ses droits, et le savait ; son seul espoir était que les Ratti, eux, l'ignorent.

Ils se regardèrent si longuement que Brunetti crut un instant que c'était fichu. Puis, finalement, elle inclina sa tête couleur bordeaux et ils reprirent place sur leur siège.

« Très bien, dit Ratti. Je tiens cependant à vous dire tout de suite que nous ne savons rien de ce meurtre.

– De *ces* meurtres », le corrigea Brunetti. L'homme parut ébranlé par cette précision.

« Il y a trois ans, commença Ratti, l'un de nos amis de Milan nous a dit qu'il connaissait quelqu'un qui pourrait nous aider à trouver un appartement à Venise. Cela faisait six mois que nous en cherchions un, en vain. Quand on n'est pas sur place, c'est encore plus difficile. » Brunetti se demanda s'il n'allait pas avoir droit à une série de récriminations. Sentant peut-être que le commissaire s'impatientait, le professeur enchaîna. « Bref, il nous a donné un numéro de téléphone, ici, à Venise. Nous avons appelé et expliqué ce que nous voulions, et on nous a demandé quel genre d'appartement nous recherchions et le prix que nous étions prêts à payer. » Ratti marqua un temps d'arrêt – ou bien crut-il en avoir assez dit ?

« Oui ? » l'aiguillonna Brunetti, du même ton de voix que celle du curé, quand un enfant trahissait de l'incertitude sur un point ou un autre de catéchisme.

« Je lui ai expliqué ce que nous voulions, et il m'a dit qu'il me rappellerait dans quelques jours. Ce qu'il a fait. Il avait trois appartements à nous montrer pour le week-end suivant. Nous sommes venus, et il nous a effectivement montré l'appartement que nous occupons, ainsi que deux autres.

– S'agissait-il de la même personne que celle que vous aviez eue au téléphone ?

– Je l'ignore. C'est cependant la même qui nous avait rappelés.

– Savez-vous qui était, ou qui est cet homme ?

– Celui à qui nous payons le loyer, mais nous ne connaissons pas son nom.

– Et comment procédez-vous ?

– Il nous appelle au cours de la dernière semaine du mois et nous donne un lieu de rendez-vous. Dans un bar, en général, pu parfois même dehors, en été.

– Où ? À Venise, ou à Milan ? »

La femme intervint. « Il paraît savoir où nous nous trouvons. Il nous appelle ici si nous y sommes, ou sinon à Milan.

– Et que faites-vous ? »

C'est Ratti qui reprit la parole. « Je le rencontre à l'endroit convenu et je lui remets l'argent.

– Combien ?

– Deux millions et demi de lires.

– Par mois ?

– Oui. Parfois, je lui règle plusieurs mois d'avance.

– Connaissez-vous l'identité de cet homme ?

– Non, mais il m'est arrivé de le croiser dans la rue, à Venise. »

Brunetti songea qu'on aurait le temps, plus tard, de lui en faire faire la description, et laissa tomber. « Et la *Lega*, dans tout ça ? En quoi intervient-elle ?

– Quand nous avons dit à cet homme que l'appartement nous intéressait, il a proposé un prix, mais nous l'avons fait descendre à deux millions et demi, répondit Ratti, déguisant mal sa satisfaction d'avoir si bien marchandé.

– Je vous ai demandé quel était le rôle de la *Lega*.

– Il nous a dit que nous allions recevoir des formulaires de la *Lega della Moralità* et que nous n'aurions qu'à les remplir et les leur retourner ; que nous pourrions prendre possession de l'appartement quinze jours plus tard. »

La Signora Ratti intervint à nouveau. « Il nous a aussi demandé de ne parler à personne de la façon dont nous avions trouvé l'appartement.

– Vous l'a-t-on demandé ?

– Certains de nos amis de Milan, oui, répondit-elle. Mais nous leur avons expliqué que nous étions passés par une agence de location.

– Et la personne qui vous a donné ce numéro de téléphone ?

– Nous lui avons dit la même chose, que nous étions passés par une agence, la précéda le professeur.

– Savez-vous d'où il tenait ce numéro ?

– Il nous a dit qu'on le lui avait donné, au cours d'une soirée.

– Vous souvenez-vous de l'année et du mois de ce coup de téléphone ? demanda Brunetti.

– Pourquoi ? voulut savoir Ratti, tout de suite soupçonneux.

– Parce que j'aimerais me faire une idée plus précise de la date à laquelle tout cela a commencé », mentit Brunetti, qui espérait pouvoir faire vérifier leurs appels téléphoniques à Venise pour l'époque correspondante.

L'air encore sceptique, le Milanais répondit néanmoins. « C'était en mars, il y a deux ans. Vers la fin du mois. Nous avons emménagé à Venise début mai.

– Je vois, dit Brunetti. Et avez-vous eu quelque chose à voir avec la *Lega*, depuis que vous occupez cet appartement ?

– Non, rien.

– Et les quittances ? »

Ratti changea de position sur sa chaise, mal à l'aise. « La banque nous en donne une tous les mois.

– Pour quel montant ?

– Deux cent vingt mille lires.

– Dans ce cas, pourquoi ne pas avoir voulu les montrer au sergent Vianello ? »

Pour la troisième fois, la Signora Ratti répondit à la place de son mari. « Nous ne voulions pas être mêlés à des histoires.

– Mascari ? » demanda brusquement Brunetti.

La nervosité de Ratti parut croître. « Que voulez-vous dire ?

– Lorsque le directeur de la banque qui vous délivrait vos quittances a été tué, n'avez-vous pas trouvé cela bizarre ?

– Non. Pourquoi aurais-je dû trouver cela étrange ? protesta Ratti, avec de la colère dans la voix. J'ai appris la façon dont il est mort par les journaux. J'ai supposé qu'il avait été tué par un de ses… comment dites-vous au juste ? » Brunetti était bien conscient que tout le monde savait, de nos jours, comment on appelait le client d'une ou d'un prostitué, mais il ne répondit pas à la question.

« Quelqu'un a-t-il pris contact avec vous, ces temps derniers au sujet de l'appartement ?

– Non, personne.

– Au cas où vous recevriez un coup de téléphone ou encore une visite de l'homme à qui vous payez le loyer, je vous demande de m'en avertir sur-le-champ.

– Bien entendu, commissaire », dit Ratti, reprenant précipitamment son masque de bon citoyen.

Soudain écœuré par le couple, leurs prétentions, leurs vêtements chics, Brunetti n'eut qu'une envie, ne plus les voir. « Vous allez accompagner le sergent Vianello en bas. Donnez-lui, s'il vous plaît, une description aussi détaillée que possible de l'homme à qui vous réglez le loyer. » Puis le commissaire se tourna vers Vianello. « Si cela te rappelle quelqu'un que nous connaîtrions, montre-leur des photos. »

Vianello acquiesça et ouvrit la porte. Les Ratti se levèrent, mais aucun ne tendit la main à Brunetti. Le professeur prit sa femme par le bras pour parcourir la courte distance qui les séparait du seuil, puis s'effaça pour la laisser passer. Vianello jeta un coup d'œil à son supérieur, s'autorisa le plus discret des sourires et leur emboîta le pas, tirant le battant derrière lui.

24

La conversation avec Paola, ce soir-là, fut brève. Elle lui demanda s'il y avait du nouveau, lui proposa à nouveau de revenir quelques jours à Venise ; elle disait pouvoir laisser les enfants à l'hôtel, mais Brunetti lui répondit qu'il faisait trop chaud pour seulement envisager un tel déplacement.

Il passa le reste de la soirée en compagnie de l'empereur Néron, décrit par Tacite comme « corrompu par toutes les formes de concupiscence, naturelles ou non ». Il ne se coucha qu'après avoir lu la description de l'incendie de Rome dont Tacite semble imputer la responsabilité à Néron, lequel venait de procéder à une parodie de mariage avec un homme, choquant jusqu'aux membres les plus dissolus de sa cour en se parant « du voile virginal ». Partout, des travestis.

Le lendemain matin, Brunetti ignorant que l'arrestation de Tito Burrasca était relatée dans l'édition matinale du *Corriere* sans qu'il soit fait mention de la Signora Patta, assista aux funérailles de Maria Nardi. La Chiesa dei Gesuati était pleine à craquer, car à la famille et aux amis s'ajoutait une bonne partie de la police de Venise. Un représentant de celle de Mestre était présent ; il expliqua que le sergent Gallo n'avait pu venir, toujours pris à Milan par le procès auquel il témoignait. Il ne serait de retour que dans trois jours. Même le vice-questeur Patta était là, la mine sombre dans son costume bleu marine. Il avait beau se dire que c'était un point de vue sentimental et sans aucun doute politiquement incorrect, Brunetti ne pouvait s'empêcher de trouver qu'il était pire, pour une femme policier que pour un homme, de se faire tuer en mission. La messe terminée, il attendit sur les marches de l'église la sortie du cercueil, porté par six policiers en tenue. Lorsque le mari de Maria Nardi apparut, pleurant sans retenue, titubant de chagrin, le commissaire se détourna pour parcourir des yeux les eaux de la lagune, en direction de la Giudecca. Il se tenait toujours là, lorsque Vianello s'approcha et le toucha au bras.

« Commissaire ? »

Il revint sur terre. « Oui, Vianello ?

– J'ai probablement une identification, grâce à ces gens.

– Depuis quand ? Pourquoi ne pas m'avoir averti ?

– Je ne l'ai su que ce matin. Hier après-midi, je leur ai montré pas mal de photos, mais ils m'ont dit qu'ils n'étaient pas sûrs. À mon avis, ils l'étaient déjà, mais ils voulaient parler à leur avocat. Toujours est-il qu'ils étaient de retour ce matin, à neuf heures, et qu'ils ont identifié Pietro Malfatti. »

Brunetti laissa échapper un sifflement entre ses dents. Malfatti leur était passé à plusieurs reprises entre les mains, au cours des ans ; il avait un passé de violence et un casier chargé, y compris un viol et une tentative d'assassinat, mais les accusations avaient une forte tendance à se dissoudre avant le procès ; les témoins changeaient d'avis ou déclaraient s'être trompés. On l'avait mis deux fois à l'ombre, la première pour proxénétisme aggravé, la seconde pour tentative d'extorsion de fonds auprès d'un propriétaire de bar. L'établissement avait brûlé pendant que Malfatti accomplissait ses deux ans de prison.

« L'ont-ils identifié avec certitude ?

– Oui, tous les deux.

– Avons-nous une adresse ?

– La dernière était à Mestre, mais cela fait un an qu'on ne l'y voit plus.

– Des amis ? Des femmes ?

– On vérifie.

– Et sa famille ?

– Je n'y ai pas pensé. Ils doivent être dans le dossier.

– Vois ce que nous avons. Si tu trouves un proche, sa mère ou un frère, place quelqu'un en surveillance dans un appartement voisin. Non, se reprit-il, se souvenant de ce qu'il savait de l'homme, mets-en deux.

– Bien, monsieur. Ce sera tout ?

– Les comptes de la banque et de la *Lega* ?

– Les deux doivent en principe nous les donner aujourd'hui.

– Il me les faut Ça m'est égal si tu es obligé d'aller les chercher sur place. Je veux toutes les pièces qui ont quelque chose à voir avec les mouvements d'argent en rapport avec ces appartements, et qu'on interroge tous les employés de la banque pour savoir si Mascari leur avait parlé de la *Lega*. Et le plus vite possible. Si tu as besoin de l'appui du juge d'instruction pour cela, n'hésite pas à le demander.

– Bien, monsieur.

– À la banque, essaie de savoir qui avait la responsabilité de contrôler les comptes de la *Lega*.

– Ravanello ? demanda Vianello.

– Probablement.

– On va bien voir ce qu'on va trouver. Et qu'est-ce qu'on fait, pour Santomauro, monsieur ?

– Je vais lui parler aujourd'hui.

– Est-ce que… » commença le sergent, qui s'arrêta, sur le point de demander si c'était bien raisonnable. « Est-ce que c'est possible, sans convocation officielle ?

– Je crois que maître Santomauro aura très envie de me parler, Vianello. »

Il ne s'était pas trompé. Les bureaux de l'avocat se trouvaient Campo San Luca, au deuxième étage d'un bâtiment situé à moins de vingt mètres de trois banques différentes. Voilà qui tombait admirablement bien, pensa Brunetti, lorsque la secrétaire de Santomauro l'introduisit, quelques minutes seulement après son arrivée dans le local.

Santomauro était assis à son bureau, tournant le dos à une grande fenêtre donnant sur la place. Cette fenêtre était cependant scellée avec soin, et la climatisation faisait régner une température d'une fraîcheur presque désagréable, en particulier lorsqu'on voyait défiler, en contrebas, de gens exhibant des épaules, des bras, des dos et des jambes nus. On supportait très bien, ici, le veston et la cravate.

L'avocat leva les yeux mais ne daigna ni sourire ni se lever, lorsque le commissaire entra. Il portait un costume gris classique, une cravate sombre, une chemise blanche immaculée. Ses yeux bleus étaient largement espacés et paraissaient contempler le monde avec candeur. Il était pâle, autant que si on avait été au cœur de l'hiver ; pas de vacances pour ceux qui peinent dans les vignobles de la loi.

« Asseyez-vous, commissaire, dit-il. À quel sujet désirez-vous me voir ? » Il se pencha pour déplacer légèrement une photo dans un cadre d'argent, comme pour mieux voir Brunetti – ou permettre à celui-ci de voir le cliché, sur lequel une femme ayant à peu près le même âge que Santomauro posait en compagnie de deux jeunes hommes qui ressemblaient fort à l'avocat.

« Il y a un certain nombre de choses dont j'aimerais vous parler, maître, répondit Brunetti en s'installant, mais je commencerai par la *Lega della Moralità*.

– J'ai bien peur qu'il vous faille demander ces renseignements à ma secrétaire, commissaire. Mon rôle à la *Lega* est purement formel.

– Je ne suis pas bien sûr de comprendre ce que vous voulez dire, maître.

– Voyez-vous, la *Lega* a toujours besoin d'une figure de proue, de quelqu'un qui tienne le rôle de président. Mais comme vous devez déjà le savoir, certainement, nous autres, membres du conseil d'administration, n'avons pas notre mot à dire dans les affaires quotidiennes qu'elle gère. Le vrai travail est accompli par le directeur de banque qui gère les comptes.

– Dans ce cas, quelle est votre fonction précise ?

– Comme je viens de vous le dire, répondit Santomauro avec l'esquisse d'un sourire, je sers de figure de proue. Je dispose d'une certaine… comment dire ? influence dans la communauté, et c'est à ce titre que l'on m'a proposé la présidence, poste tout à fait honorifique.

– Qui vous l'a proposé ?

– Les autorités de la banque qui gèrent les comptes de la *Lega*.

– Si le directeur de la banque s'occupe de gérer la *Lega*, quels sont alors vos devoirs, maître ?

– Je parle en son nom lorsque des questions nous concernant sont posées par la presse ou lorsqu'on demande le point de vue de la *Lega* sur une question.

– Je vois. Et sinon ?

– Deux fois par an, j'ai une réunion avec le responsable de la banque qui s'occupe du compte de la *Lega* pour discuter de la situation financière de l'organisation.

– Et quelle est cette situation, si je puis me permettre ? »

Santomauro posa les deux mains à plat sur son bureau. « Comme vous le savez, en tant qu'organisme sans but lucratif, il nous suffit de nous arranger pour nous maintenir la tête hors de l'eau. Au sens financier du terme, s'entend.

– Ce qui veut dire exactement – au sens financier du terme ? »

La voix de l'avocat se fit encore plus calme, sa patience encore plus manifeste. « Que nous nous arrangeons pour recueillir suffisamment de fonds afin que ceux qui ont été choisis puissent continuer à bénéficier de nos dons charitables.

– Et qui donc, si je peux poser la question, décide des bénéficiaires de vos libéralités ?

– Le responsable de la banque, bien entendu.

– Et qui décide de l'attribution des appartements dont la *Lega* a la gestion ?

– La même personne », répondit Santomauro, s'autorisant un sourire tout aussi mince que le premier, avant d'ajouter : « Le conseil d'administration approuve automatiquement ses suggestions.

– Et vous-même, en tant que président, n'avez pas votre mot à dire à ce sujet ? Vous n'avez aucun pouvoir décisionnel ?

– Je suppose que si je le voulais, je pourrais intervenir. Mais, comme je vous l'ai dit, commissaire, notre rôle, au conseil d'administration, est purement symbolique.

– Pouvez-vous être plus précis, maître ? »

Avant de répondre, Santomauro cueillit sur son bureau, du bout du doigt, une minuscule particule de poussière qu'il jeta ensuite de côté. « Comme je l'ai déjà dit, mon poste est purement honorifique. Il me semble qu'il ne serait pas correct, étant donné le nombre de citoyens de cette ville que je connais, de choisir moi-même ceux qui pourraient profiter, d'une manière ou d'une autre, de l'action charitable de la *Lega*. Pas plus, si je puis me permettre de parler pour eux, que ne le trouveraient correct les autres membres du conseil d'administration.

– Je vois, observa Brunetti sans faire aucun effort pour déguiser son scepticisme.

272

– Vous trouvez cela difficile à croire, commissaire ?

– Il serait maladroit de ma part de vous dire ce que je trouve difficile ou non à croire, maître… Passons au Signor Crespo. Vous occupez-vous de la gestion de ses biens ? »

Cela faisait des années que Brunetti n'avait pas vu un homme mettre la bouche en cul-de-poule ; or c'est exactement ce que fit Santomauro avant de répondre. « En tant qu'avocat du Signor Crespo, c'est évidemment moi qui m'occupe de son patrimoine.

– Un patrimoine important ?

– C'est une information confidentielle, commissaire, comme vous devriez le savoir, étant diplômé de droit.

– Ah, oui… et je suppose que quelle que soit la nature des transactions que vous avez pu avoir avec le Signor Crespo, celles-ci bénéficient également du secret professionnel ?

– Je vois que vous vous souvenez de la loi, commissaire, remarqua Santomauro avec un sourire.

– Pouvez-vous me confirmer que les comptes de la *Lega*, ses bilans financiers, ont bien été transmis à la police ?

– Vous en parlez comme si vous n'en faisiez pas partie, commissaire.

– Ces comptes, Signor Santomauro ? Où sont-ils ?

– Mais entre les mains de vos collègues, commissaire. C'est ma secrétaire en personne qui en a tiré des copies ce matin même.

– Nous voulons les originaux.

– Ce sont évidemment les originaux qui vous ont été confiés, commissaire, observa Santomauro, déroulant quelques millimètres d'un sourire mesuré. J'ai pris la liberté d'en faire faire ces copies pour moi-même, simplement au cas où quelque chose se perdrait pendant que ces documents sont sous votre responsabilité.

– Quelle prudence, maître, dit Brunetti, mais sans sourire. Je ne veux pas abuser davantage de votre temps. Je me rends bien compte qu'il doit être précieux, pour quelqu'un qui jouit de tant d'influence dans notre communauté. Il ne me reste qu'une seule question. Pouvez-vous me dire le nom de la personne qui tient les comptes de la *Lega*, à la banque ? Je souhaiterais lui parler. »

Le sourire de Santomauro s'épanouit « J'ai bien peur que cela soit impossible, commissaire. Voyez-vous, c'était feu Leonardo Mascari qui les tenait, depuis toujours. »

25

Il retourna à la questure, estomaqué par l'habileté avec laquelle l'avocat avait suggéré la culpabilité de Mascari. Tout reposait, en effet, sur les prémisses des plus fragiles : les documents bancaires devaient tous donner l'impression d'être l'œuvre de Mascari ; les employés de la banque allaient devoir déclarer ignorer si quelqu'un d'autre s'occupait des comptes de la *Lega* – ou être fortement incités à le déclarer ; sans compter qu'il fallait qu'aucun élément nouveau ne soit découvert dans les meurtres de Mascari et Crespo.

À son arrivée, il apprit que les documents de la Banca di Verona comme de la *Lega della Moralità* avaient été remis à la police lorsque celle-ci s'était présentée, et que trois hommes de la brigade financière étaient déjà en train de les dépouiller, à la recherche de tous ceux qui auraient eu à se pencher sur les comptes qui accueillaient les loyers ou à partir desquels étaient rédigés les chèques qui concrétisaient les actions charitables de la *Lega*.

Brunetti, conscient qu'il ne servirait à rien d'aller jouer les mouches du coche et de regarder par-dessus leur épaule pendant qu'ils travaillaient, et craignant de ne pouvoir résister à la tentation d'aller jeter un coup d'œil au passage dans la pièce qu'on leur avait assignée, décida qu'il était l'heure d'aller déjeuner. Il choisit volontairement de se rendre dans un restaurant du

Ghetto, même si cela signifiait un aller et retour à pied assez long au moment le plus chaud de la journée. À son retour, à trois heures passées, son veston était trempé et ses chaussures lui donnaient l'impression de s'être soudées par fusion à ses pieds.

Vianello se présenta à son bureau quelques minutes après son arrivée. Sans autre préambule, il lui dit : « J'ai contrôlé la liste des personnes qui reçoivent des chèques de la *Lega*. »

Brunetti n'eut pas de mal à identifier l'humeur de son subordonné. « Et qu'avez-vous trouvé ?

– Que la mère de Malfatti s'était remariée et portait le nom de son nouveau mari.

– Et ?

– Et qu'elle reçoit des chèques sous son nouveau nom comme sous l'ancien. Qui plus est, son deuxième mari reçoit lui aussi son chèque, comme deux de ses cousins, tous, apparemment, sous un nom différent.

– À quel total arrive-t-on pour la famille Malfatti ?

– Les chèques sont d'environ cinq cents mille lires par mois, ce qui fait presque trois millions de lires. » Vianello ne put s'empêcher de poser la question. « Comment n'ont-ils jamais pensé qu'ils finiraient par se faire prendre ? »

La réponse s'imposait avec tellement d'évidence qu'elle ne valait pas la peine d'être formulée. « Et les chaussures, où en est-on ?

– Là, on est moins heureux. Avez-vous parlé à Gallo ?

– Il est toujours à Milan, mais Scarpa m'aurait certainement appelé s'ils avaient eu du nouveau. Qu'est-ce que les hommes de la financière ont trouvé ? »

Vianello haussa les épaules. « Ils sont enfermés dans leur pièce depuis ce matin.

« Est-ce qu'ils ont bien compris ce qu'ils doivent chercher ? demanda Brunetti, incapable de dissimuler son impatience.

– Celui ou ceux qui tenaient tous ces comptes.

– Tu veux bien aller en bas leur demander s'ils n'ont rien trouvé ? Si Ravanello est dans le coup, je veux pouvoir le coincer tout de suite.

– Oui, monsieur », répondit Vianello avant de quitter le bureau.

En attendant le retour du sergent, Brunetti remonta les manches de sa chemise, davantage pour s'occuper que dans l'espoir d'avoir moins chaud. Quand Vianello fit sa réapparition, la réponse était inscrite sur son visage. « Je viens de parler à leur chef. Il m'a dit que jusqu'ici, d'après ce qu'ils voyaient, c'est bien Mascari qui paraît être le responsable.

– Qu'est-ce que ça veut dire ? aboya Brunetti.

– C'est ce qu'ils m'ont répondu… monsieur », fit Vianello, parlant très lentement et d'un ton uni, en marquant un temps d'arrêt. Le silence se prolongea quelques instants. « Vous pourriez peut-être aller leur parler en personne et obtenir des éclaircissements. »

Brunetti détourna les yeux et rabaissa ses manches. « Allons-y ensemble, Vianello. » C'était ce qu'il pouvait faire de mieux en matière d'excuse, mais le sergent parut s'en satisfaire. Étant donné la chaleur qui régnait, il ne fallait pas trop en demander.

Les trois hommes, qui portaient la tenue grise de la brigade financière, étaient installés autour d'une grande table couverte de dossiers et de documents divers. Deux d'entre eux avaient une calculatrice posée devant eux, le troisième un ordinateur portable. Leur seule concession à la chaleur ambiante avait été d'enlever leur veston ; ils avaient tous les trois conservé leur cravate.

L'homme à l'ordinateur leva les yeux à l'entrée de Brunetti, qu'il regarda un instant par-dessus ses lunettes avant de retourner à son écran et d'inscrire quelques nouvelles données. Il consulta l'écran, puis une feuille de papier posée sur le haut d'une pile à droite du clavier, tapa encore sur quelques touches, regarda de nouveau l'écran. Il prit la feuille de papier et la posa à l'envers, à gauche de l'ordinateur, et entama l'étude des chiffres, sur la feuille suivante.

« Lequel d'entre vous est le chef d'équipe ? » demanda Brunetti.

Un homme de petite taille, rouquin, leva les yeux de sa calculatrice. « C'est moi. Vous êtes le commissaire Brunetti ?

– Oui, répondit Brunetti, qui fit le tour de la table pour aller lui tendre la main.

– Je suis le capitaine de Luca. » Puis, d'un ton moins officiel, il ajouta en serrant la main du commissaire : « Beniamino. » Il eut un geste qui balayait la table. « Vous voulez savoir qui était responsable de tout cela à la banque ?

– En effet.

– On dirait, pour le moment, que ces transactions étaient systématiquement effectuées par un seul et même homme, du nom de Mascari. Son code d'entrée apparaît sur chacune, et ce qui semble être ses initiales figure sur nombre des documents.

– Pourraient-ils avoir été falsifiés ?

– Que voulez-vous dire exactement commissaire ?

– Quelqu'un pourrait-il avoir altéré ces documents de telle manière qu'ils donnent l'impression d'avoir été traités par Mascari ? »

De Luca réfléchit un long moment avant de répondre. « Je suppose. Si celui qui l'a fait a pu disposer d'un jour ou deux pour travailler sur ces archives, cela ne paraît pas impossible. » Il se plongea de nouveau dans ses réflexions, comme s'il résolvait une équation à plusieurs inconnues dans sa tête. « Oui, n'importe qui aurait pu le faire, à condition de connaître les codes d'entrée.

– Dans quelle mesure ces codes sont-ils secrets, dans une banque ?

« – Je dirais qu'ils ne le sont pas. Les gens n'arrêtent pas de consulter les comptes des uns et des autres, et il leur faut donc connaître les codes d'accès.

– Et les initiales, sur les reçus ?

– Encore plus faciles à imiter qu'une signature.

– Existe-t-il un moyen de prouver que la gestion de ces comptes était faite par quelqu'un d'autre ? »

De Luca réfléchit de nouveau longuement à la question avant de répondre. « Pour ce qui est des sorties d'imprimantes, absolument pas. On pourrait à la rigueur démontrer que les initiales ont été imitées, encore que la plupart des gens se contentent de les griffonner, sur des documents de ce genre. Il est souvent difficile de les distinguer, d'ailleurs, voire de reconnaître les siennes.

– Pourrait-on monter un dossier en prouvant que ces archives ont été trafiquées ? »

L'expression qu'eut de Luca fut aussi claire que sa réponse. « Vous pourriez toujours essayer, mais il ne tiendrait sûrement pas devant un tribunal.

– Autrement dit, c'était Mascari qui tenait ces comptes ? »

De Luca hésita, cette fois. « Non, ce n'est pas ce que je dirais. C'est bien l'impression que l'on a, mais il est tout à fait possible que quelqu'un les ait altérés de manière que, justement, on éprouve cette impression.

– Et le reste ? Le processus d'attribution des appartements ?

– Oh, il est clair que les locataires étaient choisis pour des raisons sans rapports avec leur ressources réelles, et que la pauvreté n'avait pas grand-chose à voir avec une bonne partie des dons.

– Comment l'avez-vous découvert ?

– Dans le cas des appartements, tous les formulaires de demande d'attribution sont ici, divisés en deux groupes : ceux qui ont reçu une réponse favorable, et ceux qui ont fait l'objet d'un refus… Non, ce n'est pas tout à fait cela. Un certain nombre d'appartements, un nombre important, même, va à des personnes qui paraissent en avoir réellement besoin, mais près du quart des demandes d'attribution proviennent de gens qui ne sont même pas vénitiens.

– Des demandes qui ont été acceptées ? demanda Brunetti.

– Oui. Et vos gars n'ont même pas encore fini de vérifier la liste des locataires. »

Brunetti se tourna vers Vianello, qui expliqua que jusqu'à maintenant, ils n'avaient épuisé que la moitié de la liste. « Beaucoup semblent loués à des jeunes gens qui vivent seuls. Et qui travaillent de nuit. »

Brunetti hocha la tête. « Dès que tu as un rapport complet sur les deux listes, Vianello, tu m'en fais part.

– Cela va nous prendre encore au moins deux jours, observa le sergent.

– J'ai bien peur que nous n'ayons plus aucune raison de nous presser, à présent. » Brunetti remercia le capitaine de Luca pour sa collaboration et regagna son bureau.

Le coup était parfait, songea-t-il. Aussi parfait que possible. Ravanello avait bien travaillé, pendant tout son week-end, et les archives montraient maintenant que Mascari avait eu la responsabilité des comptes de la *Lega*. Quel meilleur moyen d'expliquer l'escamotage de millions et de millions de lires que d'en accuser Mascari et ses travestis ? Qui savait à quelles débauches il se livrait lorsqu'il voyageait pour la banque ? À quelles orgies n'avait-il pas participé ? Quelles fortunes n'avait-il pas jeté par les fenêtres, cet homme dont le sens de l'économie était tel qu'il évitait d'appeler sa femme au téléphone pendant ses déplacements ? Malfatti, Brunetti en était convaincu, se trouvait loin de Venise, où on n'était pas près de le revoir ; il ne faisait aucun doute que les locataires reconnaîtraient en lui l'homme chargé de récolter les loyers ; aucun doute qu'il s'était arrangé pour qu'un pourcentage des dons charitables aille dans ses poches en échange de ses bons et loyaux services. Et Ravanello ? Ravanello avait dû apparaître comme le modèle de l'ami intime qui, par fidélité mal placée, n'avait pas trahi le noir secret de Mascari, n'ayant jamais imaginé à quelles fraudes fiscales énormes son ami avait recours pour assouvir sa concupiscence malsaine. Santomauro. Aucun doute que dans un premier temps, il serait submergé par une vague de ridicule, lorsqu'on apprendrait à quel point il avait été le jobard de son ami Mascari ; mais, tôt ou tard, l'opinion populaire finirait par voir en lui un citoyen altruiste dont la crédulité naturelle avait été trahie par la duplicité avec laquelle le banquier avait manigancé ses combines. Parfait, oui, absolument parfait, et pas la moindre faille par laquelle Brunetti puisse faire éclater la vérité.

26

Ce soir-là, les objectifs moraux ambitieux de Tacite n'apportèrent aucune consolation à Brunetti et les destins violents de Messaline et d'Agrippine firent peu pour le conforter dans son idéal de justice. En lisant le récit effrayant de leur fin, pourtant bien méritée, il ne pouvait s'empêcher de se dire que le mal répandu par ces femmes diaboliques leur avait survécu longtemps. Il était finalement deux heures du matin largement passées lorsqu'il s'obligea à reposer son livre ; il dormit d'un sommeil troublé pendant le reste de la nuit, assailli par le souvenir de Mascari, cet homme juste ayant connu un trépas prématuré dans des conditions qui le faisaient paraître encore plus sordide que celui des Messaline et Agrippine. Le mal qu'on lui avait fait lui survivrait longtemps, là aussi.

Au matin, la chaleur était déjà suffocante, comme si une malédiction pesait sur Venise, la condamnant à supporter un air stagnant et des températures caniculaires, à croire qu'elle était abandonnée des brises marines, parties jouer ailleurs. En passant par le marché du Rialto, sur le chemin de la questure, il remarqua que de nombreux éventaires de produits frais étaient fermés, les vides, dans les alignements bien ordonnés, faisant comme autant de dents manquantes dans la bouche d'un vieil ivrogne. Pourquoi vouloir vendre des légumes pendant *Ferragosto*, en effet ? Les Vénitiens fuyaient leur ville, et les touristes ne réclamaient que des sandwichs et de l'eau minérale.

Il arriva tôt à la questure pour ne pas avoir à faire cette marche après neuf heures, lorsque la chaleur serait encore plus accablante et les rues encombrées par les touristes – auxquels il ne voulait même pas penser. Pas aujourd'hui.

Rien ne le satisfaisait, ni l'idée que la police allait pouvoir mettre fin aux magouilles de la *Lega*, ni l'espoir que de Luca et ses hommes trouveraient peut-être un début de preuve leur permettant de remonter jusqu'à Santomauro et Ravanello. Il ne croyait plus à la filière de la robe et des chaussures qu'avait portées Mascari ; trop de temps avait déjà passé.

Il était plongé dans cette rêverie morose lorsque Vianello fit irruption dans son bureau sans même frapper, criant : « On a trouvé Malfatti !

– Où ça ? s'exclama Brunetti, qui bondit sur ses pieds, retrouvant instantanément son énergie.

– Chez sa petite amie, Luciana Vespa, à San Barnaba.

– Comment ?

– Son cousin nous a appelés. Il est sur la liste. Il reçoit des chèques de la *Lega* depuis l'an dernier.

– Vous aviez conclu un accord avec lui ? demanda Brunetti, que l'aspect illégal de ce genre de tractation ne gênait nullement.

– Non, il n'a même pas osé nous le demander. Il nous a dit qu'il voulait nous aider. » Le reniflement de Vianello traduisit clairement la foi qu'il avait en cette promesse.

– Qu'est-ce qu'il t'a dit ?

– Que Malfatti était là depuis trois jours.

– Elle est sur la liste ? »

Vianello secoua la tête. « Non, seulement sa femme. J'avais mis quelqu'un dans l'appartement voisin de celle-ci, sans résultat. » Tout en continuant de parler, ils descendirent jusqu'au bureau central des inspecteurs et policiers en tenue.

« As-tu fait venir une vedette ?

– Elle nous attend. Combien d'hommes voulez-vous ? »

Brunetti n'avait jamais eu de rôle direct à jouer dans l'une des nombreuses arrestations de Malfatti, mais il avait lu les rapports. « Trois. Armés. Gilets pare-balles. »

Dix minutes plus tard, lui, Vianello et les trois policiers, la poitrine bombée par les gilets qui les faisaient déjà abondamment transpirer, embarquèrent sur la vedette bleu et blanc de la police qui attendait, moteur tournant au ralenti, devant la questure. Les trois policiers en tenue s'installèrent dans la cabine, laissant Brunetti et Vianello capter, sur le pont, le peu de brise provoquée par le mouvement du bateau. Le pilote passa dans le *bacino* de Saint Marc, tourna à droite et se dirigea vers l'entrée du Grand Canal. Les glorieux édifices défilaient de part et d'autre tandis que les deux hommes, têtes rapprochées, parlaient haut pour lutter contre la force du vent et le grondement du moteur. Il fut décidé que Brunetti monterait à l'appartement et essaierait de prendre contact avec Malfatti. Étant donné qu'ils ne savaient rien de sa maîtresse et des liens affectifs qu'il avait ou non avec elle, assurer sa sécurité était une priorité.

Brunetti regrettait d'ailleurs d'avoir fait venir les trois policiers. Si jamais des passants voyaient débarquer leur petite escouade, avec trois hommes armés jusqu'aux dents montant la garde au pied d'un immeuble, un attroupement de badauds allait immanquablement se former et tout aussi immanquablement attirer l'attention des habitants.

La vedette apponta à l'arrêt du vaporetto de Ca'Rezzonico, et c'est sous l'œil rond des personnes qui attendaient le numéro 1 que défilèrent les cinq hommes, avant de s'engager, en file indienne, dans la ruelle étroite qui conduit jusqu'au Campo San Barnaba. Le soleil n'était pas encore au zénith, ce qui n'empêchait pas la chaleur de monter des pavés et de les agresser par le bas.

L'immeuble qu'ils cherchaient se trouvait à l'autre bout de la place, et sa porte d'entrée donnait sur l'une des énormes barques qui vendent fruits et légumes directement depuis le canal longeant l'esplanade. À droite de l'entrée se trouvaient un restaurant qui n'était pas encore ouvert et, un peu plus loin, une librairie. « Vous trois, dit Brunetti, conscient de la curiosité et des commentaires suscités par la présence de policiers en arme parmi la foule, allez dans la librairie. Toi, Vianello, attends dehors. »

Paraissant trop volumineux pour l'entrée, les trois policiers en gilets pare-balles se pressèrent dans l'entrée de la librairie. Le libraire passa la tête dehors, aperçut Vianello et Brunetti, et disparut à nouveau dans son magasin sans avoir rien dit.

À la droite de l'une des sonnettes était collé un bout de papier sur lequel on avait écrit *Vespa*. Brunetti appuya sur le bouton situé juste au-dessus. Au bout de quelques instants, une voix de femme monta de l'interphone. « *Si ?*

– La poste, Signora. J'ai une lettre recommandée. Vous devez signer. »

L'ouverture de porte se déclencha, et Brunetti se tourna vers Vianello. « Je vais voir ce que je peux faire. Reste ici, et essaie de garder la rue dégagée. » La vue de trois vieilles femmes qui restaient plantées là, avec leur sac à roulettes, le fit encore plus regretter d'avoir pris trois hommes supplémentaires.

Il passa dans l'entrée de l'immeuble, où il fut accueilli par la lourde pulsation rythmique d'une musique de rock, en provenance des étages supérieurs. Si les sonnettes, dehors, correspondaient à la situation des appartements, la Signorina Vespa vivait au premier, et la femme qui l'avait laissé entrer à l'étage au-dessus. Brunetti escalada rapidement l'escalier et ne s'arrêta pas au domicile de la Signora Vespa, d'où provenaient les flots de musique.

Sur le palier du second, l'attendait une jeune femme, un bébé sur la hanche, devant la porte de son appartement. En le voyant, elle recula d'un pas, tendant la main vers le battant. « Un instant, Signora dit Brunetti, s'arrêtant sur la dernière marche pour ne pas l'effrayer. Je suis de la police. »

Le coup d'œil que jeta la jeune femme en direction de la source du tapage, fit penser à Brunetti qu'elle n'était peut-être pas tellement surprise de voir débarquer un représentant de l'ordre. « C'est à cause de lui, n'est-ce pas ? » demanda-t-elle avec un mouvement du menton dans la direction qu'avait déjà suivi son regard.

« L'ami de la Signorina Vespa ?

– Oui, ce type », répondit-elle, crachant les mots avec un tel mépris que Brunetti se demanda ce que Malfatti avait encore eu le temps de faire, depuis qu'il habitait ici. L'idée lui vint de poser la question.

« Cela fait longtemps qu'il loge ici ?

– Je ne sais pas, dit-elle, reculant encore d'un pas dans l'appartement. La musique joue toute la journée, dès le matin. Et je n'ose pas aller me plaindre.

– Et pourquoi ? »

Elle fit remonter le bébé sur sa hanche, comme pour rappeler au policier qu'elle était mère. « La dernière fois, il m'a dit des choses horribles.

– Et la Signorina Vespa, vous ne pouvez pas lui demander ? »

Elle eut un haussement d'épaules qui disait assez ce qu'elle en pensait.

« Elle n'est pas là ?

286

– Je ne sais pas qui est avec lui, et je m'en fiche. Je voudrais simplement que cette musique s'arrête, pour que mon bébé puisse dormir. » Sur cette réplique, le bébé, qui était resté jusqu'ici profondément endormi dans les bras de sa maman, ouvrit un œil, bava un peu et retomba illico dans le sommeil.

La musique donna une idée à Brunetti – la musique, et le fait que la dame du deuxième s'en était déjà plainte à Malfatti.

« Rentrez chez vous, Signora, dit-il. Je vais faire claquer votre porte et descendre lui parler. Surtout, restez chez vous. Allez dans le fond de votre appartement et n'en bougez pas tant que mes hommes ne seront pas venus vous dire que tout va bien. »

Elle acquiesça et rentra chez elle. Brunetti s'avança jusqu'au battant, prit la poignée et fit claquer la porte violemment, un bruit qui se répercuta dans la cage d'escalier comme une détonation.

Puis il dégringola l'escalier en faisant un maximum de tapage, créant un torrent de vacarme qui, un instant, couvrit presque la musique. « *Basta con quella musica !* » cria-t-il de toutes ses forces, hystérique, comme quelqu'un qui est à bout de patience. « Y'en a assez de cette musique ! » répéta-t-il sur le même ton. Une fois sur le palier, il se mit à cogner contre la porte d'où provenait le rock, et, toujours à pleins poumons, lança : « Baissez votre foutue musique, bon sang ! Je veux que mon bébé puisse dormir ! Baissez-la ou j'appelle la police ! » Il martelait la fin de chacune de ses phrases à coups de poings et de pieds contre le battant.

Cela faisait bien une minute qu'il se démenait ainsi, lorsque la musique baissa enfin brusquement, même si elle était encore parfaitement audible à travers la porte. Il se força à hurler dans un registre plus aigu, comme s'il avait complètement perdu tout sang-froid. « Arrêtez ça ! Arrêtez, ou je rentre la couper moi-même ! »

Il entendit des pas rapides qui approchaient, et se prépara. La porte s'ouvrit brusquement, et un homme corpulent remplit le seuil, tenant à la main un bout de tuyau métallique. Il commença à dire quelque chose mais s'interrompit lorsqu'il vit Brunetti se jeter sur lui, le saisir par l'avant-bras d'une main et le devant de sa chemise de l'autre. Le commissaire pivota, présenta sa hanche et tira l'homme à lui, de toutes ses forces. Pris complètement par surprise, Malfatti trébucha et perdit l'équilibre ; un instant, il réussit à rester debout en haut des marches, essayant vainement de reprendre pied, mais en vain. Il dégringola dans l'escalier, lâchant la barre de métal et s'entourant la tête des bras dans sa chute, qu'il accomplit roulé en boule sur lui-même, comme un cascadeur.

Brunetti se précipita à sa suite, criant le nom de Vianello aussi fort qu'il le pouvait. Au milieu de l'escalier, il marcha par mégarde sur le tuyau et alla s'aplatir contre le mur ; lorsqu'il leva les yeux, il vit Vianello qui ouvrait le lourd battant de la porte d'entrée. Mais Malfatti s'était déjà relevé et se tenait juste derrière. Avant que Brunetti ait pu lancer le moindre avertissement, le truand donna un violent coup de pied qui expédia le battant dans la figure de Vianello, lui fit lâcher le pistolet qu'il tenait à la main et tomber à la renverse dans la ruelle. Malfatti rouvrit la porte et disparut dans la lumière.

Brunetti se releva et dévala les dernières marches, tirant son arme, mais le temps d'arriver dans la rue, Malfatti avait disparu ; Vianello gisait contre le muret longeant le canal, saignant abondamment du nez, la chemise blanche de son uniforme déjà imbibée de sang. Au moment où Brunetti se penchait sur lui, les trois policiers en tenue jaillirent de la librairie, la mitraillette pointée, mais n'ayant personne sur qui la braquer.

27

Si Vianello n'avait pas le nez cassé, il était cependant rudement secoué. Brunetti l'aida à se relever, mais le sergent continua à osciller sur place pendant un moment, s'essuyant le nez de la main.

Une foule se rassembla autour d'eux, faite de femmes âgées voulant à tout prix savoir ce qui était arrivé, les marchands de fruits et légumes racontant déjà ce qu'ils avaient vu aux derniers clients arrivés. Brunetti, en se tournant, faillit trébucher contre un chariot de commissions à roulettes rempli à ras bord de légumes. Il s'en débarrassa d'un coup de pied furibond et se tourna vers les deux hommes qui travaillaient sur le bateau le plus proche. Ils se trouvaient exactement en face de la porte de l'immeuble et avaient donc forcément tout vu.

« De quel côté est-il parti ? »

Les deux hommes indiquèrent la place, mais l'un à droite, en direction du pont de l'Académie, et l'autre à gauche, vers celle du Rialto.

Brunetti fit signe à l'un des policiers en tenue, pour qu'il l'aide à ramener Vianello jusqu'à la vedette. Le sergent repoussa avec colère ces mains secourables, déclarant qu'il était capable de marcher tout seul. Depuis le bateau, Brunetti avertit la questure par radio, donnant une description de Malfatti et demandant que des copies de sa photo soient distribuées à tous les policiers de la ville, que sa description soit transmise à toutes les patrouilles.

Lorsque tout le monde fut à bord, le pilote partit en marche arrière jusque dans le Grand Canal et manœuvra rapidement pour reprendre la direction de la questure. Vianello alla s'asseoir dans la cabine, et se tint la tête penchée en arrière pour arrêter l'hémorragie. Brunetti l'avait suivi. « Veux-tu aller à l'hôpital ?

– Ce n'est rien qu'un saignement de nez. Ça va s'arrêter dans une minute. » Vianello s'essuya avec son mouchoir, cette fois. « Qu'est-ce qui s'est passé ?

– J'ai cogné à la porte, comme si je me plaignais de la musique trop forte, et il a ouvert. Je l'ai attrapé et balancé dans l'escalier. » Vianello eut l'air surpris. « C'est tout ce qui m'est venu à l'esprit, expliqua Brunetti. Je ne croyais pas qu'il reprendrait ses esprits aussi vite.

– Et maintenant ? À votre avis, qu'est-ce qu'il va faire ?

– Je dirais qu'il va tenter d'entrer en contact avec Ravanello ou Santomauro.

– On les avertit ?

– Non, répondit aussitôt Brunetti. Je veux en revanche savoir où ils se trouvent et ce qu'ils font. Et qu'on les surveille. »

La vedette quitta le Grand Canal pour s'engager dans le *rio* conduisant à la questure, et Brunetti retourna sur le pont. Lorsqu'ils arrivèrent au petit appontement, il sauta sur la rive et attendit Vianello. Celui-ci, avec sa chemise ensanglantée, fit une entrée remarquée, mais aucun des deux hommes de faction ne fit de réflexion. En revanche, ils arrêtèrent les trois policiers en tenue, pour leur demander ce qui s'était passé.

Brunetti et Vianello se séparèrent au premier étage, le premier regagnant son bureau, au second, et le deuxième se dirigeant vers les toilettes, au fond du couloir.

Brunetti appela la Banca di Verona et, sous un faux nom, demanda à parler au Signor Ravanello. Lorsque son correspondant lui demanda à quel sujet, il répondit que c'était pour l'estimation d'un nouvel ordinateur que lui avait demandée le banquier. On lui répondit que le Signor Ravanello n'était pas là ce matin, mais qu'on pouvait le joindre à son domicile. L'homme ne fit pas de difficultés pour communiquer le numéro personnel de son patron ; Brunetti le composa immédiatement, mais il était occupé.

Il trouva le numéro du bureau de Santomauro, et, utilisant toujours son faux nom, demanda s'il pouvait parler à maître Santomauro. L'avocat, lui expliqua la secrétaire, était en réunion avec un client et ne pouvait être dérangé. Brunetti dit qu'il rappellerait et raccrocha.

Il refit le numéro de Ravanello, qu'il trouva toujours occupé. Il prit l'annuaire, dans le tiroir du bas, et chercha l'adresse du banquier, curieux de savoir où celui-ci habitait. S'il ne se trompait pas, ce devait être tout près du Campo San Stefano, non loin du cabinet de Santomauro. Il se demanda quel était l'itinéraire qu'allait emprunter Malfatti ; de toute évidence, il prendrait le *traghetto*, la gondole publique qui permettait de traverser le Grand Canal entre la Ca'Rezzonico et le Campo San Samuele ; de là, il ne serait qu'à quelques minutes du Campo San Stefano.

Il composa une nouvelle fois le numéro, sans plus de succès. Il appela le standardiste et lui demanda de vérifier la ligne. Au bout de moins d'une minute, il apprit que celle-ci était bien ouverte, mais sans être en relation avec une autre, ce qui signifiait que soit le téléphone était en dérangement, soit il était resté décroché. Avant même d'avoir raccroché, Brunetti calculait le moyen le plus rapide pour s'y rendre ; le mieux était d'utiliser la vedette. Il descendit rapidement jusqu'au bureau de

Vianello. Le sergent, qui avait mis une chemise propre, leva les yeux sur son patron.

« Le téléphone de Ravanello est décroché. »

Vianello était déjà debout et prenait la direction de la porte avant que Brunetti ne lui ait fourni d'autres explications.

Ils gagnèrent le rez-de-chaussée ensemble et de là, passèrent dans la chaleur étouffante de l'extérieur. Le pilote arrosait le pont de la vedette ; dès qu'il vit les deux hommes accourir vers lui, il laissa tomber son tuyau et se précipita à la barre.

« Campo San Stefano, lui lança Brunetti. Mets la sirène. »

L'avertisseur hurlant sa double note, la vedette s'éloigna du quai et se retrouva à nouveau dans le *bacino*. Les autres bateaux et les vaporetti ralentissaient et s'écartaient pour les laisser passer ; seules les élégantes gondoles noires ignoraient le klaxon impérieux – la loi prévoyait que tout ce qui naviguait devait leur laisser la priorité.

Ils n'échangèrent pas un mot. Brunetti alla dans la cabine consulter le plan de la ville qui lui permettrait de localiser l'adresse. Il ne s'était pas trompé : l'appartement de Ravanello se trouvait directement en face du porche de l'église qui donnait son nom à la place.

À hauteur du pont de l'Académie, Brunetti retourna sur le pont et dit au pilote d'arrêter la sirène. Il n'avait aucune idée de ce qu'ils allaient trouver à San Stefano, mais il préférait de toute façon y arriver discrètement. Le pilote coupa l'avertisseur, engagea la vedette dans le Rio del Orso et vint accoster sur l'appontement de gauche. Brunetti et Vianello sautèrent à terre et foncèrent à travers la place ouverte. Des couples léthargiques, à la terrasse des cafés, étaient écroulés devant des boissons de couleur pastel ; tous ceux qui s'aventuraient au soleil, sur le *campo* lui-même, paraissaient porter, sur leurs épaules, le joug palpable de la chaleur.

Ils trouvèrent rapidement la porte, entre un restaurant et une boutique vendant du papier à motif vénitien. La sonnette de Ravanello était la première à droite d'une double rangée de noms. Brunetti appuya sur celle directement en dessous, puis, comme il n'avait pas de réaction, sur la suivante. Une voix demanda ce que c'était, et la porte automatique claqua dès qu'il eut répondu « La police ».

Les deux hommes s'engouffrèrent dans l'immeuble ; du haut de la cage d'escalier, une voix aiguë et maussade leur lança : « Comment avez-vous fait pour arriver aussi vite ? »

Brunetti s'engagea sur la première volée de marches, Vianello sur les talons. Au premier étage, une femme aux cheveux gris, à peine plus haute que la rampe sur laquelle elle s'appuyait, répéta la question : « Comment avez-vous fait pour arriver si vite ?

– Qu'est-ce qui ne va pas, Signora ? » demanda Brunetti sans lui répondre.

Elle s'écarta de la rampe et du doigt, montra les étages supérieurs. « C'est là-haut. J'ai entendu des cris chez le Signor Ravanello, puis j'ai vu quelqu'un descendre en courant. J'ai eu peur de monter. »

Brunetti et Vianello repartirent, grimpant les marches quatre à quatre, à présent, le pistolet à la main. Le vaste palier était éclairé par la lumière qui provenait d'un appartement dont la porte était restée ouverte. Brunetti s'accroupit et passa vivement devant la porte, trop vite, en fait pour voir quelque chose à l'intérieur. Il se retourna vers Vianello, qui acquiesça d'un signe de tête. Ils firent irruption ensemble dans l'appartement, le dos courbé. Dès le seuil franchi, ils se séparèrent, un à droite, l'autre à gauche, pour présenter, éventuellement, des cibles séparées.

Ravanello ne risquait cependant pas de leur tirer dessus : un seul coup suffisait à le constater. Il gisait en travers d'une chaise basse renversée, sans doute au cours de la bagarre qui avait dû éclater dans la pièce. Allongé sur le côté, visage tourné vers la porte, les yeux grands ouverts sur le néant, son regard avait perdu pour toujours toute curiosité pour les deux hommes qui venaient d'entrer chez lui sans crier gare et sans y être invités.

Pas un instant Brunetti ne pensa que le banquier pouvait encore être en vie ; l'immobilité marmoréenne du corps en témoignait assez. Il y avait très peu de sang ; c'est la première chose qui frappa le commissaire. Ravanello avait apparemment reçu deux coups de couteau, car deux taches rouges agressives avaient fleuri sur son veston, et un peu de sang coulé sur le plancher, sous son bras. Difficile de croire que cette simple hémorragie ait suffi à le priver de la vie.

« Oh, Dio ! » entendit-il la vieille femme s'exclamer, derrière lui. Il se tourna et la vit qui se tenait dans l'encadrement de la porte, le poing à la bouche, regardant le corps de Ravanello avec avidité. Brunetti se déplaça de deux pas pour entrer dans son champ de vision. Elle lui adressa un regard glacial. Se pouvait-il qu'elle soit en colère parce qu'il la privait de la vue du cadavre ?

« Pouvez-vous me le décrire, Signora ? » demanda Brunetti.

Elle essayait toujours de voir le mort.

« Pouvez-vous me le décrire, Signora ? »

Derrière lui, il entendit Vianello se déplacer, passer dans une autre pièce, composer un numéro de téléphone puis, d'une voix paisible, expliquer à la questure ce qui s'était passé et demander qu'on envoie les équipes spécialisées.

Brunetti marcha droit sur la vieille femme ; comme il l'avait espéré, elle battit en retraite sur le palier. « Pouvez-vous me dire exactement ce que vous avez vu, Signora ?

– Un homme, pas très grand, qui descendait l'escalier en courant. Il portait une chemisette.

– Est-ce que vous pourriez le reconnaître, Signora ?

– Oui. »

Moi aussi, se dit Brunetti. Vianello revint et annonça que les techniciens allaient arriver dans peu de temps.

« Toi, tu restes ici, lui ordonna Brunetti.

– Santomauro ? » demanda Vianello.

D'un geste de la main, le commissaire fit savoir au sergent qu'il avait bien compris, puis il s'engagea dans l'escalier. Une fois dehors, il tourna à gauche, prenant la direction du Campo San Angelo d'un pas vif. Le cabinet de l'avocat était juste un peu plus loin, Campo San Luca.

Il avait l'impression d'avancer au milieu de brisants visqueux – là foule des promeneurs, badauds, lécheurs de vitrines et autres imbéciles plantés au beau milieu de la rue pour bavarder ou encore à l'ombre, devant l'entrée d'un magasin laissant échapper la brise rafraîchissante d'un climatiseur. Arrivée à l'extrémité étroite de la Calle della Mandorla, il se mit à courir, jouant des coudes et de la voix, sans s'occuper des regards coléreux et des remarques sarcastiques qu'on lui lançait au passage.

Il ralentit un peu en traversant le Campo Manin, mais chacune de ses foulées le faisait transpirer un peu plus abondamment. Il passa devant la banque et arriva Campo San Luca, envahi par la foule des gens qui se retrouvaient à l'heure de l'apéritif.

La porte de l'entrée conduisant aux bureaux de Santomauro était entrouverte. Brunetti entra sans hésiter et escalada une fois de plus les marches quatre à quatre. La porte du cabinet était fermée, mais une lumière vive filtrait sous le battant. Il prit son arme, poussa la porte, entra et se jeta sur le côté, accroupi, comme il l'avait fait chez Ravanello.

La secrétaire poussa un hurlement. Comme un personnage de bande dessinée, elle se couvrit la bouche des deux mains, voulut repousser son siège et ne réussit qu'à tomber à la renverse.

Quelques secondes plus tard, la porte de Santomauro s'ouvrait, et l'avocat se précipitait dans le secrétariat. Il évalua la situation d'un seul coup d'œil – la jeune femme aplatie derrière son bureau qu'elle heurtait de l'épaule à force de vouloir, en vain, se glisser un peu plus loin dessous et Brunetti qui se redressait et rangeait son pistolet.

« Ce n'est rien Luisa, ce n'est rien », dit Santomauro en allant s'agenouiller auprès de sa secrétaire.

La jeune femme était incapable de parler, littéralement hébétée de terreur. Elle éclata en sanglots, se tourna vers son employeur et lui tendit les mains. Santomauro lui passa un bras autour des épaules, et elle enfouit son visage contre la poitrine de l'homme ; elle sanglotait violemment, la respiration coupée. Santomauro, penché sur elle, la tapota dans le dos et lui parla doucement. Elle se calma peu à peu et au bout d'un moment s'écarta de lui. « *Scusi, Avvocato,* » fut la première chose qu'elle dit, la formule de politesse rendant sa tranquillité initiale à la pièce.

Sans rien dire, Santomauro l'aida à se relever et la conduisit jusqu'à une porte, au fond du secrétariat Lorsqu'il eut refermé le battant sur elle, l'avocat se tourna vers Brunetti. « Eh bien ? fit-il d'une voix dont le calme était chargé de menaces.

– Ravanello vient d'être assassiné, dit Brunetti. Et j'ai pensé que vous pourriez être le suivant. Je suis donc venu ici pour essayer de l'empêcher. »

L'avocat ne laissa rien paraître indiquant que la nouvelle le surprenait. « Pourquoi ? » demanda-t-il, ajoutant, lorsqu'il constata que le commissaire ne répondait pas, « Pourquoi aurais-je dû être le suivant ? »

Brunetti s'entêta dans son silence.

« Je vous ai posé une question, commissaire. Qu'est-ce qui a pu vous faire penser que je serais le suivant ?

296

Pourquoi en fait, aurais-je été en danger ? » Brunetti gardait toujours le mutisme. « Pensez-vous que j'ai quelque chose à voir avec tout ceci ? C'est pour cette raison que vous êtes ici, à jouer aux cow-boys et aux Indiens pour terrifier ma secrétaire ?

– J'avais des raisons de croire qu'il viendrait ici, répondit finalement Brunetti.

– Qui ça ?

– Je n'ai pas la liberté de vous le dire. »

Santomauro se pencha pour relever la chaise renversée qu'il remit en place, derrière le bureau. Lorsqu'il se tourna de nouveau vers Brunetti, il dit : « Sortez. Sortez d'ici. Je vais déposer une plainte en bonne et due forme auprès du ministre de l'Intérieur. Et je vais en envoyer copie à votre supérieur hiérarchique. Je ne me laisserai pas traiter comme un criminel, et je ne permettrai pas que ma secrétaire soit terrorisée par vos méthodes dignes de la Gestapo. »

Brunetti avait assisté à suffisamment de manifestations de colère, dans sa vie, pour savoir que celle-ci n'était pas feinte. Sans rien dire, il quitta le cabinet et regagna le Campo San Luca. Les gens le bousculaient, pressés d'aller déjeuner.

28

La décision que prit Brunetti – retourner à la questure – releva d'un exercice de la volonté dans lequel l'esprit domina le corps. Il était plus près de son domicile que de la questure, en effet, et n'avait qu'une envie, rentrer chez lui, se doucher et penser à autre chose qu'aux conséquences inévitables de ce qui venait de se passer. Sans y être invité, il avait fait une entrée fracassante dans les bureaux de l'un des personnages les plus puissants de la ville, terrifiant sa secrétaire et rendant patent le fait qu'il soupçonnait Santomauro d'être en cheville avec Malfatti dans l'affaire des comptes manipulés de la *Lega*. Toutes les manifestations de bonne volonté auxquelles il avait eu droit de la part de Patta, au cours des semaines écoulées, seraient réduites à néant par les protestations d'un homme de l'envergure de Santomauro.

De plus, maintenant que Ravanello était mort, tout espoir d'avoir des preuves de l'implication de l'avocat s'évanouissait ; la seule autre personne qui aurait pu en apporter était Malfatti, mais son rôle dans l'assassinat de Ravanello rendrait irrecevables toutes les accusations qu'il pourrait lancer contre Santomauro. Il faudrait choisir, se rendit-il compte, entre la version de Malfatti et celle de l'avocat ; nul besoin d'être grand clerc pour savoir celle qui triompherait.

Une certaine agitation régnait dans la questure lorsque Brunetti y arriva. Trois policiers en tenue se tenaient dans le hall, et la foule qui faisait la queue au bureau des Étrangers jacassait avec animation dans toutes sortes de langues. « On l'a arrêté ! » lui lança l'un des policiers lorsqu'il vit le commissaire.

– Qui ça ? demanda Brunetti, osant à peine espérer.

– Malfatti.

– Comment ?

– Les hommes qui planquaient chez sa mère, commissaire. Il s'est présenté à la porte il y a une demi-heure, et ils l'ont coincé avant même qu'il entre.

– Ça ne s'est pas trop mal passé ?

– Il a bien essayé de s'enfuir lorsqu'il a vu les nôtres, mais quand il s'est rendu compte qu'ils étaient quatre, il n'a plus offert la moindre résistance.

– Quatre ?

– Oui, monsieur. Vianello nous a appelés pour qu'on envoie des renforts. Ils n'ont même pas eu le temps de se mettre en place ; ils lui sont arrivés sur les talons.

– Où est-il ?

– Vianello l'a fait placer dans une cellule.

– Je vais aller le voir. »

Lorsque Brunetti entra dans la cellule, Malfatti reconnut immédiatement en lui l'homme qui l'avait jeté dans l'escalier, mais ne manifesta cependant pas la moindre hostilité.

Le commissaire tira une chaise à lui et s'assit face à l'homme qui s'était installé sur la couchette, dos au mur. De petite taille et trapu, il avait une chevelure brune épaisse et des traits tellement réguliers qu'on devait les oublier sur-le-champ. Il avait l'air d'un comptable, pas d'un tueur.

« Eh bien ? commença Brunetti.

– Eh bien quoi ? fit Malfatti d'un ton tout à fait ordinaire.

– Quelle méthode préfères-tu, la facile ou la difficile ? demanda Brunetti, imperturbable, comme les flics dans les séries télévisées.

– C'est quoi, la difficile ?

– Si tu nous affirmes que tu ignores tout de ce qui s'est passé.

– À propos de quoi ? » demanda Malfatti.

Brunetti serra les lèvres, se tourna un instant vers la fenêtre, et revint sur Malfatti.

– Et la facile ? reprit l'homme au bout d'un long moment.

– Que tu me racontes ce qui s'est passé. » Avant que Malfatti ait pu répondre quoi que ce soit, il ajouta : « Pas l'histoire des loyers. L'affaire n'est plus importante, à l'heure actuelle, et on finira par tout déballer. Non, ce qui m'intéresse, ce sont les meurtres. Tous les meurtres. Les quatre. »

Malfatti changea légèrement de position, et Brunetti eut l'impression que l'homme allait remettre ce chiffre en question, mais il n'en fit rien.

« C'est un homme respecté, continua le commissaire, sans prendre la peine d'expliquer de qui il parlait. Les choses vont se réduire, en fin de compte, à sa parole contre la tienne, sauf si tu sais quelque chose qui peut l'impliquer dans les autres meurtres. » Il marqua un temps d'arrêt, à ce stade, mais Malfatti ne réagit pas. « Tu as un casier judiciaire long comme mon bras, avec tentative de meurtre et maintenant meurtre. Nous n'aurons aucune peine à prouver que tu as tué Ravanello, poursuivit Brunetti du ton de la plus urbaine des conversations et sans attendre que Malfatti réponde. Comme ce dernier lui lançait un regard surpris, il ajouta : « La vieille dame t'a vu. » L'assassin détourna les yeux.

« Et les juges détestent les gens qui tuent des policiers, en particulier des femmes policiers. Si bien que je ne vois pas comment tu pourrais échapper à une peine très lourde. Les juges vont me demander mon avis, dit-il, marquant un temps d'arrêt pour être sûr

300

d'avoir toute l'attention de l'autre. Et je leur suggérerai Porto Azzurro. »

Tous les criminels de la péninsule connaissaient le nom de cette prison, la pire de toute l'Italie, celle dont personne n'avait jamais réussi à s'évader. Même un homme endurci comme Malfatti ne put arriver à dissimuler l'effet que lui fit cette perspective. Brunetti attendit un moment, mais comme l'homme ne disait rien, c'est lui qui reprit. « Il paraît qu'on ne sait pas quels sont les plus gros, des chats ou des rats.

– Et si je parle ? demanda finalement Malfatti.

– Je dirai alors au juge qu'il faut tenir compte de ta bonne volonté.

– C'est tout ?

– C'est tout. » Brunetti haïssait, lui aussi, les gens qui tuaient des policiers.

Malfatti n'hésita pas très longtemps. « *Va bene*, dit-il. Mais je veux qu'on marque que j'ai parlé volontairement. Je veux qu'on écrive que j'ai été d'accord pour tout dire dès qu'on m'a arrêté. »

Brunetti se leva. « Je vais chercher un secrétaire. » Il fit signe, depuis la porte de la cellule, au jeune policier assis au bout du couloir, devant une table. L'homme arriva équipé d'un magnétophone et d'un carnet de notes.

Lorsque tout fut prêt, Brunetti commença l'interrogatoire. « Ton nom, ta date de naissance et ton domicile actuel.

– Malfatti, Pietro. 28 septembre 1962. Castello 2316. »

Cela dura une bonne heure, au cours de laquelle Malfatti ne fit pas montre de plus d'émotion, dans ses réponses, que dans celle qu'il fit à cette première question ; pourtant, c'était une horreur croissante que l'on ressentait à l'écoute de son histoire.

L'arnaque était une idée de Santomauro ou de Ravanello ; Malfatti n'avait jamais cherché à le savoir et s'en moquait. Le banquier et l'avocat avaient appris son nom sur la Via Cappuccina, l'avaient contacté, et lui avaient demandé s'il accepterait de se charger chaque mois de la collecte des loyers, moyennant un pourcentage. Proposition dont il avait accepté d'emblée le principe, même s'il avait âprement discuté le taux de sa commission. Ils s'étaient finalement entendus pour le fixer à douze pour cent, mais il avait fallu une heure de négociation à Malfatti pour décrocher ce chiffre.

C'est Malfatti qui, dans l'espoir d'arrondir ses revenus, avait eu l'idée de mettre des personnes dont il fournirait les noms sur la liste de ceux qui bénéficiaient des largesses de la *Lega*. Brunetti abrégea sans ménagement l'accès de vanité grotesque qu'inspirait à Malfatti la paternité de cette magouille en lui demandant : « Quand Mascari s'est-il rendu compte de ce qui se passait ?

— Il y a trois semaines. Il est allé voir Ravanello et lui a dit qu'il y avait quelque chose qui clochait dans les comptes. Il pensait que Ravanello n'y était pour rien, que c'était Santomauro. L'imbécile, ajouta Malfatti avec mépris. S'il avait voulu, il aurait pu se faire un tiers de ce qu'ils touchaient, facilement un tiers. » Son regard allait du commissaire au jeune policier, leur demandant de partager son écœurement.

« Et ensuite ? lui demanda Brunetti, gardant pour lui le dégoût qu'il ressentait.

— Santomauro et Ravanello sont venus me voir chez moi, une semaine avant que... Ils voulaient se débarrasser de lui, mais je ne me faisais pas d'illusion sur eux, et je leur ai dit que je le ferais à condition qu'ils m'aident. Je ne suis pas fou. » De nouveau, il regarda les deux hommes, à la recherche d'une approbation. « Vous savez ce que c'est, avec des gens comme ça. Vous faites le boulot, et vous les avez sur le dos jusqu'à la fin de vos jours. La seule manière de se protéger, c'est qu'ils se salissent eux aussi les mains.

– C'est ce que tu leur as dit ?

– Oui, d'une certaine manière. J'étais d'accord pour le faire, mais c'était à eux de monter le coup.

– Et comment s'y sont-ils pris ?

– Ils ont demandé à Crespo d'appeler Mascari et de lui dire qu'il cherchait des renseignements sur les appartements que louait la *Lega*, et qu'il habitait lui-même l'un d'eux. Mascari avait la liste, il pouvait facilement vérifier. Quand Mascari lui a répondu qu'il devait partir pour la Sicile le soir même, ce que nous savions, Crespo lui a dit qu'il avait d'autres informations à lui donner, qu'il n'avait qu'à s'arrêter chez lui en partant pour l'aéroport.

– Et ?

– Il a accepté.

– Crespo était présent ?

– Oh, non répondit Malfatti avec un reniflement de mépris. C'était un délicat, ce petit salaud. Il ne voulait surtout pas être mêlé à ça. Il s'est tiré. Sans doute pour aller faire le trottoir un peu plus de bonne heure que d'habitude. Nous, on a attendu Mascari. Il est arrivé vers sept heures.

– Et qu'est-ce qui s'est passé ?

– Je l'ai fait entrer. Il croyait que j'étais Crespo ; il n'avait aucune raison de se méfier. Je lui ai dit de s'asseoir et je lui ai offert un verre, mais il a dit qu'il avait son avion à prendre et qu'il était pressé. J'ai insisté, il a encore refusé, j'ai dit que moi, je voulais boire quelque chose et je suis passé derrière lui pour aller à la table où étaient les bouteilles. C'est à ce moment-là que je l'ai fait.

– Tu as fait quoi, exactement ?

– Je l'ai frappé.

– Avec quoi ?

– Avec une barre de fer. La même que celle que j'avais aujourd'hui. C'est très efficace.

– Combien de fois l'as-tu frappé ?

– Une seule. Il ne fallait pas qu'il y ait du sang sur le fauteuil de Crespo. D'ailleurs, je ne voulais pas le tuer non plus. Je tenais à ce que eux le fassent.

– Et l'ont-ils fait ?

– Je ne sais pas. C'est-à-dire, je ne sais pas lequel l'a fait. Ils étaient dans la chambre. Je les ai appelés et nous l'avons transporté dans la salle de bains. Il était encore vivant ; je l'ai entendu grogner.

– Pourquoi la salle de bains ? »

Le regard de Malfatti parut dire qu'il avait surestimé l'intelligence de Brunetti. « Le sang, pardi. » Il y eut un silence prolongé, et comme Brunetti ne faisait aucun commentaire, Malfatti enchaîna. « On l'a allongé par terre et je suis retourné chercher la barre de fer. Santomauro avait dit qu'il faudrait le défigurer – il avait tout bien préparé, tout bien mis en place, en le défigurant, ils gagneraient du temps, assez pour trafiquer les comptes de la banque. Bref, il n'arrêtait pas de dire qu'il fallait lui écrabouiller le visage, alors je lui ai donné la barre et je lui ai dit de le faire lui-même. Ensuite, je suis allé dans le salon pour fumer une cigarette. Quand je suis retourné dans la salle de bains, c'était fait.

– Il était mort ? »

Malfatti haussa les épaules.

« Ce sont donc Ravanello et Santomauro qui l'ont tué ?

– J'avais déjà fait ce que j'avais à faire.

– Et ensuite ?

– On l'a déshabillé et on lui a rasé les jambes. Bon Dieu, quel sale boulot…

– Oui, je veux bien te croire, se permit de commenter Brunetti. Et après ?

– On l'a maquillé. » Malfatti se tut un instant ; il réfléchissait. « Non, ce n'est pas ça. Ils l'ont maquillé avant de lui écraser la figure. Il y en a un qui a dit que ce serait plus facile. On l'a rhabillé et on l'a porté, comme s'il était saoul. De toute façon, personne ne nous a vus. Ravanello et moi, on l'a installé dans la voiture de Santomauro et on est allés dans le terrain vague. Je savais ce qui se passait dans le coin, et je m'étais dit que ce serait un bon endroit pour se débarrasser du corps.

– Mais les vêtements ? Quand l'avez-vous changé ?

– Une fois sur place, à Marghera. On l'a sorti du siège arrière et on l'a déshabillé. Complètement, cette fois. Puis on lui a mis ces vêtements, la robe rouge et tous ces trucs. C'est moi qui l'ai porté à l'autre bout du terrain, là où il y a des broussailles. Je l'ai poussé dessous, pour qu'on mette plus longtemps à le trouver. » Malfatti se tut un instant, évoquant ses souvenirs de la scène. « Il a perdu une de ses chaussures, quand je l'ai soulevé, et Ravanello me l'a fourrée dans la poche. Je l'ai jetée ensuite à côté du corps. C'était l'idée de Ravanello, ces chaussures, je crois.

– Et qu'avez-vous fait des vêtements ?

– En revenant, je suis passé chez Crespo et je les ai mis dans une poubelle. Aucun problème. Il n'y avait pas de sang dessus. On avait fait très attention. On lui avait mis la tête dans un sac en plastique. »

Le jeune policier toussa, détournant la tête pour que le bruit ne soit pas enregistré.

« Et ensuite ? demanda Brunetti.

– Santomauro avait nettoyé l'appartement, entre-temps. Je n'ai pas eu d'autres contact avec eux jusqu'à la nuit où vous avez débarqué à Mestre.

– C'était l'idée de qui, ça ?

– Pas de moi. Ravanello m'a appelé et m'a expliqué comment les choses se présentaient. À mon avis, il pensait que l'enquête tournerait court si on pouvait se débarrasser de vous. » Le truand poussa un soupir. « J'ai essayé de leur dire que les choses ne se passaient pas comme ça, que ça n'y changerait rien, de vous tuer, ils n'ont rien voulu entendre. Ils ont insisté pour que je les aide.

– Tu as accepté ? »

Malfatti acquiesça.

« Tu dois répondre à haute voix, Malfatti, sans quoi il n'y aura rien sur l'enregistrement, expliqua froidement Brunetti.

– Oui, j'ai accepté.

– Qu'est-ce qui t'a fait changer d'avis ?

– Ils payaient bien. »

En présence du jeune policier, Brunetti ne voulut pas demander à combien était estimée sa vie. Le moment venu, il finirait bien par le savoir.

« Est-ce toi qui conduisais la voiture qui a essayé de nous faire quitter la route ?

– Oui. » Malfatti garda longtemps le silence avant d'ajouter : « Vous savez, je ne crois pas que je l'aurais fait si j'avais su qu'il y avait une femme avec vous. Ça porte malheur de tuer une femme. C'était ma première. » L'idée le frappa, et il releva la tête. « Vous voyez bien, que ça m'a porté malheur.

– C'est surtout à cette femme que ça a porté malheur, il me semble, Malfatti », répliqua Brunetti. Il n'attendit pas que le truand réagisse à cette remarque. « Et Crespo ? C'est toi qui l'as tué ?

– Non, je n'ai rien à voir avec cette affaire. Je suis reparti en voiture avec Ravanello. On avait laissé Santomauro chez Crespo. Quand on est revenus, c'était fini.

– Qu'est-ce que Santomauro vous a dit ?

– Rien. Enfin, rien là-dessus. Simplement que c'était fait, puis il nous a demandé de nous faire discrets, si possible de quitter Venise. C'était ce que je me préparais à faire, mais je crois que maintenant, c'est foutu pour moi.

– Et Ravanello ?

– Je suis allé chez lui ce matin, après que vous êtes passés chez moi. » Malfatti marqua un nouveau temps d'arrêt et Brunetti se demanda quel mensonge l'assassin allait lui concocter.

« Et que s'est-il passé ?

– Je lui ai dit que j'avais la police aux trousses. Que j'avais besoin d'argent pour quitter la ville et aller me planquer ailleurs. Mais il a paniqué. Il a commencé à crier, à dire que j'avais tout gâché. C'est à ce moment-là qu'il a sorti son couteau. »

Brunetti avait vu l'arme. Qu'un banquier se promène avec un couteau à cran d'arrêt dans la poche paraissait pour le moins bizarre, mais il ne dit rien.

« Il s'est jeté sur moi. Il était comme fou. On s'est battus, et je crois qu'il est tombé dessus. » En effet, songea Brunetti, et même plutôt deux fois qu'une. En pleine poitrine.

« Et alors ?

– Alors, je suis allé chez ma mère. Et vos hommes me sont tombés dessus. » Malfatti se tut ; on n'entendait plus que le ronronnement léger du magnétophone.

« Et qu'est devenu l'argent ? voulut savoir Brunetti.

– Quoi ? demanda Malfatti, désorienté par le changement de sujet.

– L'argent. Celui des loyers.

– J'ai dépensé le mien. Chaque mois, je dépensais ce que je gagnais. Mais c'était rien, comparé à ce qu'ils ramassaient.

– Combien touchais-tu ?

– Entre neuf et dix millions.

– Sais-tu ce qu'ils faisaient du leur ? »

Malfatti ne répondit pas tout de suite, comme si c'était une question qu'il ne s'était jamais posée. « J'ai l'impression que Santomauro en dépensait une bonne partie avec les garçons. Ravanello, je ne sais pas. Il

307

avait plutôt une tête à investir. » Le truand avait réussi à rendre cette remarque anodine obscène.

« As-tu autre chose à déclarer concernant cette affaire, et tes liens avec ces deux hommes ?

– Seulement que l'idée de tuer Mascari était d'eux, pas de moi. D'accord, j'ai suivi, mais c'était leur idée. Moi, je n'avais pas grand-chose à perdre, si on découvrait l'arnaque des loyers, et je ne voyais donc aucune raison de le tuer. » C'était une manière très claire de dire que s'il en avait vu une, il n'aurait pas hésité à supprimer Mascari, mais Brunetti, une fois de plus, garda cette réflexion pour lui.

« C'est tout », dit Malfatti.

Brunetti se leva et fit signe au jeune policier de le suivre. « Je vais faire taper cette déposition et vous pourrez la signer.

– Hé, prends ton temps ! répondit Malfatti en éclatant de rire. Moi, je ne vais nulle part. »

29

Une heure plus tard, Brunetti allait retrouver Malfatti avec sa déposition tapée en trois exemplaires ; le truand ne prit pas la peine de la relire avant de signer. « Tu ne veux pas savoir ce que tu signes ? lui demanda le commissaire.

– Je m'en fiche », répondit Malfatti, qui ne s'était même pas levé de sa couchette pour cette formalité. Du stylo qu'il tenait encore, il montra les feuilles qu'il venait de signer. « D'autant plus que je ne vois pas comment on pourrait croire ça. »

Étant donné que Brunetti avait déjà fait ce même raisonnement, il s'abstint d'en discuter.

« Et maintenant, qu'est-ce qui va se passer ? demanda Malfatti.

– Tu seras entendu par un magistrat instructeur d'ici quelques jours. C'est lui qui décidera entre la remise en liberté provisoire et l'incarcération préventive.

– Il vous demandera votre avis ?

– Probablement.

– Et… ?

– Je demanderai la préventive. »

Malfatti caressa un instant le stylo que lui avait prêté Brunetti, puis le retourna pour le lui rendre.

« Est-ce qu'on pourra avertir ma mère ?

– Je vais la faire appeler. »

Malfatti accueillit cette réponse d'un mouvement d'épaule, se rallongea et ferma les yeux.

Le commissaire quitta la cellule et grimpa deux volées de marche pour se rendre dans le réduit de la Signorina Elettra. Elle était aujourd'hui dans un ensemble d'un rouge que l'on voyait rarement hors de l'enceinte du Vatican, un rouge que Brunetti trouva agressif et peu en harmonie avec son état d'esprit du jour. Mais elle sourit, et son humeur s'allégea.

« Il est là ? demanda-t-il.

– Il est arrivé il y a une heure, mais il est au téléphone et il m'a demandé qu'on ne le dérange sous aucun prétexte. »

Brunetti fut soulagé ; il aimait autant ne pas être présent lorsque Patta lirait les confessions de Malfatti. Il en déposa un exemplaire sur le bureau de la jeune femme. « Pourrez-vous lui donner cela dès qu'il en aura fini ?

– Malfatti ? demanda-t-elle, sans cacher sa curiosité.

– Oui.

– Où serez-vous ? »

Cette question lui fit prendre conscience qu'il était complètement décalé dans sa journée et n'avait pas la moindre idée de l'heure. Il consulta sa montre et constata qu'il était dix-sept heures, sauf que cela ne signifiait rien pour lui. Il n'avait pas faim, seulement soif – et se sentait terriblement fatigué. Il commença à imaginer la réaction de Patta, ce qui ne fit qu'aggraver sa sensation de soif.

« Je vais aller boire quelque chose et je serai ensuite dans mon bureau. »

Puis il s'en alla. Il lui était égal qu'elle lise ou non les confessions de Malfatti. Tout lui était égal, d'ailleurs, mis à part la soif, la chaleur et la sensation finement granuleuse qu'avait prise sa peau, sur laquelle le sel déposé par la transpiration s'était accumulé toute la journée. Il porta le dos de sa main à la bouche, prenant presque plaisir à en sentir l'amertume.

Une heure plus tard, il retournait, sur convocation, dans le bureau du vice-questeur. C'est le Patta de toujours qu'il trouva tapi derrière le grand bureau : il paraissait avoir rajeuni de cinq ans et pris cinq kilos dans la nuit.

« Asseyez-vous, Brunetti. » Il prit la déposition de Malfatti, la tint verticalement pour aligner avec précision les six feuillets en les tapotant contre le plateau.

« Je viens de lire ça », reprit Patta. Il jeta un coup d'œil au commissaire et reposa la déposition. « Il dit la vérité. »

Brunetti dut faire un effort pour dissimuler son émotion. La femme de Patta avait plus ou moins eu des rapports avec la *Lega*. Santomauro était un personnage ayant une certaine importance politique à Venise, où Patta lorgnait justement le pouvoir. Brunetti se rendit compte que les considérations de justice et de lois n'allaient jouer aucun rôle dans la conversation qu'il s'apprêtait à avoir avec son supérieur. Il ne dit rien.

« Mais en dehors de moi, j'en ai bien peur, personne n'y croira, » reprit Patta. Pour Brunetti, ce fut l'illumination. Comme ce dernier avait l'air bien décidé à ne faire aucun commentaire, le vice-questeur poursuivit. « J'ai eu droit à un certain nombre de coups de téléphone, cet après-midi. »

Trop facile de demander si l'un d'eux, par hasard, n'avait pas été donné par Santomauro ; Brunetti s'abstint.

« Non seulement de la part de maître Santomauro, mais de deux conseillers municipaux avec lesquels j'ai longuement parlé ; ce sont tous les deux des amis de l'avocat qui appartiennent au même parti politique que lui. » Patta repoussa son fauteuil en arrière et croisa les jambes. Brunetti aperçut le bout d'un soulier impeccablement ciré, et une petite bande bleue appartenant à une fine chaussette en fil. Il releva les yeux vers le vice-questeur. « Comme je l'ai dit, personne ne va croire cet homme.

– Même s'il dit la vérité ? demanda finalement Brunetti.

– En particulier parce qu'il la dit. Personne, à Venise, ne va croire un seul instant que Santomauro est capable d'avoir commis les crimes dont l'accuse Malfatti.

– Vous semblez pourtant n'avoir aucun mal à les croire vous-même, vice-questeur.

– On peut difficilement me considérer comme un témoin impartial quand il est question de Santomauro. » Avec le même détachement que lorsqu'il avait laissé retomber la déposition sur son bureau, il venait, pour la première fois depuis que Brunetti le connaissait, de lui livrer un petit quelque chose de personnel.

« Que vous a dit Santomauro ? demanda Brunetti, qui se doutait cependant très bien des propos que l'avocat avait dû tenir.

– Je suis sûr que vous vous en doutez, répondit Patta, surprenant une fois de plus son subordonné. Que tout ceci n'est qu'une tentative de Malfatti d'atténuer ses responsabilités en les faisant partager à d'autres. Qu'un examen attentif des comptes de la banque allait certainement prouver que cette arnaque était l'œuvre de Ravanello. Qu'il n'existait pas la moindre preuve que lui, Santomauro, ait quoi que ce soit à voir avec toute ces affaires, celle des loyers comme celle de la mort de Mascari.

– A-t-il déclaré quelque chose sur les autres meurtres ?

– Crespo ?

– Oui. Et Maria Nardi.

– Non, pas un mot. Et rien ne le relie à celui de Ravanello.

– Il y a une femme qui a vu Malfatti descendre l'escalier en courant, chez Ravanello.

– Peut-être… » Patta décroisa les jambes et se pencha en avant. Puis il posa une main sur la déposition de Malfatti. « On ne pourra rien en faire, ajouta-t-il finalement, comme Brunetti savait qu'il allait le dire. Il pourra essayer de s'en servir pour son procès, mais je doute que les juges y croient. Il ferait mieux de se présenter comme l'instrument ignorant de Ravanello. »

Le vice-questeur avait probablement raison. Jamais un juge n'allait croire qu'un individu comme Malfatti pouvait être derrière tout cela ; quant à ce qu'il vît Santomauro comme l'homme tirant les ficelles de la machination, il ne fallait même pas y penser.

« Cela signifie-t-il que vous n'allez rien faire ? demanda Brunetti, avec un mouvement du menton en direction de la déposition.

– Sauf si vous imaginez quelque chose qui me permette d'agir. » Brunetti chercha, en vain, une trace de sarcasme dans la voix de Patta.

« Non, je ne vois rien, avoua le commissaire.

– Il est intouchable. Je le connais bien. Il est bien trop prudent pour avoir été en compagnie de tous les gens impliqués dans l'affaire.

– Et les garçons de la Via Cappuccina ? »

Patta eut une moue de dégoût. « Les rapports qu'il a eus avec ces… ces créatures sont de pure circonstance. Aucun juge ne voudra accepter des preuves de son comportement au dossier. Aussi répugnant qu'il soit, il relève de sa vie privée. »

Brunetti se prit à envisager cette possibilité, cependant : que suffisamment de ces prostitués, parmi ceux qui louaient des appartements à la *Lega*, puissent être convaincus de témoigner que Santomauro utilisait leurs services. Il pouvait aussi trouver l'homme qui était dans l'appartement de Crespo, quand il avait été le voir par hasard, au début de l'enquête. Il pouvait enfin découvrir que Santomauro avait eu des contacts

313

avec des personnes payant leur loyer en dessous de table…

Patta mit abruptement fin à cette rêverie. « Il n'y a aucune preuve, Brunetti. Tout repose sur les confessions d'un assassin récidiviste. » Patta tapota les six feuillets. « Il nous parle de ses meurtres comme il nous raconterait qu'il est sorti acheter des cigarettes. Personne ne va croire les accusations qu'il lance contre Santomauro. Personne. »

Brunetti se sentit soudain submergé par l'épuisement. Ses yeux le picotèrent et il dut lutter pour les garder ouverts. Il porta la main à l'œil droit et fit semblant d'en retirer une poussière, ferma les deux quelques secondes, puis les frotta. Lorsqu'il les rouvrit, Patta l'observait avec curiosité. « J'ai bien l'impression que vous devriez rentrer chez vous, Brunetti. Vous ne pouvez rien faire de plus. »

Le commissaire se releva lourdement, adressa un signe de tête à Patta et quitta le bureau. Il rentra directement chez lui, sans passer par son propre bureau. Une fois à l'appartement, il retira la prise du téléphone, prit une douche brûlante sous laquelle il resta longtemps, mangea un kilo de pêches et alla se coucher.

30

Brunetti dormit douze heures d'affilée, d'un sommeil profond et sans rêves, et se retrouva frais et dispos à son réveil. Les draps étaient trempés, mais il ne s'était pas un instant rendu compte qu'il avait transpiré pendant la nuit. Au moment de préparer le café, dans la cuisine, il se rendit compte que les trois pêches qu'il avait laissées dans le compotier étaient couvertes d'une sorte de duvet verdâtre. Il les jeta dans la poubelle, sous l'évier, se lava les mains et mit la cafetière sur le feu.

À chaque fois que son esprit le ramenait à Santomauro ou à la déposition de Malfatti, il faisait marche arrière et orientait ses pensées vers le prochain week-end, se promettant d'aller rejoindre Paola à la montagne. Il se demanda pourquoi elle n'avait pas appelé la veille et cette idée le fit s'apitoyer sur lui-même avec véhémence : il mijotait dans les vapeurs fétides de la lagune pendant que madame s'ébattait dans ses collines, comme cette gourde dans *The Sound of Music*. Puis il se souvint qu'il avait lui-même débranché le téléphone et fut envahi par la honte. Elle lui manquait. Ils lui manquaient tous. Il allait partir dès qu'il le pourrait.

Remonté par cette idée, il se rendit à la questure où il lut les différents comptes rendus de l'arrestation de Malfatti que donnaient les journaux ; tous mentionnaient le vice-questeur Patta comme leur principale source d'information. Il avait déclaré avoir « prévu

315

cette arrestation » dans l'un, « obtenu les aveux de Malfatti » dans l'autre. Tous les articles faisaient porter la responsabilité du scandale qui secouait la Banca di Verona à son dernier et récent directeur, Ravanello, sans laisser de doutes, dans l'esprit des lecteurs, sur le fait qu'il était également coupable d'avoir assassiné son prédécesseur avant d'être lui-même victime de son dangereux complice, Malfatti. Le nom de Santomauro n'apparut que dans le *Corriere della Sera* ; il s'y disait profondément choqué et désolé de la manière dont avaient été trahis les objectifs élevés et les principes stricts de l'organisme qu'il se sentait si honoré de servir.

Brunetti appela Paola et lui demanda si elle avait lu la presse – tout en sachant que la réponse serait non. Lorsqu'elle lui demanda de quoi on y parlait, il lui dit simplement que l'affaire était bouclée et qu'il lui raconterait tout à son arrivée. Elle voulut bien entendu en savoir davantage, mais il lui répondit que ça pouvait attendre. Elle laissa donc tomber le sujet, et il ressentit une bouffée de colère devant ce manque de persévérance : quoi, il avait failli perdre la vie dans cette histoire, et… ?

Il passa le reste de la matinée à préparer un rapport de cinq pages dans lequel il expliquait pour quelles raisons il estimait que Malfatti disait la vérité dans sa déposition ; il y présentait une version des faits solidement argumentée, reprenant dans les moindres détails tout ce qui s'était produit depuis qu'on avait découvert le corps de Mascari, jusqu'au moment de l'arrestation de Malfatti. Il le relut deux fois après le déjeuner, et force lui fut de reconnaître que tout reposait sur un échafaudage de soupçons, sans la moindre preuve formelle, sans rien de concret reliant Santomauro à l'un ou l'autre des crimes ; et il était effectivement très improbable que quiconque puisse croire qu'un homme comme Santomauro, qui regardait le monde des hauteurs morales olympiennes de la *Lega della Moralità*, en ait été réduit à commettre des forfaits d'une telle ignominie, poussé par l'appât du gain ou la concupiscence. Il n'en tapa pas moins ce compte rendu sur la vieille Olivetti qu'il gardait dans un coin de son bureau, sur une petite table. Feuilletant son travail, avec ses passages corrigés au Tipex, il se demanda s'il ne devrait pas remplir un formulaire pour se faire attribuer un ordinateur. Dans ce cas, il se demanda s'il pourrait disposer de sa propre imprimante, ou si ce qu'il tapait à l'écran ne devrait pas être imprimé au secrétariat, une idée qui ne lui plaisait pas.

Il en était là de ses réflexions lorsque Vianello vint frapper à sa porte et entra, suivi d'un homme de petite taille, très bronzé, habillé d'un costume léger très froissé. « Commissaire, commença le sergent en adoptant le ton formaliste qu'il prenait quand il s'adressait à Brunetti devant des civils, je voudrais vous présenter Luciano Gravi. »

Brunetti s'approcha et tendit la main au nouveau venu. « Très heureux de faire votre connaissance, Signor Gravi. En quoi puis-je vous être utile ? »

Il conduisit l'homme jusqu'à son bureau et lui indiqua une chaise. Gravi parcourut un instant la pièce des yeux avant de s'asseoir. Vianello en fit autant à ses côtés, marqua un temps d'arrêt au cas où l'homme répondrait, puis, voyant, qu'il était trop intimité, prit la parole à sa place.

« Commissaire, le Signor Gravi est propriétaire d'une boutique de chaussures à Chioggia. »

Brunetti regarda brusquement son visiteur avec beaucoup d'intérêt. Un magasin de chaussures...

Vianello se tourna vers Gravi, et d'un geste de la main, l'encouragea à parler. « Je viens juste de rentrer de vacances, commença le commerçant en s'adressant tout d'abord au sergent puis à Brunetti lorsque Vianello se tourna vers le commissaire. J'ai passé quinze jours à Puglia. Ce n'est pas la peine de rester ouvert pendant Ferragosto ; on n'a pas un client, il fait trop chaud. On ferme trois semaines tous les ans, et je pars en vacances avec ma femme.

– Et vous venez tout juste de rentrer ?

– Je suis rentré depuis deux jours, mais je n'ai été qu'hier au magasin. C'est là que j'ai trouvé la carte postale.

– La carte postale, Signor Gravi ? demanda Brunetti.

– Celle de notre vendeuse. Elle est allée en vacances en Norvège, avec son fiancé. Il travaille pour vous, je crois. Il s'appelle Giorgio Miotti. » Brunetti acquiesça. Oui, il connaissait Miotti. « Sur la carte de Norvège, elle me disait que la police l'avait interrogée sur une paire de chaussures rouges. » Gravi se tourna à nouveau vers Vianello. « Je me demande de quoi ils ont bien pu parler pour y penser, mais elle a ajouté, en bas de la carte, que Giorgio lui avait dit que vous recherchiez la personne qui aurait pu acheter des chaussures de femmes à talon haut en satin rouge de grande taille. »

Brunetti se rendit compte qu'il retenait sa respiration, et il se força à expirer lentement pour se calmer. « Est-ce vous qui avez vendu ces chaussures, Signor Gravi ?

– Oui, j'en ai vendu une paire, il y a environ un mois. À un homme. » Il s'arrêta, comme s'il attendait une remarque sur la bizarrerie du fait.

« Un homme ? s'étonna obligeamment Brunetti.

– Oui. Il disait que c'était pour carnaval. Pourtant, carnaval n'est pas avant l'année prochaine. J'ai trouvé ça étrange, à l'époque, mais j'étais bien content de vendre ces chaussures parce que le satin était un peu déchiré sur l'un des talons. Sur le gauche, je crois. Bref, elles étaient en solde, et il les a achetées. Cinquante-neuf mille lires, alors qu'elles en valaient cent vingt mille. Une bonne affaire.

– Je n'en doute pas, Signor Gravi, lui concéda Brunetti. Seriez-vous capable de reconnaître ces chaussures si on vous les montrait ?

– Oui, je pense. J'avais écrit le prix soldé sur l'une des semelles. Il y figure peut-être encore. »

Brunetti s'adressa à Vianello. « Sergent, dit-il, respectant le même formalisme que son subordonné. Pourriez-vous aller chercher ces chaussures au labo ? J'aimerais que le Signor Gravi les examine. »

Vianello acquiesça et quitta la pièce. Pendant son absence, Gravi parla de ses vacances, décrivit la limpidité des eaux de l'Adriatique, pourvu qu'on aille suffisamment loin vers le sud. Brunetti l'écoutait, souriant quand il fallait sourire, se retenant de lui demander la description de l'acheteur des chaussures tant que le commerçant ne les aurait pas identifiées.

Vianello fut de retour quelques minutes plus tard, portant les chaussures dans un sac en plastique transparent. Il tendit le sac à Gravi, lequel le prit et ne chercha pas à l'ouvrir ; il déplaça les chaussures à l'intérieur, l'une après l'autre, pour regarder les semelles, en examina une de plus près, sourit, et tendit le sac à Brunetti. « Tenez, regardez. C'est ici. Le prix de vente. Je l'avais écrit au crayon, pour qu'on puisse facilement l'effacer, si on voulait. On le distingue encore, juste ici. » Il indiqua une faible marque au crayon…

Brunetti s'autorisa enfin poser la question qui le démangeait. « Pouvez-vous nous décrire votre acheteur, Signor Gravi ? »

Gravi eut un instant d'hésitation, puis demanda, d'un ton de respect pour l'autorité en présence de laquelle il se trouvait : « Est-il possible de me dire en quoi cet homme vous intéresse, commissaire ?

– Nous pensons qu'il pourrait nous procurer une information importante dans le cadre d'une enquête en cours, répondit Brunetti, ne divulguant rien.

– Ah, je vois », répondit Gravi. En bon Italien, il avait l'habitude de ne pas comprendre le jargon des autorités. « Je dirais qu'il était un peu plus jeune que vous, mais pas de beaucoup. Cheveux noirs. Pas de moustache. » C'est peut-être ce qu'il s'entendit dire qui fit comprendre au commerçant à quel point son portrait était vague. « Je dirais qu'il avait l'air de monsieur tout le monde, un homme en costume de ville. De taille moyenne.

– Auriez-vous l'obligeance de regarder quelques photos, Signor Gravi ? demanda Brunetti. Elles vous aideront peut-être à reconnaître cet homme. »

Le sourire de Gravi s'élargit ; il était soulagé que tout se passe comme à la télévision. « Volontiers. »

Brunetti fit signe à Vianello, qui descendit chercher le dossier contenant deux classeurs de photos de police parmi lesquelles figurait, comme le savait Brunetti, celle de Malfatti.

Gravi prit le premier classeur que lui tendit Vianello et le posa sur le bureau de Brunetti. Il examina les photos une à une, les rangeant au fur et à mesure en pile, à l'envers. Sous les yeux du commissaire et du sergent, il retourna ainsi celle de Malfatti et se rendit jusqu'à la dernière du classeur. Il releva la tête. « Il n'est pas ici, il n'y a même pas quelqu'un qui lui ressemble vaguement.

– Vous pourriez peut-être nous donner une idée plus précise de son aspect, Signore.

– Je vous l'ai dit, commissaire, un homme en costume de ville. Tous ceux-là, ajouta-t-il avec un geste vers la pile de photos, euh… ont des têtes de criminels. » Vianello adressa un bref coup d'œil à Brunetti. Trois photos de policier étaient mêlées aux autres, dont l'une celle d'Alvise. « Il portait un costume, répéta Gravi, il avait l'air de quelqu'un comme nous. D'un homme qui va travailler tous les jours, dans un bureau, par exemple. Et il parlait comme quelqu'un d'instruit, pas comme un criminel. »

La naïveté politique de cette remarque fit que Brunetti se demanda, un instant, si le Signor Gravi était un Italien normal. Il fit un signe à Vianello, qui tendit le deuxième jeu de photos au commerçant.

Il y en avait moins, et quand Gravi arriva à celle de Ravanello, il s'arrêta et regarda Brunetti. « C'est le banquier qui a été assassiné hier, non ? demanda-t-il, montrant le cliché.

— Est-ce l'homme qui vous achète les chaussures Signor Gravi ?

— Non, bien sûr que non. Dans ce cas, je vous l'aurais dit tout de suite. » Il étudia de nouveau la photo ; c'était un portrait de studio, celui qui figurait sur la brochure de la banque avec celui des autres responsables. « Ce n'est pas cet homme, mais c'est le même genre.

— Le même genre, Signor Gravi ?

— Oui, costume-cravate, chaussures impeccables, chemise blanche, bonne coupe de cheveux. Un vrai banquier. »

Un instant, Brunetti n'eut plus que sept ans et se retrouva agenouillé, à côté de sa mère, devant le grand autel de Santa Maria Formosa, leur église paroissiale. Sa mère se signait, les yeux levés vers l'autel, et disait, d'une voix débordant de supplication et de foi, « Marie, mère de Dieu, pour l'amour de ton fils qui a donné sa vie pour nous tous, pauvres pécheurs, je t'en prie, accorde-moi cette grâce, et plus jamais de ma vie je ne t'en demanderai d'autre dans mes prières. » Une promesse qu'il avait entendu faire un nombre incalculable de fois dans sa jeunesse car, comme tous les Vénitiens, la Signora Brunetti avait confiance dans l'influence des personnes haut placées. Comme cela lui était déjà souvent arrivé, Brunetti regretta son manque de foi – ce qui ne l'empêcha pas de prier pour que Gravi reconnaisse l'acheteur des chaussures, s'il le voyait.

« Je n'ai malheureusement pas de photo de l'homme qui vous a peut-être acheté ces chaussures ; mais si vous pouviez m'accompagner, vous pourriez peut-être nous aider en allant le voir sur son lieu de travail.

– Vous voulez dire que je vais réellement prendre part à l'enquête ? s'étonna Gravi avec un enthousiasme quasi enfantin.

– Oui, si vous êtes d'accord.

– Avec plaisir, commissaire. Je serais heureux de vous aider, si je le peux. »

Brunetti se leva et Gravi bondit sur ses pieds. Tandis qu'il traversaient à pied le centre de la ville, Brunetti lui expliqua ce qu'il attendait de lui. Gravi ne posa pas de questions, trop content de faire ce qu'on lui demandait – le vrai bon citoyen aidant la police dans son enquête sur un crime grave.

Arrivé Campo San Luca, Brunetti montra l'entrée conduisant au cabinet de Santomauro et suggéra à Gravi d'aller prendre un verre au Rosa Salva, et de lui laisser ainsi cinq minutes d'avance.

Brunetti monta l'escalier qu'il connaissait bien, maintenant, et frappa à la porte. « *Avanti !* » dit la secrétaire.

Quand la jeune femme leva les yeux de son écran pour voir qui était son visiteur, elle ne put résister à l'impulsion qui la fit se lever à demi de sa chaise. « Je suis désolé, Signorina, dit le policier, tendant les deux mains dans un geste qu'il espéra innocent. Je voudrais parler à maître Santomauro. Dans le cadre officiel d'une enquête de la police. »

Elle parut ne pas avoir entendu ; elle le regardait, la bouche ouverte en un O qui allait s'agrandissant, un O de stupéfaction ou de peur – Brunetti n'aurait su dire. Très lentement, elle tendit une main et pressa un bouton sur son bureau, continuant d'appuyer dessus tout en se levant, mais sans quitter la protection de son bureau.

Elle resta ainsi debout, le doigt toujours sur le bouton, regardant fixement Brunetti, sans dire un mot.

Quelques secondes plus tard, la porte du bureau de Santomauro s'ouvrit de l'intérieur, et l'avocat entra dans le secrétariat. Il vit sa secrétaire, silencieuse et aussi pétrifiée que la femme de Loth, puis Brunetti dans l'encadrement de l'entrée.

Il fut pris d'une rage aussi soudaine que fulminante. « Qu'est-ce que vous fichez ici ? J'ai appelé le vice-questeur pour lui dire que je ne voulais plus vous voir ! Sortez ! Disparaissez de mon cabinet ! » Au son de la voix de son patron, la secrétaire recula et alla s'adosser contre le mur. « Sortez, je vous dis ! répéta Santomauro, qui criait presque, à présent. Je ne tolérerai pas d'être soumis à ce genre de persécution ! Je vais vous faire… » Il s'interrompit dans ses menaces en voyant un autre homme se profiler dans l'encadrement de la porte, derrière Brunetti, Un homme de petite taille qu'il ne reconnut pas, habillé d'un costume léger fripé.

« Retournez tous les deux d'où vous venez ! À la questure ! cria Santomauro.

– Est-ce que vous reconnaissez cet homme, Signor Gravi ? demanda Brunetti.

– Oui, je le reconnais. »

Santomauro s'arrêta court. Lui ne reconnaissait toujours pas le nouveau venu.

« Pouvez-vous me dire de qui il s'agit, Signor Gravi ?

– C'est l'homme qui m'a acheté les chaussures. »

Brunetti, après cet échange, se tourna vers Santomauro, qui donnait l'impression d'être toujours aussi perplexe. « De quelles chaussures voulez-vous parler, Signor Gravi ?

– Des chaussures de femme à talons hauts, en satin rouge. Taille quarante et un. »

31

Santomauro s'effondra. Ce n'était pas la première fois que Brunetti assistait à ce phénomène, et il ne s'y trompa pas. L'arrivée inopinée de Gravi, au moment où l'avocat croyait avoir triomphé de tous les obstacles, alors que la police était restée sans réaction devant les accusations de Malfatti, s'était produite si brusquement, comme s'il était tombé du ciel, qu'il n'eut ni le temps ni l'esprit d'inventer une histoire quelconque pour expliquer cet achat de chaussures de femme.

Il avait commencé par crier à Gravi de sortir de son bureau, mais comme le petit homme continuait d'affirmer qu'il reconnaissait parfaitement son client, que c'était bien lui l'homme qui avait acheté les chaussures en satin rouge, Santomauro s'était appuyé lourdement contre le bureau de sa secrétaire, serrant les bras contre sa poitrine, comme si cela pouvait le protéger du regard de Brunetti, qui l'observait en silence, et de celui des deux autres protagonistes de la scène, avec leur air intrigué.

« C'est bien cet homme, commissaire, j'en suis sûr.

– Eh bien, maître ? demanda Brunetti avec un geste de la main pour signifier à Gravi de garder le silence.

– C'était Ravanello, dit Santomauro, d'une voix haut perché, étranglée, retenant un sanglot. C'est lui qui a eu l'idée, pour tout. Pour l'histoire des appartements et des loyers. Il est venu me voir et m'en a parlé. Je n'ai pas voulu, mais il m'a menacé. Il était au courant, pour les garçons. Il était prêt à le dire à ma femme et à mes enfants. C'est alors que Mascari a découvert l'affaire des faux loyers.

– Comment ?

– Je l'ignore. Sans doute les comptes, à la banque. Un fichier de l'ordinateur. Ravanello m'en a parlé. C'est lui qui a eu l'idée de se débarrasser de Mascari. » Ces explications étaient incompréhensibles pour Gravi et la secrétaire, mais ni l'un ni l'autre ne pipèrent mot, cloués sur place par la terreur qu'exprimait Santomauro.

« Moi, je ne voulais rien faire. Mais Ravanello m'a dit que nous n'avions pas le choix. Qu'il le fallait. » Sa voix avait repris un timbre un peu plus normal, plus doux. Il leva les yeux sur Brunetti.

« Que fallait-il que vous fassiez, Signor Santomauro ? »

L'avocat continua de fixer Brunetti et secoua la tête, comme s'il venait de recevoir un coup violent. Quand il la secoua de nouveau, c'était un geste de dénégation. Brunetti savait aussi interpréter ce genre de comportement. « Vous êtes en état d'arrestation, Signor Santomauro, pour l'assassinat de Leonardo Mascari. »

À la mention de ce nom, Gravi et la secrétaire regardèrent l'avocat comme s'ils le voyaient pour la première fois. Brunetti s'approcha du bureau et, utilisant le téléphone de la secrétaire, appela la questure pour demander l'envoi de trois hommes au Campo San Luca : il s'agissait de prendre livraison d'un suspect et de le ramener à la questure pour l'interroger.

Brunetti et Vianello cuisinèrent Santomauro pendant deux heures, et peu à peu reconstituèrent l'histoire. Il était vraisemblable que l'avocat disait la vérité, en ce qui concernait les détails de l'escroquerie aux loyers portant sur les appartements de la *Lega* ; en revanche, il mentait probablement quand il attribuait à Ravanello la paternité de leurs projets criminels. Il ne démordait pas de cette version, disant que lorsque le banquier l'avait approché, il avait tout prévu dans les moindres détails et que c'était d'ailleurs Ravanello qui avait recruté Malfatti. L'escroquerie était entièrement l'œuvre de Ravanello, de l'idée initiale jusqu'à la nécessité de se débarrasser du Signor Mascari et au projet d'expédier la voiture de Brunetti dans la lagune. La faute de Ravanello, les conséquences de son avidité impossible à assouvir.

Et Santomauro ? Il se présentait comme un homme faible, prisonnier des diaboliques machinations du banquier, lequel pouvait détruire sa réputation, sa famille, sa vie. Il affirmait ne pas avoir pris part au meurtre de Mascari, ne pas avoir su ce qui allait se passer, la nuit fatale, dans l'appartement de Crespo. Lorsqu'on lui rappela que c'était lui qui avait acheté les chaussures rouges, il répondit tout d'abord que c'était en vue du carnaval, puis, quand on lui eut dit que c'était la paire que l'on avait trouvé aux pieds de Mascari, il expliqua alors qu'il n'avait fait qu'obéir à un ordre de Ravanello, sans jamais avoir su à quel usage ces escarpins étaient destinés.

Il admettait avoir pris sa part dans les loyers frauduleux ; ce n'était pas l'argent qui l'avait motivé, cependant, mais le désir de protéger sa réputation. Oui, il s'était trouvé dans l'appartement de Crespo la nuit où Mascari avait été assassiné, mais c'était Malfatti qui s'en était chargé ; lui et Ravanello avaient bien été obligés de se débarrasser du corps. L'idée ? Ravanello. Malfatti. Quant au meurtre de Crespo, il en ignorait tout et prétendait que son assassin devait être un client particulièrement vindicatif du jeune travesti, que ce dernier aurait ramené à l'appartement avec lui.

Il se présentait systématiquement comme un homme ordinaire, tout d'abord égaré par sa concupiscence, puis dominé par la peur. Comment ne pas ressentir un peu de sympathie ou de compassion pour un tel malheureux ?

Et il en fut ainsi pendant deux heures, Santomauro insistant sur sa complicité involontaire dans ces crimes, sur le fait que sa seule motivation avait été de protéger sa famille, de lui épargner la honte et le scandale qu'aurait causés toute révélation sur sa vie secrète. Brunetti vit l'avocat finir par se convaincre lui-même, peu à peu, de cette version des faits. À ce stade, le commissaire mit un terme à l'interrogatoire, écœuré par le personnage et ses simagrées.

Le soir même, l'avocat de Santomauro avait pris contact avec son client et le lendemain matin, le montant de la caution ayant été fixé et celle-ci payée, Santomauro était remis en liberté, tandis que Malfatti, assassin de son propre aveu, restait en prison. Santomauro démissionna de la présidence de la *Lega della Moralità* le même jour, et les autres membres du conseil d'administration décidèrent de procéder à une enquête détaillée sur sa gestion frauduleuse et sa mauvaise conduite. Ainsi en était-il à un certain niveau de la société, songea Brunetti : la sodomie devenait une mauvaise conduite et l'assassinat une gestion frauduleuse.

L'après-midi même, Brunetti se rendit Via Garibaldi et sonna à l'appartement des Mascari. La veuve demanda qui il était par l'interphone, et il donna son nom et son titre.

L'appartement n'avait pas changé. Les volets étaient toujours tirés pour lutter contre le soleil, même si la chaleur semblait plutôt prisonnière des lieux. La Signora Mascari paraissait amaigrie et avoir du mal à fixer son attention.

« C'est très aimable de votre part de me recevoir, Signora Mascari, commença Brunetti lorsqu'ils furent assis en face l'un de l'autre. Je suis venu vous dire que tous les soupçons qui planaient sur votre mari ont été balayés. Il n'a jamais été impliqué dans aucune malversation : il a au contraire été la victime innocente d'un crime ignoble.

– Je le savais, commissaire. Depuis le début.

– Je suis désolé que même pendant une minute, de tels soupçons aient pu peser sur votre époux, Signora.

– Ce n'était pas de votre faute, commissaire. Moi, je n'avais aucun soupçon.

– Je ne le regrette pas moins. Mais nous avons mis la main sur les hommes responsables de sa mort.

– Oui, je sais, je l'ai lu dans le journal, répondit-elle, marquant une pause avant d'ajouter : Je ne crois pas que cela fasse une grande différence.

– Ils seront châtiés, Signora. Je peux au moins vous promettre ça.

– J'ai bien peur que cela ne change rien, ni pour moi, ni pour Leonardo. » Comme Brunetti faisait mine de vouloir présenter une objection, elle lui coupa la parole. « Commissaire, les journaux peuvent bien publier tout ce qu'ils veulent sur ce qui s'est réellement passé, mais tout le monde se rappellera une chose, comment était habillé Leonardo lorsqu'on a découvert son corps, avec une robe, comme s'il était un travesti. Et se prostituait.

– Il va devenir tout à fait évident que ce n'était pas vrai, Signora.

– Quand on a été sali de cette façon, commissaire, il en reste toujours quelque chose. Les gens aiment bien penser du mal des autres ; plus ils les trouvent ignobles, plus ils s'en réjouissent. Je suis sûre que dans des années, quand certains entendront prononcer le nom de Leonardo, ce dont ils se souviendront sera la robe, et Dieu seul sait quelles pensées dégoûtantes leur viendront à l'esprit. »

Brunetti savait bien qu'elle avait raison. « Je suis désolé, Signora. » Que pouvait-il dire d'autre ?

Elle se pencha vers lui et le toucha à la main. « Personne

328

ne peut s'excuser pour ce qu'est la nature humaine, commissaire. Je vous remercie cependant de votre sympathie. » Elle retira sa main. « Y a-t-il quelque chose d'autre ? »

Brunetti comprit qu'il était temps de prendre congé ; il répondit que non et se retira, laissant la veuve dans la maison aux pièces plongées dans la pénombre.

Le soir même, un orage formidable balaya la ville, arrachant des tuiles, précipitant des pots de géraniums au sol, déracinant des arbres dans le jardin public. Des torrents d'eau tombèrent pendant trois heures, sans interruption, faisant déborder les gouttières, et entraînant des sacs-poubelle dans les canaux. La pluie, quand elle s'arrêta, fut suivie d'une baisse soudaine de température qui se fraya un chemin jusque dans les chambres, forçant les dormeurs à se pelotonner contre la fraîcheur. Brunetti, qui était seul, dut se lever pour aller prendre une couverture dans le placard. Il dormit presque jusqu'à neuf heures, décida qu'il n'irait à la questure que l'après-midi, après le déjeuner, et resta dans son lit. Il se leva à dix heures passées, prit une longue douche, heureux de sentir l'eau chaude sur son corps pour la première fois depuis des semaines. Il se tenait sur la terrasse, habillé, les cheveux encore humides, une deuxième tasse de café à la main, lorsqu'il entendit des bruits en provenance de l'appartement. Il se tourna, la tasse aux lèvres, et vit Paola – puis Chiara, et Raffaele.

« *Ciao, papa !* s'exclama Chiara, folle de joie, en se jetant sur son père.

– Qu'est-ce qui est arrivé ? » demanda-t-il, serra l'enfant contre lui, mais ne voyant que la mère.

Chiara s'écarta légèrement et tourna son visage vers lui. « Regarde la tête que j'ai, papa ! »

Ce qu'il fit, la trouvant plus ravissante que jamais. Il remarqua qu'elle avait pris un coup de soleil.

« Voyons, papa, tu ne vois rien ?

– Et qu'est-ce que je devrais voir, ma chérie ?

– J'ai attrapé la rougeole, et on nous a mis à la porte de l'hôtel. »

En dépit de la fraîcheur persistante de cet automne précoce, Brunetti, ce soir-là, n'eut pas besoin d'une couverture supplémentaire.

Mort à La Fenice
Calmann-Lévy, 1997
et « Points Policiers », n° P514

Mort en terre étrangère
Calmann-Lévy, 1997
et « Points Policiers », n° P572

Le Prix de la chair
Calmann-Lévy, 1998
et « Points Policiers », n° P686

Entre deux eaux
Calmann-Lévy, 1999
et « Points Policiers », n° P734

Péchés mortels
Calmann-Lévy, 2000
et « Points Policiers », n° P859

Noblesse oblige
Calmann-Lévy, 2001
et « Points Policiers », n° P990

L'Affaire Paola
Calmann-Lévy, 2002
et « Points Policiers », n° P1089

Des amis haut placés
Calmann-Lévy, 2003
et « Points Policiers », n° P1225

Mortes-eaux
Calmann-Lévy, 2004
et « Points Policiers », n° P1331

Une question d'honneur
Calmann-Lévy, 2005
et « Points Policiers », n° P1452

Le meilleur de nos fils
Calmann-Lévy, 2006
et « Points Policiers », n° P1661

Sans Brunetti
Essais, 1972-2006
Calmann-Lévy, 2007

Dissimulation de preuves
Calmann-Lévy, 2007
et « Points Policiers », n° P1883

De sang et d'ébène
Calmann-Lévy, 2008
et « Points Policiers », n° P2056

Requiem pour une cité de verre
Calmann-Lévy, 2009
et « Points Policiers », n° P2291

Le Cantique des innocents
Calmann-Lévy, 2010
et « Points Policiers », n° P2525

Brunetti passe à table
Recettes et récits
(avec Roberta Pianaro)
Calmann-Lévy, 2011
et « Points Policiers », n° P2753

La Petite Fille de ses rêves
Calmann-Lévy, 2011
et « Points Policiers », n° P2742

Le Bestiaire de Haendel
À la recherche des animaux
dans les opéras de Haendel
Calmann-Lévy, 2012

La Femme au masque de chair
Calmann-Lévy, 2012
et « Points Policiers », n° P2937

Les Joyaux du paradis
Calmann-Lévy, 2012
et « Points Policiers », n° P3091

Curiosités vénitiennes
Calmann-Lévy, 2013

Brunetti et le mauvais augure
Calmann-Lévy, 2013
et « Points Policiers », n° P3163

Gondoles
Histoires, peintures, chansons
Calmann-Lévy, 2014

Deux veuves pour un testament
Calmann-Lévy, 2014
et « Points Policiers », n° P3399

L'Inconnu du Grand Canal
Calmann-Lévy, 2014
et « Points Policiers », n° P4225

Le garçon qui ne parlait pas
Calmann-Lévy, 2015
et « Points Policiers », n° P4352

Brunetti entre les lignes
Calmann-Lévy, 2016
et « Points Policiers », n° P4486

Brunetti en trois actes
Calmann-Lévy, 2016
et « Points Policiers », n° P4649

Minuit sur le canal San Boldo
Calmann-Lévy, 2017
et « Points Policiers », n° P4861

Les Disparus de la lagune
Calmann-Lévy, 2018
et « Points Policiers », n° P5068

RÉALISATION : IGS-CP À L'ISLE-D'ESPAGNAC
IMPRESSION : CPI FRANCE
DÉPÔT LÉGAL : JANVIER 2025. N° 158689 (3059184)
IMPRIMÉ EN FRANCE